Ulrike Busch

Jaspers letzter Flirt

EDITION M

Das Buch

Der Surflehrer Jasper Erikson liebt drei Dinge: seine Freiheit, die Frauen und das Meer. Eines Tages beschließt sein Urlaubsflirt Bele, sich von ihrem Mann zu trennen und vom nordfriesischen Festland nach Amrum zu ziehen. Diese Entscheidung ruft beim ebenfalls verheirateten Jasper nicht nur Begeisterung hervor.

Dann wird ein Anschlag auf ihn verübt. Jasper überlebt, der Attentäter entkommt unerkannt. Hauptkommissar Kuno Knudsen und sein Assistent Arne Zander nehmen die Ermittlungen auf. Doch Jasper scheint die Angelegenheit auf seine Weise lösen zu wollen. Bis er erneut in Lebensgefahr gerät.

Der zweite Fall für die Kripo Wattenmeer entführt die Leser in die idyllische, aber manchmal recht eigene Welt der Nordseeinsel Amrum.

Die Autorin

Ulrike Busch wurde 1958 in Essen geboren. Sie studierte Sprachwissenschaften in Bochum und Pisa. Als Norddeutsche aus Überzeugung zog sie 1986 nach Hamburg. Seitdem ist sie im Norden tief verwurzelt. Sie liebt die grüne Landschaft Schleswig-Holsteins und den weiten Horizont, die Inseln Amrum und Sylt, die Geradlinigkeit und Bodenständigkeit der Menschen, ihre dröge Herzlichkeit und ihren schnörkellosen Dialekt. Rund 20 Jahre lang war Ulrike Busch als Texterin und Technische Redakteurin in IT-Unternehmen angestellt. 2003 machte sie sich in diesem Metier selbstständig. Zehn Jahre später entdeckte sie eine neue berufliche Leidenschaft: Das Schreiben von Romanen – die natürlich in Norddeutschland spielen.

ULRIKE BUSCH

JASPERS letzter FLIRT

KRIMI

EDITION M

Deutsche Erstveröffentlichung bei
Edition M, Amazon Media EU S.à r.l.
5 Rue Plaetis, L-2338 Luxembourg
August 2016

Umschlaggestaltung: bürosüd° München, www.buerosued.de
Umschlagmotiv: © Wilm Ihlenfeld/Shutterstock; © cdrin/Shutterstock;
© GraphiTect/Shutterstock; © papillondream/Shutterstock
1. Lektorat: Karla Schmidt
2. Lektorat: Bernadette Goebel
Satz: Dr. Rainer Schöttle Verlagsservice, www.schoettle-lektorat.de
Printed in Germany
By Amazon Distribution GmbH
Amazonstraße 1
04347 Leipzig, Germany

ISBN: 9781503938175

www.amazon.de/editionm

Für Michaela, Hermann und Torsten

SAMSTAG

»Bist du sicher, dass es funktioniert?«

Die Mischung aus Angst und Zweifel in Gustavs Stimme war nicht zu überhören. Dabei wusste er, dass er es mit einem Profi zu tun hatte, der so präzise arbeitete wie eine Kalibriermaschine und der sich bei der Ausführung seiner Aufträge von keiner Gefühlsregung irritieren ließ.

Der Profi hatte Gustav vor wenigen Minuten in einer dieser alten, mit einer eigenen Rufnummer ausgestatteten Telefonzellen angerufen, die man auf dem nordfriesischen Festland hier und da noch finden konnte. Die Kabine stand vor dem heruntergekommenen Bahnhofsgebäude am Rande eines gottverlassenen Dorfes. Die abgestandene Luft im Innern verursachte Gustav Übelkeit. Oder war es der Gedanke an das, was morgen geschehen sollte, der dieses elende Gefühl hervorrief?

Bei ihrem ersten Telefonat vor drei Wochen hatte der Mann am anderen Ende der Leitung sich ihm als Boris vorgestellt. Boris war Profikiller. Den Kontakt hatte ein gemeinsamer Bekannter vermittelt. Persönlich begegnet war Gustav diesem Boris noch nie, und es war abgemacht, dass es auch niemals zu einem Treffen kommen durfte. Kein Zeuge sollte jemals bestätigen können, dass die beiden sich kannten.

Boris sprach fließend Deutsch mit einem leichten osteuropäischen, vermutlich russischen Akzent. So leicht, dass er auch hätte vorgetäuscht sein können. Gustav wusste, dass Boris jetzt in einem Hotelzimmer auf Amrum saß. Er stellte sich den Russen, wenn er denn einer war, untersetzt und bärtig vor, vielleicht ein wenig schmuddelig. Mit düsterem und geheimnisvollem Blick. Bequem in einem Sessel lehnend, lässig ein Bein über das andere geschlagen. Ein Wodka-Glas auf einem Tischchen neben sich und einen Zigarillo in der Hand. Vermutlich lief im Hintergrund der Fernseher mit abgestelltem Ton und Boris verfolgte gerade eine Wallander-Verfilmung oder einen uralten Edgar Wallace.

Die beiden Männer wussten, dass der jeweils andere im realen Leben nicht den Namen trug, mit dem sie sich anredeten. Die Decknamen hatte ihnen ihr Mittelsmann verliehen, für die Inszenierung, die Boris und er morgen früh gemeinsam umsetzen würden – der eine auf Amrum, der andere vom Festland aus, gut zwanzig Kilometer von der Küste entfernt. Es würde ein Stück mit tödlichem Ausgang sein. Wenn es über die Bühne gegangen war, würden Boris und er nie wieder etwas voneinander hören, und Gustav würde nie erfahren, wer dieser Mann wirklich war.

Am anderen Ende der Leitung blieb es still, Gustav hörte lediglich Boris' ruhigen Atem.

»Sag, bist du sicher, dass es funktioniert?«, drängte Gustav. Das Warten auf die Antwort kostete ihn Nerven.

»Du traust meinen Fähigkeiten nicht«, stellte Boris fest. Seine Stimme klang rau und ein wenig amüsiert. Der Mann strahlte eine Unerschütterlichkeit aus, die beeindruckend und beängstigend zugleich war.

»Doch, doch, ich vertraue dir voll und ganz«, beeilte Gustav sich zu sagen und drückte den Telefonhörer noch fester ans Ohr. »Sonst hätte ich dich nicht engagiert.« Nervös drehte er den Kopf nach links und rechts, um sich zu vergewissern, dass niemand vor der Telefonzelle stand und dieses Gespräch durch die dünnen Glaswände mithörte. Wenn es auch kein Leben in dieser Straße zu geben schien, kam Gustav sich in der Kabine vor wie auf dem Präsentierteller. Er versuchte, die Kapuze seiner Sweatshirt-Jacke mit einer Hand über den Kopf zu ziehen, was nicht recht gelingen konnte, solange er sich mit der anderen den Hörer ans Ohr presste.

»Es geht mich ja nichts an«, sagte Boris ein wenig herablassend, »aber du warst hoffentlich schlau genug, das Honorar für meine Dienstleistung nicht in einem Rutsch vom Konto abzuheben.«

Gustav hätte ihm jetzt gern die Meinung gegeigt. Aber dies war nicht der passende Zeitpunkt. Das Geld, das Boris verlangte, hatte er dem geheimen Boten, den der Mittelsmann für die Transaktion organisiert hatte, in bar ausgehändigt. Eine Quittung gab es nicht. Das Geld war weg, so oder so. Also lieber freundlich bleiben.

»Sogar von verschiedenen Banken«, erklärte Gustav. »Ganz so unprofessionell bin ich nicht.«

»Ich sehe, du denkst mit.«

Gustav hörte ein Feuerzeug klicken. Ein leises Schmatzen verriet, dass Lippen sich von einem Filter lösten. Kurz darauf vernahm er, wie ein kräftiger Atemstoß den Qualm ausspie. Gustav zupfte am Reißverschluss seiner Jacke. Auf seiner Stirn bildeten sich feine Schweißperlen. »Boris«, fragte er, »es ist doch eine todsichere Angelegenheit?« Noch während seine Worte in der muffigen Kabine verhallten, wurde ihm bewusst, wie albern seine Frage war. Wie kindisch er sich anstellte. Wie jämmerlich er in den Augen seines Gesprächspartners wirken musste.

»Sprengstoff ist meistens todsicher«, sagte Boris trocken.

»Das meine ich nicht. Ich meine: Ist die Sache absolut sicher für *mich*? Kann ich davon ausgehen, dass du keine Spuren hinterlässt, die mich verraten?«

Boris lachte wie über einen guten Witz. »Hast du etwa Angst, ich hinterlasse am Tatort eine Visitenkarte mit deinen Kontaktdaten? Mit den Worten: Sehr geehrte Kriminalpolizei, bei Fragen zu den Hintergründen dieses Mordanschlags wenden Sie sich bitte an …?«

Gustav schwieg verbissen. Er trat mit einer Fußspitze gegen die Wand der Telefonzelle.

»Mach dir nicht die Hosen voll«, sagte Boris. »Wenn die Sache erledigt ist, brauchst du nichts weiter zu tun, als stinknormal weiterzuleben.«

»Beruhigend«, kommentierte Gustav.

»Klingt da etwa Ironie aus deiner Stimme?«

»Nach Ironie ist mir nicht zumute.« Gustavs Zunge klebte ihm am Gaumen, seine Nerven lagen blank. Es kostete ihn Mühe, kühl und souverän zu klingen, als er fragte: »Wie sieht's mit dem Timing aus?«

Boris nahm einen weiteren geräuschvollen Zug aus seinem Zigarillo – oder war es eine Zigarre? »Um fünf Uhr früh, wenn du noch im Bett liegst und träumst, wird Jasper wie gewohnt mit seinem klapprigen Austin Mini zum Strand fahren. Er wird den Wagen auf dem Parkplatz hinter den Dünen abstellen, zum Strand hinuntergehen und seine Strecke Richtung Amrumer Odde laufen. Zurück am Strandübergang, wird er wie immer an der höchsten Stelle, vor den Ständen der Strandkorbvermieter, stehen bleiben und nach Sylt hinüberblicken. Er wird die Hände in die Hüften stemmen und genauso zufrieden grinsen wie jeden Morgen. Nur eins wird anders sein als sonst: Er wird nicht wissen, dass gerade sein letzter Tag begonnen hat.« Boris schickte seinen Worten ein zufriedenes Grunzen hinterher.

»Und dann?« Ein leichtes Zittern durchzog Gustavs Körper.

»Und dann? Um Punkt sechs Uhr zehn, du kannst die Uhr danach stellen, wird er sich in seine alte Karre setzen und ans andere Ende der Insel fahren. Wie an jedem Sonntag, den seine heimliche Liebe auf Amrum verbringt, wird er sich bei ihr eine kleine spaßige Auszeit nehmen und sich auf ein deftiges *Frühstück danach* freuen.«

Unruhig trat Gustav in der stickigen Telefonzelle mit den mittlerweile beschlagenen Scheiben von einem Fuß auf den anderen. »Rede weiter«, bettelte er. »Was passiert dann?«

»Um acht Uhr dreißig«, fuhr Boris fort, »wird er wieder in seinen Wagen steigen, um zum Parkplatz am Strandübergang zurückzufahren.«

»Wo er aber nicht ankommen wird.«

»Richtig. Da kommt er nicht an. Weil du ihm dazwischenfunken wirst.«

»Wir beide«, korrigierte Gustav hastig, »wir beide werden ihm dazwischenfunken.« Auch wenn er der Auftraggeber der Aktion war, widerstrebte es ihm, die Schuld allein auf sich zu nehmen.

»Den entscheidenden Handgriff wolltest du selbst erledigen«, entgegnete Boris. Er klang fast ein bisschen zickig. »So war es abgemacht. Aber wenn du jetzt einen Rückzieher machen willst, übernehme ich das für dich. Das kostet dann allerdings ein bisschen mehr.«

»Nein, nein, es bleibt dabei. Ich mach es selbst.«

»Die Handynummer, die du anrufen musst, habe ich dir genannt. Du …«

»Die Nummer ist wirklich nirgendwo registriert?«

»Eine ausländische Handynummer, die ich dir besorge, ist nirgendwo registriert, wo die deutsche Polizei sie finden könnte«, erklärte Boris geduldig. »Selbst Interpol würde sich die Zähne daran ausbeißen.«

»Okay.«

»Du stehst also morgen früh ab acht Uhr fünfzehn in der vereinbarten Telefonzelle parat. Ich behalte Jasper im Auge. Sobald er losfährt, rufe ich dich in der Kabine an. Genau dreieinhalb Minuten, nachdem ich das Go gegeben habe, wählst du die Nummer des Handys. Du lässt es dreimal klingeln – und wumm! – schon hat sich dein Problem in Luft aufgelöst. Jasper wird direkt ins Paradies befördert. Oder in die Hölle. Je nachdem, wo ein Platz für ihn reserviert ist.«

Boris' selbstzufriedenes Lachen ging in ein prustendes Husten über, als er sich an seinem Zigarrenrauch verschluckte. Gustav konnte nicht mitlachen. »Ich bin froh, wenn's vorüber ist«, meinte er kleinlaut und wischte sich mit dem Handrücken über die Stirn. »Wie stellen wir sicher, dass zum Zeitpunkt der Explosion niemand anderes in der Nähe ist?«

»Junge, du machst dir zu viele Gedanken! Die Gegend, an der die alte Kiste explodieren wird, habe ich genauso sorgfältig ausgesucht wie den Zeitpunkt. An einem Sonntag um die Uhrzeit hält sich da niemand auf. Der Straßenabschnitt liegt kurz hinter dem Fußweg zum Leuchtturm. Das einzige Haus in der Gegend, das Restaurant an der Ecke Uasterstigh, hat Jasper dann schon hinter sich gelassen. Es öffnet auch erst mittags. Radfahrer fahren da nicht lang, und sollte zufällig ein anderes Auto vorbeikommen, wird es schlimmstenfalls neue Scheiben brauchen. Der Sprengstoff ist genau dosiert.«

Gustav biss auf einem Fingernagel herum. »Wie erfahre ich, dass alles nach Plan gelaufen ist?«

»Du erfährst es aus der Presse, wenn du einen Tag länger warten willst als nötig. Aber ich wette«, sagte Boris mit einem gewissen Stolz in der Stimme, »es dauert keine zwei Stunden, dann steht's im Internet. Und nun geh nach Hause und koch dir einen Baldriantee.«

Als es in der Leitung klickte, verharrte Gustav noch ein paar Sekunden. Dann hängte er den Hörer auf die Gabel, holte ein Taschentuch hervor und wischte seine Fingerabdrücke ab. Ein ungutes Gefühl beschlich ihn.

Und wenn's schiefgeht?, dachte er.

SONNTAG

1

Der Himmel war mit Schäfchenwolken übersät und ein leichter Westwind wehte über den Strand. Breitbeinig, die Hände in die Hüften gestemmt, stand Jasper Erikson am höchsten Punkt des Strandübergangs von Norddorf, ein wenig außer Atem vom morgendlichen Dauerlauf. Er blickte nach Sylt hinüber und nickte dem Leuchtturm in Hörnum zu wie einem alten Freund, mit dem er sich auf die Entfernung stumm verständigte. Seine Welt war in Ordnung, da gab es nichts zu jammern. Mit dem Leben auf dieser Insel hatte ihm der liebe Gott – oder wer auch immer dafür verantwortlich war – alle Freiheit dieser Erde geschenkt. Und obendrein mehr amüsante Frauen, als ein Mann alleine in einem Leben bewältigen konnte.

Der hünenhafte Surflehrer mit dem strohblonden Bürstenschnitt und den markanten Gesichtszügen dachte dabei vor allem an Göntje und Bele. Die eine lebte mit ihm in Norddorf, war seit siebenundzwanzig Jahren seine Frau und wollte es auch bleiben. Die andere wohnte auf dem nordfriesischen Festland und kam gelegentlich nach Amrum; sie war die Ehefrau eines anderen, wollte aber die seinige werden. Seit Bele sich ein Haus auf Amrum gekauft hatte und für immer hierherziehen wollte, drohte sie zu einem Problem für Jasper zu werden. Es zu lösen, widerstrebte ihm, denn auf keine der beiden Frauen wollte er verzichten. Doch solange ihn niemand zu einer Entscheidung zwang, musste er auch keine treffen.

Jasper streckte seine Nase in den Wind, der böig auffrischte. Einige Säbelschnäbler schossen im Tiefflug an ihm vorbei. Das verstand er als Zeichen zum Aufbruch. Die große Uhr über dem Gebäude mit den öffentlichen Duschen und Toiletten zeigte zehn Minuten nach sechs. Auf in den Süden der Insel. Bele erwartete ihn.

Das wird ein guter Tag, sagte Jasper zu sich selbst.

Dass er sich einmal irren könnte, war in seinem Denkmuster nicht vorgesehen.

* * *

In Wittdün angekommen, stellte Jasper seinen alten Mini Cooper auf dem Parkplatz ab, der zu dem großen Apartmenthaus neben dem Hotel Strandrose gehörte. Er wählte eine Parkbucht ganz hinten an der hohen Buchenhecke, die den Platz von der Strandpromenade abgrenzte. Der Parkplatz war niemals voll besetzt und keiner der Feriengäste bemerkte, dass dieser Wagen, der ab und zu zwei Stunden lang dort stand, nicht hierhin gehörte.

Mit eingezogenem Kopf, als nützte das etwas bei einer Körpergröße von knapp zwei Metern, legte Jasper die kurze Strecke zu Beles Haus zurück, das an der Amrumer Südspitze lag. Leise schloss er die Tür auf und stieg die Treppe zum Schlafzimmer hinauf.

Bele tat überrascht, als er eintrat, und forderte ihn mit diesem unnachahmlichen Augenaufschlag auf, sich das Frühstück zu verdienen. Das musste man einem Jasper Erikson nicht zweimal sagen.

Wie immer musste Bele schmunzeln, als Jasper sich entkleidete und seine Tattoos zum Vorschein kamen: ein Segelschiff auf der linken Wade, ein Surfbrett auf dem Oberarm und im Nacken Neptun mit dem Dreizack.

* * *

Anderthalb Stunden später setzte Jasper sich an den großen runden Esstisch in der geräumigen Wohnküche. Bele bereitete das Frühstück zu. Sie wirkte unglaublich patent, wenn sie am Herd stand und die passenden Zutaten aus dem Gewürzregal aussuchte.

Jetzt drehte sie sich zu ihm um, ein Stück Schinken in der Hand, von dem sie zuvor dicke Scheiben in Würfel geschnitten und dem Rührei zugegeben hatte. »Dein Lieblingsschinken«, sagte sie und lächelte. »Wenn meine Kinder sich schon nicht mehr von mir betüddeln lassen wollen, dann wenigstens du.«

Jasper hatte nichts dagegen. Er nahm ein Feuerzeug und zündete drei Teelichte an, die auf dem Esstisch standen. »Tröste dich«, sagte er, »als mein Sohn und meine Töchter so alt waren wie deine Kinder, wollten sie sich auch nicht mehr von *Mama* bekochen lassen.«

Bele nahm die Pfanne vom Herd. »Sag mal, was ist eigentlich aus der Steuersache geworden?«, fragte sie, während sie das Rührei auf die Teller verteilte.

»Och«, meinte Jasper tonlos und vermied, sie anzusehen, »die schleppt sich so dahin.«

Bele zog die Stirn in Falten. »Wirklich? – Du guckst plötzlich so ernst.«

Jasper zuckte mit den Schultern. Er schämte sich für das Gefühl der Schwäche, das in ihm aufstieg.

»Nun sag schon – was ist los damit?«, bohrte Bele. Sie setzte sich zu ihm an den Tisch und griff nach ihrem Besteck. »Sag bloß nicht, du bist in Schwierigkeiten!«

Jasper zögerte. Beles Augen sagten ihm, dass sie keine Ruhe geben würde, bis er ihr erzählte, was ihn bedrückte. Er seufzte und fuhr sich mit der Hand über das Gesicht.

»Weißt du, was sich diese verbohrten Steuerfahnder rausnehmen? Wenn sie bei einer groß angelegten Aktion nichts finden, dann legen sie sich Dinge zurecht, die kaum möglich sein können. Die haben sich auf mich eingeschossen. Die wollen mir um jeden Preis an den Karren fahren, notfalls mit einer Lüge.« Jasper griff nach der weißen Papierserviette mit den kleinen bunten Karos und knüllte sie zusammen.

Bele zog eine neue Serviette aus dem Halter und legte sie neben seinen Teller. Sie sah ihn skeptisch an. »Das dürfen die doch gar nicht«, sagte sie, als verstünde sie etwas davon. »Die müssen sich an die Gesetze halten. Die können dir nichts anhängen, was sich nicht beweisen lässt.«

»Es sei denn«, entgegnete Jasper zwischen zwei Bissen, »sie tricksen herum. Mein Rechtsanwalt hat Anhaltspunkte dafür, dass sie genau das tun.« Bele schüttelte ungläubig den Kopf. »Noch liegen nicht alle Unterlagen vor«, lenkte er ein. »Wir müssen abwarten, was sie mir im Einzelnen vorwerfen. Dann sehen wir weiter.«

Bele legte ihre Hand auf seine und drückte sie leicht. »Kein Steuerfahnder kann sich Tricksereien leisten. Das würde ihn seinen Job kosten und seine Beamtenpension noch dazu.«

Jasper ließ sie reden und verschlang sein Rührei. Als er den Teller geleert hatte, stand er abrupt auf. »Lass uns nicht mehr davon reden. Ich werde schon meinen Weg finden, denen zu zeigen, dass sie mit einem Jasper Erikson nicht umspringen können, wie es ihnen passt.« Er zog seine Fleecejacke an. Bele stand auf und umarmte ihn.

»Bis bald«, sagte Jasper leise und küsste Bele, die ihm kaum bis zum Schlüsselbein reichte, auf die Stirn.

An der Tür drehte er sich noch einmal zu ihr um. »Den Oberfahnder hab ich übrigens neulich angerufen. Drews heißt er, Ebbe Drews. Hab ihm klar gemacht, was passiert, wenn er mich reinlegt.« Bei dieser Vorstellung lächelte Jasper wieder.

* * *

Bele war kreidebleich geworden. Hoffentlich hatte Jasper es nicht bemerkt! Nachdenklich stellte sie sich ans Fenster und beobachtete die Fähre, die mit Kurs auf Amrum zwischen den Halligen Langeneß und Hooge hindurchfuhr. Sie schloss die Augen und versuchte, sich zu sammeln.

Erst ein wenig Ordnung im Haus machen, nahm sie sich vor. Das verschafft eine klare Sicht auf die Dinge. Dann das Gästezimmer herrichten – morgen erwartete sie ihre Freundin Ilka, die ein paar Tage bleiben wollte. Wenn die Hausarbeit erledigt war, würde sie ans Meer fahren, zum Strand von Nebel, weit genug entfernt von Norddorf, wo Jasper seine Surfschule betrieb. Keine Treffen in Norddorf, so hatten sie es von Beginn an vereinbart. Denn wenn sie sich dort begegneten, würde die Luft knistern und jeder wüsste sofort, was zwischen ihnen ablief.

Noch war der Zeitpunkt nicht gekommen, die Welt wissen zu lassen, dass sie zusammengehörten. Aber lange würde sie nicht mehr warten. Jasper musste die Situation mit Göntje klären, auch wenn er noch zögerte.

Vor ein paar Tagen erst hatte Bele versucht, ihn zu einer Entscheidung zu bewegen; ganz vorsichtig natürlich. Jasper glaubte, seine Frau würde nicht in die Scheidung einwilligen. Aber sie selbst glaubte das nicht! Sie war sicher, dass Göntje klein beigeben würde. Die ganze Insel wusste doch, wie es um die Ehe stand. Unter diesen Umständen musste Göntje einsehen, dass sie ihren Ehemann nicht halten konnte.

Bele nahm das Putztuch, das über dem Rand der Spüle hing, und wischte den Küchentisch ab. Ein trüber Gedanke warf einen Schatten auf ihr zukünftiges Leben auf Amrum: Und wenn ich Göntje unterschätze?

2

Mit wiegendem Schritt ging Jasper zu seinem Wagen. Bevor er einstieg, checkte er die Nachrichten auf seinem Smartphone, das er während des Besuchs bei Bele stumm geschaltet hatte. Drei Telefonate waren in der Zeit eingegangen. Als er den Namen des Anrufers auf dem Display sah, gab es ihm einen Stich ins Herz: Es war Jörn, sein einziger Sohn, der vor Jahren aufs Festland gezogen war. Er führte in Leck eine Kfz-Werkstatt, statt, wie Jasper es sich gewünscht hatte, Surflehrer zu werden und eines Tages seine Surfschule in Norddorf zu übernehmen. Wie lange hatte Jörn schon keinen Kontakt mehr zu ihm gesucht? Einen Moment lang kam wieder das Gefühl in Jasper auf, als Vater versagt zu haben. Er verdrängte den Gedanken so schnell, wie er gekommen war.

Was war jetzt so dringend gewesen, dass Jörn es gleich mehrmals versucht hatte? Jasper zögerte. Sollte er sich sofort bei ihm melden oder auf einen erneuten Anruf seines Sohnes warten? Er verschob die Entscheidung. Er wollte nicht riskieren, sich eine Blöße zu geben und wie ein neugieriger oder gar besorgter Vater zu wirken. Wie ein Mann, der seinem Jungen hinterhertelefonierte, der seit Langem nichts mehr von ihm wissen wollte … Ein Jasper Erikson zeigte niemals Schwäche, schon gar nicht gegenüber seinem eigenen Sohn.

Ungeduldig nestelte Jasper am Schloss der Fahrertür herum. Erst nach ein paar Versuchen ließ die Tür sich öffnen.

Wenigstens sprang der Motor sofort an. Immer wieder schön, dass er die alte Kiste nicht erst mit vielen guten Worten dazu überreden musste, ihren Dienst zu leisten! Er stellte das Autoradio an. Heute war Oldie-Tag in seinem Lieblingssender.

»Acht Uhr dreißig«, meldete eine gut gelaunte Moderatorin, als die letzten Klänge eines Schlagers aus den Achtzigern verhallten. »Uns liegen derzeit keine Verkehrsmeldungen vor. Allen unseren Hörern, die auf Schleswig-Holsteins Straßen unterwegs sind, wünschen wir eine gute Fahrt.«

Die werde ich haben, dachte Jasper. Auf Amrum gibt es keinen Stau.

Er ließ den Wagen zur Ausfahrt des Parkplatzes rollen, bremste ab und prüfte, ob die Straße frei war. Wenige Meter von ihm entfernt lehnte ein einsamer Urlauber lässig an der Mauer des Hotels Strandrose, einen Fuß gegen die Wand gestützt. Der Mann schaute zu ihm hinüber. Jasper kannte ihn nicht. Dennoch winkte er ihm kurz zu, weil er auf Amrum jeden grüßte, der ihm in die Augen sah. In der einen Hand hielt der Mann einen Zigarillo, in der anderen ein Handy. Ein altmodisches Teil, in das er mit dem Daumen etwas eintippte.

Langsam gab Jasper Gas und fuhr die schmale Straße hinunter, auf die Hauptstraße zu. Bei einem kurzen Blick in den Rückspiegel meinte er zu erkennen, dass der Urlauber, das Handy nun ans Ohr gedrückt, ihm nachblickte.

Jasper bog in die Inselstraße ein, die längs durch Wittdün führte, und kutschierte an den alten Wohnhäusern und den großen Apartmenthäusern für Feriengäste vorbei.

Leise sang er den Oldie mit, der im Radio gespielt wurde. Es war einer von Beles Lieblingssongs. Er erinnerte Jasper daran, wie er Bele kennengelernt hatte. Vor neunzehn Jahren hatte sie eine Woche auf Amrum verbracht. An ihrem ersten Urlaubstag war die Frau mit den lachenden grünen Augen und der Stupsnase an seiner Surfschule vorbeigekommen. Er hatte gerade vor dem Holzhaus, in dem sein Büro und ein Lagerraum untergebracht waren, auf der Terrasse gesessen. Gegen den frischen Nordwestwind, der an diesem Tag wehte, hatte sie lauthals einen alten Schlager angesungen. Er hatte eingestimmt und sie war bei ihm stehen geblieben. Er hatte sie auf einen Kaffee eingeladen und ihr vom Surfen vorgeschwärmt. Surfen lernen wollte sie nicht, ihn kennenlernen dagegen schon.

Jasper passierte die Whisky-Bar auf der linken Straßenseite, die jetzt im morgendlichen Tiefschlaf lag.

Zwischen Bele und ihm hatte es damals sofort gefunkt und die Funken hatten die ganze Woche über nicht aufgehört zu sprühen. Bele wollte wiederkommen. Das hatte sie ihm zum Abschied versprochen. Aber sie hatte nicht gesagt, wann das sein würde. Er hatte schon geglaubt, sie nie wiederzusehen. Dann auf einmal, letztes Jahr im Frühling, war sie wieder aufgetaucht. Ganz ohne Vorwarnung hatte sie eines Morgens vor seiner Surfschule gestanden, ihn angelacht, und er hatte sie sofort wiedererkannt. Ihr Gesicht war reifer geworden, doch sie sprudelte immer noch vor Lebenslust, genauso unwiderstehlich wie damals. Für beide hatte es keinen Grund gegeben, nicht da weiterzumachen, wo sie vor Jahren aufgehört hatten.

Jasper fuhr auf den Ortsausgang zu. Er wich zwei Radfahrern aus, die die Straße verließen und auf den Radweg wechselten, der hier begann.

Bald würden Beles Kinder aus dem Haus sein. Und dann wollte Bele wirklich ihren Mann verlassen, ihre gut gehende Gärtnerei in Leck verkaufen und sich auf Amrum ein neues Leben aufbauen. »Wenn ich ganz hier wohne«, hatte sie kürzlich gesagt, »fängt unser gemeinsames Leben erst richtig an. Dann werde ich dir ein Geheimnis verraten, das dich stolz machen wird.« Seitdem fragte er sich, was das für ein Geheimnis sein könnte; aber noch weigerte Bele sich, darüber zu reden. Nicht einmal eine Andeutung wollte sie machen.

Jasper hatte nichts dagegen, dass Bele hierherzog. Kurze Wege waren ganz nach seinem Geschmack. Nur ihre Zielstrebigkeit bereitete ihm Sorgen, der hartnäckige Wunsch, mit ihm unter einem Dach zu leben. Die Freiheit, die Göntje ihm notgedrungen ließ, würde Bele ihm nicht zugestehen. Irgendein schlauer Kopf hatte mal gesagt, die Alternative zur Freiheit sei der Tod, und genauso sah er das auch.

Jasper passierte das Restaurant, das rechter Hand kurz vor der Ecke Uasterstigh lag. Er warf einen Blick zur gegenüberliegenden Straßenseite, wo sich etwas bewegte. Auf dem kleinen Parkplatz vor dem Weg, der zum Leuchtturm führte, stand ein alter Polo Harlekin. Erinnerungen stiegen in ihm auf. Erinnerungen an …

Halt, da war sie! Katinka, sein Urlaubsflirt vom letzten Sommer. Ein Hingucker: sportliche Figur, knackiger Po, kastanienbraune Locken. Katinka hatte die lustigsten schokoladenbraunen Kulleraugen, die ihn jemals angehimmelt hatten, und das süßeste Zuckerschnütchen, das seit Menschengedenken auf Amrum gegen den Wind angeplaudert hatte. Katinka kehrte ihm gerade den Rücken zu. Sie schlug die Fahrertür zu und schloss ab.

Blitzschnell vergewisserte Jasper sich, dass die Straße in beiden Richtungen frei war. Mit einem kräftigen Schwung drehte er das Lenkrad nach links, drückte das Gaspedal durch, fuhr quer über die Fahrbahn und bremste mit quietschenden Reifen auf dem Parkplatz. Er sprang aus dem Wagen, als Katinka gerade ansetzte, in gemütlichem Tempo den Waldweg entlangzujoggen.

»Katinka!«, rief Jasper.

Doch Katinka reagierte nicht. Hatte sie seine Stimme nicht erkannt? Bestimmt würde sie sich freuen, ihn wiederzusehen! Geübter Läufer, der er war, hatte er die Frau nach wenigen Sekunden eingeholt. »Katinka, bleib doch stehen! Ich bin's, Jasper!«, rief er in fast väterlichem Ton und griff nach dem Sweatshirt-Ärmel seiner Zuckersüßen. Er hielt den Stoff so fest, dass sich Katinkas nackte Schulter zeigte. Zwangsläufig stoppte sie und drehte sich zu ihm um. Zwei Augen, grau wie Gewitterwolken, funkelten ihn entgeistert an.

Jaspers Lächeln gefror. Das fremde Gesicht irritierte ihn genauso wie das schrille Klingeln eines Handys, das er in diesem Moment irgendwo hinter sich vernahm.

Nachdem die Joggerin eine Schocksekunde überwunden hatte, brüllte sie ihm aus ihrem breiten Mund wutentbrannt entgegen: »Hast du 'n Knall?«

Wie auf Kommando erschütterte einen Wimpernschlag später eine Explosion die morgendliche Stille. Eine Druckwelle warf sie aus dem Gleichgewicht. Als befände er sich außerhalb seines eigenen Körpers, beobachtete Jasper, wie die Frau, die eben noch vor ihm gestanden hatte, nach hinten fiel und der Erdboden auf sie beide zuraste. Er schloss die Augen. Sein linker Unterarm schlug heftig auf, dann seine Schläfe, doch er verspürte keinen Schmerz.

Als er wieder Atem holen konnte, öffnete er die Augen so langsam, als wolle er gar nicht wissen, was geschehen war. Er brauchte einen Augenblick, um sich zu orientieren. Die Frau, die er für Katinka gehalten hatte, lag unter ihm, das Gesicht ihm zugewandt. Sie hielt die Lider geschlossen und rührte sich nicht. Oh Gott, war sie tot? Vielleicht hatte er ihr mit seinem Gewicht beim Aufprall das Rückgrat gebrochen? Plötzlich riss sie die Augen auf und begann wie von Sinnen mit den Fäusten auf ihn einzuhämmern. Sie lebte!

Jasper wälzte sich zur Seite. Sein Unterarm brannte plötzlich wie Feuer, sein Schädel pochte. Er drehte sich auf den Rücken, ließ den Kopf vorsichtig auf den Boden sinken und sah durch das Laub der Bäume am Wegesrand in den Himmel.

Die Frau setzte sich auf und strich sich mit beiden Händen durch die Haare. Jasper blinzelte sie an. Jetzt erst begriff er, dass das Mädel neben ihm nicht Katinka war. Auch er richtete sich auf und stützte sich mit den Händen ab. Beide blickten in die Richtung, aus der der Knall gekommen war, und Jasper erkannte, dass sein Irrtum ihm soeben das Leben gerettet hatte. Aus seinem Wagen schlugen Flammen, die Fenster des bunt lackierten Polos der Frau waren zersplittert.

Während Jasper nach einer Erklärung für das suchte, was geschehen war, fand die verhinderte Joggerin zur Handlungsfähigkeit zurück. Sie zog ihr Handy aus der Bauchtasche und wählte die 112.

3

Kuno Knudsen, Kriminalhauptkommissar der Kripo Wattenmeer mit Sitz im malerischen alten Fischerdorf Nebel an der Wattseite von Amrum, hatte Sonntagsdienst. Seit sechs Uhr früh saß er auf dem Polizeirevier und dachte über den Sinn von Sonntagsdiensten auf dieser friedlichen Insel nach. Plötzlich klingelte das Telefon und mit einem Schlag erübrigte sich jedes weitere Grübeln.

»Explosion eines Pkw auf der Inselstraße, am Parkplatz vor dem Weg zum Leuchtturm«, meldete die Stimme des Einsatzleiters der Amrumer Feuerwehr. »Sieht nach Sprengstoffanschlag aus.«

Kuno riss die Augen auf. »Hier auf Amrum? Das glaub ich jetzt nicht! Auf wen? Einen von uns?«, fragte er, während er den Autoschlüssel aus dem Schlüsselkasten fischte.

»Jasper Erikson.«

»Hammer! Bin gleich bei euch.«

Kuno spurtete aus der Tür der Polizeistation am Sanghugwai. Auf den paar Metern zu seinem Dienstwagen blinzelte er in die Morgensonne. Ein Wetter zum Urlaubmachen! Wie konnte man an solch einem Tag auf die Idee kommen, jemanden in die Luft zu jagen?

Noch bevor er den Sicherheitsgurt angelegt hatte, rief er seinen Kollegen Arne Zander auf Sylt an. »Moin. Gerade beim Sonnenbaden?«, begrüßte er ihn.

»Hast du telepathische Fähigkeiten?«, fragte Arne.

»Pack deine Siebensachen zusammen, bei uns ist mords was los.« Während Kuno den Waasterstigh entlangfuhr, das verschlafene Süddorf durchquerte und der Hauptstraße in Richtung Wittdün folgte, gab er Arne über die Freisprechanlage die paar Informationen, die er selbst bisher hatte. »Da lernst du mal einen echten Amrumer Dickkopf kennen«, meinte er dann, ließ beide Seitenfenster herunter und wedelte eine Fliege, die an der Windschutzscheibe entlangtanzte, hinaus ins Freie. »Der Mann, dem der Anschlag galt, ist eine der schillerndsten Figuren Amrums. An dem scheiden sich die Geister. Die einen mögen ihn, die anderen würden ihn am liebsten zum Teufel schicken.«

»Wie man sieht«, sagte Arne trocken. »Aber der Teufel will ihn offenbar auch nicht haben. Okay, ich komme also morgen früh mit der ersten Möwe.«

»Nimm besser einen Adler«, riet Kuno, womit er auf die Adler-Flotte anspielte, deren Schiffe zwischen den Nordseeinseln verkehrten.

»Dann können wir uns ja direkt am Tatort treffen. Am Leuchtturm, sagst du? Die Strecke schaffe ich vom Fähranleger aus zu Fuß.«

»Nimm dir lieber unten am Hafen ein Leihrad. Sonst hast du am ersten Tag schon Blasen an den Füßen und jammerst die ganze Zeit rum. Und überhaupt, komm besser erst einmal zum Polizeirevier. Zum Eingewöhnen und Kaffeetrinken. Also dann, bis morgen.«

»Stell schon mal das Bier kalt«, rief Arne seinem Kollegen noch zu, bevor er die Verbindung kappte.

Kurz vor dem Fußweg zum Leuchtturm bog Kuno links in den Uasterstigh ein und stellte seinen Wagen neben dem des Notarztes ab, auf einem großen Parkplatz in der Nähe des Gewerbegebiets, das hier auf der grünen Wiese entstanden war.

Schräg gegenüber, auf der anderen Seite der Hauptstraße, standen der Löschzug und zwei ramponierte Autos, wobei von Jaspers Wagen nicht mehr viel übrig geblieben war, was an ein Auto erinnerte. Jasper hockte ein Stück von den Fahrzeugen entfernt auf einem Baumstumpf. Ein Sanitäter kümmerte sich um die Schürfwunden an seinem Arm. Die verhinderte Joggerin saß auf einer Holzbank ein paar Meter weiter. Der Notarzt schlang gerade die Manschette des Blutdruckgeräts um ihren Arm und pumpte Luft hinein.

Kuno registrierte erleichtert, dass die Feuerwehr ein Übergreifen der Flammen auf die umstehenden Bäume hatte verhindern können; die Lage entspannte sich. Er ging auf den Einsatzleiter zu. Der gab seinen Leuten letzte Anweisungen, bevor er sich Kuno zuwandte und erleichtert durchschnaufte. »Hat ganz schön Schwein gehabt, unser Jasper. Kurz bevor die Kiste hochging, ist er rausgesprungen.«

»Wieso denn das?«, fragte Kuno.

Der Einsatzleiter konnte ein Prusten nur schwer unterdrücken. »Na, rate mal«, sagte er und wies mit dem Kopf fast unmerklich zu der Urlauberin auf der Holzbank.

»Ach, nee«, sagte Kuno gedehnt und schmunzelte. »Sag bloß …!«

»Bingo!«, rief der Einsatzleiter und hob den Daumen hoch.

Kuno trat näher an Jaspers Wagen und griff sich ans Kinn. »Der Fall riecht nach Arbeit«, raunte er mehr zu sich selbst.

»Stimmt«, sagte der Einsatzleiter, der ihm gefolgt war. »Wenn ich an all die Feinde von Jasper Erikson denke, die ich hier auf der Insel kenne …«

Kuno schob die Hände in die Hosentaschen, zog die Schultern hoch und atmete tief durch. »Und wenn ich erst an all die Feinde von Jasper denke, die ich noch nicht kenne!« Er ging um die beiden Autos herum. »Na gut«, sagte er schließlich und rieb sich die Hände, »dann leg ich mal los.«

Er drehte sich halb im Kreis und machte in Gedanken eine erste Bestandsaufnahme der Szenerie. Noch immer standen der Sanitäter und der Notarzt bei den beiden Leichtverletzten. Ein halbes Dutzend Urlauber, die mit ihren Fahrrädern unterwegs waren, hatten sich am Rand des Parkplatzes versammelt und verfolgten das Geschehen. Natürlich hatte sich der unvermeidliche Friedrich Fliegenfischer unter die Leute gemischt. Wann und wo auch immer etwas Nennenswertes auf Amrum passierte, war der windige Inselreporter zur Stelle. Immer im gleichen Aufzug: verwaschenes T-Shirt von undefinierbarer Farbe, zerknitterter Jeansanzug und Dreitagebart. Das stumpfe, von grauen Fäden durchzogene Haar wehte zottelig im Wind. Der Anblick hatte etwas von Winnetou, der auf einer Anhöhe steht und die Umgebung ausspäht.

Wer hatte Friedrich bloß wieder so schnell informiert?

Kuno sprach die kleine Radlergruppe an: »Guten Morgen, meine Damen und Herren. Mein Name ist Kuno Knudsen. Ich bin Hauptkommissar bei der Kripo Wattenmeer.« Er vernahm das übliche Raunen und wartete einen Moment, bis er wieder die volle Aufmerksamkeit hatte.

Bevor er fortfahren konnte, machte eine zierliche Dame mit silbernen Locken und beigefarbenem Parka einen Schritt auf ihn zu. Ihr Fahrrad an der Hand, guckte sie ihn mit schräg gelegtem Kopf an. »Wird hier wieder ein Krimi gedreht?«

»Wohl kaum«, antwortete Kuno gelassen.

»Als wir vor zwei Jahren auf Amrum waren, wurde gerade ein Fernsehkrimi gedreht. Damals ist unser Helmut als Komparse entdeckt worden. Er hat einen Urlauber gespielt, der im Supermarkt in Norddorf einkaufen geht. Sie wissen schon, in dem Laden gegenüber dem kleinen Kino.« Sie sah zu Helmut hinüber, dessen Wangen sich leicht röteten. Die übrigen vier Herrschaften nickten stolz.

»Soso«, sagte Kuno nachdenklich und strich sich über den Bart. Dann fragte er in die Runde: »Hat denn jemand von

Ihnen mitbekommen, was sich hier vorhin ereignet hat? Können Sie eine Aussage zum Geschehen machen?«

Die Gruppe schüttelte geschlossen den Kopf.

»Dann ernenne ich Sie alle sechs zu Komparsen in einem Stück, das wir jetzt gemeinsam inszenieren werden. Übernehmen Sie bitte die Rolle von Urlaubern, die an einem wunderschönen Spätsommermorgen nach Norddorf radeln.«

Kuno stellte sich auf wie ein Verkehrspolizist an einer Straßenkreuzung, hob den linken Arm und winkte die Herrschaften mit der rechten Hand vom Platz. Die Geste wirkte. Unter leisem Protest stieg einer nach dem anderen auf sein Rad und fuhr los, nicht ohne sich noch einmal nach Jaspers Auto umzusehen.

»Und lassen Sie bloß niemals wieder einen Amrumer hören, unser Kino in Norddorf sei klein!«, rief Kuno den Urlaubern hinterher.

* * *

»Bist du dienstlich hier?«, fragte Jasper den Kommissar, als der sich dem Baumstumpf näherte, auf dem er saß.

»Nein«, feixte Kuno, »ich komme, um mit dir zu picknicken.«

»Guck dir mein Auto an.« Jasper wies mit dem Kopf auf das Wrack.

»Aber du lebst«, stellte Kuno fest. Er beugte sich zu ihm hinunter und legte ihm eine Hand auf die Schulter. »Hätte auch ganz anders ausgehen können.«

Jasper schniefte. Drei Waldkaninchen hoppelten über den Parkplatz. Abrupt blieben sie in gebührendem Abstand vor dem qualmenden Wagen stehen. Als ein Feuerwehrmann langsam auf sie zu lief, jagten die neugierigen Tierchen hakenschlagend davon.

Kuno sah zu der Dame auf der Holzbank hinüber. Der Notarzt rollte gerade die Manschette wieder zusammen und verstaute sie in seinem Arztkoffer. Dann ging er auf Jasper zu.

»Der Polo Harlekin, ist das Ihrer?«, rief Kuno der Frau zu. Er schätzte sie auf etwa dreißig Jahre und vermutete, dass sie unter Schock stand. Sie brachte nur ein zartes »Ja« heraus. Er ging auf sie zu und überreichte ihr seine Visitenkarte. »Kuno Knudsen, Kriminalhauptkommissar.«

»Gesa Hauptmann«, stellte sie sich vor. Sie schaute mit hohlem Blick durch Kuno hindurch. Mehr als ihren Namen schien sie nicht preisgeben zu wollen.

Kuno setzte sich neben sie. »Sie kommen aus Hamburg, wie ich an Ihrem Autokennzeichen sehe.«

»Und das ohne Brille. Glückwunsch!«, reagierte Gesa Hauptmann plötzlich verärgert.

Kuno ließ sich nicht abschrecken. »Sie verbringen Ihren Urlaub auf Amrum?«

»Richtig. War ja wohl nicht schwer zu erraten.«

»Frau Hauptmann«, sagte Kuno geduldig, »ich kann verstehen, dass Sie unter Schock stehen, aber …«

»Wer sagt denn das?«

»Wenn dem nicht so ist, umso besser. Ich muss Ihnen leider ein paar erste Fragen stellen. Alles Weitere können wir später auf dem Polizeirevier besprechen.«

»Ich wollte meinen Urlaub eigentlich nicht damit verplempern, polizeiliche Befragungen über mich ergehen zu lassen«, erwiderte Gesa, deren Stimme nun etwas weniger ruppig klang. »Aber gut, wenn es sein muss.«

Kuno atmete kurz durch. »Wo genau haben Sie gestanden, als Herr Erikson zu Ihnen kam?«

»Herr Erikson, ist das der da?« Sie wies mit dem Kopf auf Jasper.

»Richtig.«

»Wie kommen Sie darauf, dass der zu mir gekommen ist? Sie tun ja gerade so, als hätten wir hier eine Verabredung gehabt!«

»Der Einsatzleiter der Feuerwehr hat mich darüber informiert, dass Herr Erikson Ihretwegen angehalten und sein Auto verlassen hat«, erklärte Kuno. Er zückte Notizblock und Kugelschreiber und notierte etwas. »Sie kennen Jasper Erikson also nicht?«

»Nein.«

»Bitte schildern Sie mir, was sich aus Ihrer Sicht zugetragen hat.«

»Aus meiner Sicht?« Gesa schlug die Beine übereinander und wippte aufgebracht mit dem Fuß. »Was soll ich sagen? Erst fliegt der Kerl auf mich – im wahrsten Sinne des Wortes.« Sie senkte die Stimme: »Da er das nicht freiwillig gemacht hat, brauche ich mir nichts darauf einzubilden.« Kuno verkniff sich ein Schmunzeln, und Gesa fuhr mit normaler Lautstärke fort: »Dann gab's plötzlich einen Knall. Was dann passiert ist, sehen Sie selbst.« Gesa wies auf die Autos. »Sonst noch Fragen?«

Kuno riss nach dieser arg knappen Zusammenfassung der Geduldsfaden. »Frau Hauptmann, sehr wahrscheinlich hat jemand versucht, einen unserer Mitbürger umzubringen, und Sie sind unsere einzige Zeugin. Also, was können Sie zu den Ereignissen sagen, die sich hier abgespielt haben? Ich höre.«

Gesa schien zu begreifen, dass sie auf dem besten Wege war, sich Ärger einzuhandeln. Sie rieb sich mit beiden Händen die Wangen. Dann begann sie, zu erzählen.

»Ich habe heute Morgen hier geparkt, weil ich ein leichtes Lauftraining absolvieren wollte. Auf einmal kam jemand von hinten herangefahren, drehte um und kam hier auf den Parkplatz, sprang aus dem Wagen und rief Katinka. Da ich nicht so heiße, habe ich mich nicht angesprochen gefühlt. Kurz darauf reißt der Typ an meinem Ärmel und zieht mich dabei fast aus. Da soll man keine weichen Knie bekommen! Dann knallte es, und wir lagen auf einmal am Boden.« Gesas lebhafte Gestik verdeutlichte, wie aufgewühlt sie war.

»Wissen Sie, warum Herr Erikson Sie am Ärmel gepackt hat?«, hakte Kuno nach.

»Nein, das müssen Sie ihn schon selbst fragen. Genauso wenig kann ich Ihnen erklären, warum sein Auto explodiert ist. Und mir war auch nicht bewusst, dass ich zusammen mit meinem Erholungsurlaub auf Amrum ein Überlebenstraining gebucht habe.«

Kuno kratzte sich mit dem Kugelschreiber hinterm Ohr. »Ich danke Ihnen für Ihre Auskünfte, Frau Hauptmann. Ihre Aussage hat uns schon ein Stück weitergeholfen«, fühlte er sich verpflichtet, zu sagen.

»Weitergeholfen? Wie denn das?«

»Ich weiß jetzt zumindest, in wessen Leben ich nicht nach einem Hinweis auf den Attentäter suchen muss«, schmunzelte Kuno. »Trotzdem muss ich Sie um Ihre Anschrift bitten und um die Telefonnummer, unter der ich Sie in den nächsten Tagen erreichen kann. Sollte Ihnen selbst noch etwas einfallen, und wenn es Ihnen noch so unwichtig erscheint, rufen Sie mich bitte an.«

Gesa nannte ihm ihre Adressdaten und die Handynummer. Dann nahm sie das Angebot des Arztes an, sie in ihre Ferienwohnung zu fahren.

Ein Blick über den Platz verriet Kuno, dass Friedrich Fliegenfischer gerade mit drei Feuerwehrmännern sprach. Auf einem seiner Blocks, die er stets in sämtlichen Jacken- und Hosentaschen mit sich führte, notierte er eifrig, was der Einsatzleiter zu sagen hatte. Kuno schob sich zwischen die beiden Männer, lugte neugierig auf die Notizen des Reporters und meinte: »Du hast deine Augen und Ohren wohl überall.«

»Als Journalist bin ich verpflichtet, die Öffentlichkeit zu informieren«, erwiderte Friedrich mit einer Würde, die nicht zu seinem Outfit passte.

* * *

»Ist ja nett, dass du dich auch mal um mich kümmerst«, raunzte Jasper, als der Kommissar schließlich wieder zu ihm kam. »Warum sollte die Kripo auch irgendeine Notiz von mir nehmen. Ich bin ja nur das Opfer!«

»Ladys first. Außerdem war der Doktor dabei, dich zu verarzten. Da wollte ich nicht stören.« Kuno hockte sich neben Jasper. »Nun, was meinst du, wer könnte dieses Ding gedreht haben?«

Jasper schlug sich Staub aus den Hosenbeinen. »Das fragst du mich? Du bist doch der Ermittler!«

»Ich bin der Ermittler, aber du kennst dich in deinem Leben besser aus als ich. Gibt es jemanden, der einen richtig guten Grund hat, dich ins Jenseits befördern zu wollen?«

Jasper schüttelte den Kopf.

»Hast du in letzter Zeit irgendwem in die Suppe gespuckt?«, hakte Kuno nach. »Vielleicht auch, ohne dass es dir bewusst war?«

Jasper hob einen dünnen Zweig vom Boden auf und zerbrach ihn. Den einen Teil warf er auf die Erde zurück, mit dem anderen spielte er nervös herum.

Kuno sah ihm eine Weile zu. Jasper war für seine Eigenwilligkeit bekannt; er musste ihn also aus der Reserve locken. »In einem Punkt sind wir uns wohl einig«, sagte er, »ein Auto explodiert nicht von allein.«

»Willst du etwa sagen, jemand hat es auf mein Leben abgesehen?«, fragte Jasper ungläubig.

»Ja, was denkst du denn? Glaubst du vielleicht, dahinter steckt ein Vertreter der Automobilindustrie, der wollte, dass du dir endlich einen neuen Schlitten kaufst?«

Jasper stierte ins Nichts und schwieg wieder.

»Meine Kollegen von der KTU werden herausfinden, was die Explosion ausgelöst hat«, erklärte der Kommissar. »Vorerst gehen wir davon aus, dass ein Sprengsatz unter dem Wagen angebracht war. So was machen in der Regel Profis. Wenn du mich fragst: Du musst jemanden richtig verärgert haben.«

Jasper reagierte immer noch nicht.

Typisch, dachte Kuno. Immer der coole Eisbär, selbst wenn es um sein eigenes Leben geht. »Ich glaube kaum, dass einer unserer Inselbewohner dir höchstpersönlich eine Bombe gebastelt und unter den Wagen montiert hat. Möglicherweise hast du dir einen Erzfeind geschaffen, der einen Killer auf dich angesetzt hat. Und wenn meine Vermutung stimmt, war dieser Feind offensichtlich fest entschlossen, dich unter die Erde zu bringen. Und wahrscheinlich ist er das immer noch.«

Auch dieser Hinweis veranlasste Jasper zu keiner äußeren Regung. Kuno war nicht sicher, ob der Mann überhaupt begriff, was er ihm gerade erklärt hatte. Er musste also wohl noch deutlicher werden: »Jasper, wer seinen Hass auf dich mit einer Bombe zum Ausdruck bringt, die er unter deinem Hintern zündet, der gibt nicht auf, wenn der erste Versuch fehlgeschlagen ist. Ich kann dir nur raten, intensiv darüber nachzudenken, wer es auf dein Leben abgesehen haben könnte. Sag uns, was dir dazu einfällt. Und solange wir nicht sicher sein können, dass es eine rein technische Ursache für die Explosion gibt, sollten wir unbedingt über Polizeischutz für dich nachdenken. Das ist mir todernst.«

Jasper sprang von dem Baumstumpf hoch und baute sich vor Kuno auf, der noch immer vor ihm hockte. »Auf gar keinen Fall! Ich lasse mich nicht Tag und Nacht beschatten!«

Kuno erhob sich und sah Jasper fest in die Augen. Seine Hände ballten sich zu Fäusten, doch er versuchte, seine Wut über so viel Starrsinn im Zaum zu halten. »Es geht um dein

Leben, Jasper. Du bist gerade haarscharf dem Tod entronnen, geht das nicht in deinen Schädel? Solange derjenige, der dahintersteckt, unbehelligt herumläuft, bist du in akuter Lebensgefahr!«

»Ich bin ein freier Mann auf einer freien Insel. Ich lasse mich nicht rund um die Uhr beobachten. Ich will tun und lassen können, was ich will, ohne dass ihr in meinem Leben herumschnüffelt.«

Kuno fehlten die Worte. Er fragte sich: War das nun Leichtsinn oder Schwachsinn? Aber er kannte diesen Mann gut genug, um zu wissen, dass er es ernst meinte. »Wie du willst«, sagte er genervt. »Das gibst du mir aber bitte schriftlich. Wenn du es dir anders überlegt hast, ruf mich an.«

»Darauf kannst du lange warten. Ich hab doch jetzt nicht die Hosen voll, weil einer scharf geschossen und danebengetroffen hat.«

Kuno sah in Jaspers angespanntem Gesicht, dass er von dem Geschehen längst nicht so unbeeindruckt war, wie er sich gerade gab. »Ich an deiner Stelle hätte nach dieser Sache ziemlich viel Schiss«, sagte er und sah ihm fest in die Augen.

Jasper zuckte nur die Schultern. Kuno resignierte. »Na gut, dann lass uns nicht weiter darüber diskutieren. Andere Frage: Was wolltest du von Frau Hauptmann?«

»Von wem?«

»Von der Frau, mit der du vorhin im Dreck gelandet bist. Tu nicht so scheinheilig! Warum bist du hinter ihr hergerannt?«

Jasper setzte sich wieder auf den Baumstumpf und sah auf den Boden. »Jetzt nicht«, winkte er unwillig ab.

»Könnte sie oder jemand aus ihrem Umfeld etwas mit dem Anschlag zu tun haben?«

Jasper hob seine tellergroßen Pranken. »Nein!«, brüllte er. Dann ließ er die Hände sinken und stöhnte leise: »Ich will nach Hause.«

In diesem Moment, als dieser stattliche Mann so jämmerlich vor ihm zusammensackte, tat er Kuno leid. »Gut, wir reden morgen darüber. Um neun Uhr kommst du zu mir auf die Polizeiwache. Dann sehen wir weiter.«

»Neun Uhr geht nicht. Am Vormittag gebe ich Surfunterricht. Der Wetterbericht sagt Sonne satt und Wind voraus. Bestes Umsatzwetter für unsere Branche.«

»Dann eben in der Mittagspause. Um Punkt eins bei mir auf der Wache. Aber erwarte kein Pausenbrot von mir.«

»Okay«, sagte Jasper ergeben.

»Ich fahr dich jetzt nach Hause.« Kuno ging voran. Jasper folgte ihm mit hängendem Kopf. Sie gingen an Friedrich Fliegenfischer vorbei, der Fotos vom Unglücksort machte.

Eine Viertelstunde später hielt der Kommissar vor dem Haus der Eriksons am westlichen Rand von Norddorf.

»Soll ich mit reinkommen?«, fragte er.

»Nein«, lehnte Jasper ab, »ich gehe gar nicht ins Haus. Ich hol nur mein Fahrrad aus dem Schuppen und radele direkt zum Strand.«

»Was ist mit Göntje? Soll ich sie informieren?«

Jasper schüttelte den Kopf. »Die erfährt noch früh genug, was passiert ist.«

»Okay, wie du willst«, wunderte Kuno sich. »Dann bis morgen.«

Jasper stieg aus und ging zum Fahrradschuppen, ohne sich noch einmal nach Kuno umzudrehen. Der Kommissar blieb ein paar Minuten lang unschlüssig im Wagen sitzen und spürte in sich hinein. – Was würde Jasper jetzt tun?

* * *

Jasper trat in die Pedale, als trainierte er für die Tour de France. Als er den Strandübergang erreichte, stierten ihn die vier

Strandkorbvermieter, die an ihren Ständen auf Urlauber warteten, an wie einen Geist. Die Nachricht vom Attentat hatte sich offenbar in Windeseile über die Insel verbreitet.

Jasper warf sein Fahrrad zu Boden. »Saupack«, schrie er. Wie von Sinnen sprang er auf Gerco Storm zu, einen der Strandkorbvermieter. Bevor er auf den völlig überrumpelten Mann einschlagen konnte, stürzten sich dessen Kollegen auf Jasper und rissen ihn zurück. Jasper schlug um sich und brüllte. Er schrie all die Angst und die Wut heraus, die sich seit der Explosion in ihm aufgestaut hatten.

»Was glotzt ihr mich so an?«, schrie er. »Das hätte euch wohl gepasst, wenn ich abgekratzt wäre, was? Dann wärt ihr endlich den Mann los, der euch immer die hübschesten Frauen vor der Nase wegschnappt!«

Plötzlich stand Kuno zwischen den Männern. »Jasper«, mahnte er. »Der Strand ist heute nicht dein Platz. Ruf deine Tochter an und bitte sie, den Surfunterricht für dich zu übernehmen. Ich bring dich jetzt nach Hause.«

Jasper reagierte nicht auf Kunos Vorschlag. Stumm verkroch er sich in einem der Strandkörbe an Gercos Stand, während Gerco, der über den Ausbruch des Surflehrers nur den Kopf schüttelte, einer älteren Dame zeigte, an welchem Strandabschnitt sie den soeben gemieteten Korb vorfand. Jasper zog die Beine an und schlang seine Arme darum. Er sah aus wie ein riesengroßes, verängstigtes Kind. Kuno setzte sich zu ihm. Eine Weile saßen sie schweigend nebeneinander.

Eine Urlauberfamilie mit zwei kleinen Kindern marschierte an ihnen vorbei. Die Eltern waren mit Badetüchern beladen, während die Kinder Plastikeimerchen und Schaufeln trugen. Das Mobiltelefon des Vaters klingelte. Der Mann fischte es aus der Hosentasche.

»Das Klingeln«, sagte Jasper unvermittelt und stierte weiter vor sich hin. »Als ich bei der Frau auf dem Waldweg stand, habe ich ein ziemlich schrilles Klingeln gehört. Es war ein Handy, aber es war nicht meins und auch nicht das der Frau. Der Ton kam von da, wo mein Wagen parkte. Es klingelte ein paar Sekunden lang. Dann ist das Auto explodiert.«

»War eine weitere Person in der Nähe, die das Handy gehört haben kann?«, fragte Kuno.

»Niemand. Nur diese Frau und ich.«

»Wenn es wirklich ein Bombenattentat war, wie die Jungs von der Feuerwehr und ich vermuten, wurde der Sprengsatz möglicherweise durch ein Handy zum Explodieren gebracht.«

»Wie denn das?«

»Ohne dir Nachhilfe in solchen Dingen geben zu wollen: Der Sprengstoff wird in ein präpariertes Mobiltelefon gestopft, das am Wagen angebracht wird. Die Explosion wird durch eine Zeitschaltuhr oder, wie vermutlich in deinem Fall, durch einen Anruf ausgelöst.«

»Wer macht denn so was?«

Kuno legte Jasper eine Hand aufs Knie. »Um das herauszufinden, sind wir auf deine Hilfe angewiesen. Denk nach! Und sei vorsichtig. Wir haben es mit jemandem zu tun, der aus dem Hinterhalt arbeitet. Er zeigt sich nicht, er sucht nicht die direkte Konfrontation mit dir. Das macht ihn besonders gefährlich.«

»Gefährlich!« Jasper spuckte das Wort aus.

»Wenn du etwas weißt, Jasper«, mahnte Kuno eindringlich, »dann sag es mir. Und zwar sofort, nicht erst nach dem nächsten Anschlag.«

»Wer sagt denn, dass es einen weiteren Anschlag geben wird?«

»Wer garantiert dir«, entgegnete Kuno, »dass der nächste Anschlag nicht tödlich enden wird?«

Angestrengt starrte Jasper ein Loch in die Luft.

»Du bist in Lebensgefahr, Jasper. Wie oft muss ich dir das noch sagen? Bis wir den Täter gefunden haben, benutz bitte kein Auto, kein Fahrrad, keinen Rucksack, kurz gesagt: nichts, was auch nur einen winzigen Augenblick unverschlossen oder unbeaufsichtigt irgendwo herumgestanden hat. Und schließ dein Haus ab. Immer. Auch tagsüber!«

»Also, hör mal! Wir leben auf Amrum. Hier gelten andere Gesetze als im Rest von Deutschland. Welcher Amrumer schließt bitte sein Haus ab?«

»Was ist dir lieber?«, fragte Kuno ruppig. »Die Amrumer Tradition zu wahren oder dein Leben zu retten? Du wirst dich entscheiden müssen.«

»Wenn ich Zeit habe, werde ich darüber nachdenken«, sagte Jasper. »Wir sehen uns morgen gegen eins bei euch auf der Wache.« Er stand auf und ging zielstrebig zum Strand hinunter, wo seine Surfschule am Dünenrand lag.

* * *

Kuno folgte Jasper in einigen Metern Abstand. Die anderen beiden Surflehrer, die dabei waren, ihre nächsten Kurse vorzubereiten, hielten inne und sahen zu dem Mann hinüber, von dem sie gerade erst gehört hatten, dass er heute Morgen beinahe in die Luft gesprengt worden wäre.

Kuno winkte ihnen zu. »Passt ihr ein bisschen auf ihn auf?«

»Machen wir.«

»Und wenn euch irgendwas merkwürdig vorkommt, ihr habt meine Handynummer.«

Die Männer nickten. Dann wandten sie sich ihren Surfbrettern zu, nicht, ohne immer wieder zu Jasper hinüberzuschielen.

4

Bele hatte um kurz vor elf ihre Strandtasche zusammengepackt und war nach Nebel geradelt. Das gute Wetter versprach, sich zu halten. Daher hatte sie nach ihrer Ankunft vor acht Tagen den leuchtend roten Strandkorb mit den rot-weiß gestreiften Sitzpolstern, der nah an der Wasserkante stand, gleich auch für die nächste Woche gemietet. Sie drehte den Korb mit der offenen Seite zur See und setzte sich hinein. Der Blick über das glitzernde Meer ließ ihre Gedanken Richtung Norden wandern, wo sie Jasper beim Surfunterricht vermutete. Wie viel lieber säße sie jetzt am Strand von Norddorf als hier an der Seeseite von Nebel! Wenn doch ihre Situation endlich eine andere wäre …

Bele wusste, dass Jaspers Frau ihm täglich das Mittagessen in sein Strandbüro brachte. Zu gern hätte sie Göntje dabei beobachtet. Sie wollte wissen, wie ihre Konkurrentin aussah und wie sie sich kleidete, wie ihre Stimme klang und wie sie sich gab. Gleichzeitig hatte sie Angst vor einer Begegnung. Vor dem Vergleich mit ihr, den sie zwangsläufig anstellen würde. Sie malte sich aus, dass Göntje eine hochgewachsene, schlanke Frau mit langen blonden Haaren, einem ebenmäßigen Gesicht und fröhlichen blauen Augen war. Ein strahlender, selbstbewusster Mensch, der die Blicke der Urlauber genauso auf sich zog wie Jasper mit seiner Körpergröße und dem dichten Bürstenschnitt. Bele musste sich eingestehen, dass sie Neid empfand, ein Gefühl, das nur selten in ihr aufkam.

Sie hatte so viel Glück in ihrem Leben gehabt. Es stimmte so gut wie alles. Sie hatte eine unbeschwerte Kindheit in einem harmonischen, wohlhabenden Elternhaus verbracht. Als Besitzerin einer großen Gärtnerei arbeitete sie sehr erfolgreich in ihrem Traumberuf. Und sie hatte drei wunderbare Kinder.

Nur bei der Partnerwahl hatte sie letztlich Pech gehabt. Aber die Lösung dieses Problems war in Sicht. Bald würden die Kinder aus dem Haus sein, in wenigen Wochen ihr Sohn und im nächsten Jahr ihre Zwillingstöchter. Dann würde sie sich von ihrem Mann trennen. Und letztes Jahr war ihr doch tatsächlich die Liebe ihres Lebens begegnet. Jasper hatte nur ein einziges Manko: Er war vergeben. Aber auch das würde sich ändern lassen.

Bele blickte in den Himmel, als suchte sie in den Wolken die Antwort auf ihre dringendsten Fragen: Wann würde Jasper den entscheidenden Schritt gehen? Wusste Göntje, dass es eine andere Frau im Leben ihres Mannes gab? Würde sie in die Scheidung einwilligen, oder würde sie um Jasper kämpfen? Und wie würden Jaspers Kinder reagieren?

Beles Handy klingelte.

»Moin, Bele!«, meldete ihre Freundin Ilka sich in unüberhörbar bester Urlaubslaune. »Meine Reisetasche ist gepackt und für meinen Mann hab ich eine Wochenration Mittagessen vorgekocht. Noch vierundzwanzig Stunden, dann komme ich in deinem Paradies an. Zur Einstimmung gibt's bei mir heute Fischpfanne mit Büsumer Krabben.«

»Ich freu mich auf dich!«, sagte Bele nicht weniger gut gelaunt. »Es gibt so vieles zu bereden!«

Bele hatte die Zeit völlig vergessen. Als Ilka vom Essen sprach, merkte sie, dass auch ihr Magen knurrte. Sie beschloss, sich im Strandrestaurant einen Salat zu bestellen, und zog ein

T-Shirt und ihre Shorts über den Bikini. Als sie ihr Portemonnaie in der Strandtasche suchte, klingelte ihr Handy erneut. Jasper!

* * *

Beles Stimme klang verliebt, als sie seinen Anruf entgegennahm. Jasper lehnte sich in seinem Stuhl im Büro der Surfschule zurück und holte tief Luft, bevor er zu sprechen begann. Jetzt musste er aufpassen, was er sagte. Sicher würde Bele Fragen stellen. »Bele, es ist was Dummes passiert. Mein Auto ist explodiert.«

Bele stieß einen Schreckensschrei aus. »Wie denn das?«

Jasper versuchte, die Sache herunterzuspielen. Das Wort *Attentat* musste er vermeiden. Es klang zu furchterregend. »Keine Ahnung. Die Feuerwehr war da, die Polizei natürlich auch. Nach der Ursache wird jetzt geforscht. Vielleicht war's ja nur ein technischer Defekt«, sagte er und hoffte, dass Bele sich mit diesen Auskünften zufriedengeben würde. »Nur stehe ich jetzt ohne Auto da. In den nächsten Tagen werde ich kaum zu dir kommen können. Es gibt auch einiges zu regeln. Mit der Polizei sprechen, mit der Versicherung, ein neues Auto kaufen, all solche Dinge.«

»Schade«, sagte Bele. »Aber Hauptsache, dir ist nichts passiert. Du hast doch nicht etwa im Wagen gesessen, als er explodiert ist?«

»Dann hätte ich dich jetzt wohl kaum anrufen können.« Jaspers Versuch, zu lachen, missglückte.

»Jetzt erzähl doch mal: Wo ist denn das überhaupt passiert? Auf dem Parkplatz bei euch am Strand?«

Jasper stockte. Wie sollte er ihr die Sache erklären? Er entschied sich, seiner Geliebten einen Teil der Wahrheit zu verraten. Schließlich würde Friedrich Fliegenfischer darüber berichten, wo sich die Explosion ereignet hatte, und seine Reportage würde bestimmt bis zu Bele vordringen, auch wenn sie auf Amrum üblicherweise keine Zeitung las.

»Es war auf dem Parkplatz vor dem Weg zum Leuchtturm«, begann er. »Ich hab da kurz angehalten und bin ein paar Schritte vom Auto weggegangen. Auf einmal dieser Knall ... Hast du den nicht gehört?«, versuchte er, Bele abzulenken. »Das muss doch bis zur Südspitze gescheppert haben. Haben nicht sämtliche Gläser in deinem Küchenschrank geklirrt?«

»Auf dem Parkplatz am Leuchtturm?«, hakte Bele nach, ohne auf Jaspers Frage einzugehen. »Der liegt aber doch in der Gegenrichtung.«

»Stimmt«, sagte Jasper. »Vielleicht wollte ich ja wieder zu dir zurückfahren.« Erneut versuchte er ein Lachen.

»Du musst doch einen konkreten Grund dafür gehabt haben, dass du dort angehalten hast«, beharrte Bele. »Du bist doch sonst so sehr darauf bedacht, spätestens um neun am Strand zu sein, und die Zeit war doch schon knapp, als du von mir losgefahren bist.«

»Du fragst ja intensiver nach als unser Kommissar.« Flucht nach vorn, beschloss Jasper, denn natürlich würde Friedrich Fliegenfischer in seinem Artikel auch von Gesa Hauptmann berichten. Er konnte nur hoffen, dass Gesa dem schmierigen Journalisten nicht verraten hatte, dass er sich bei seiner Verfolgungsjagd an ihrem Ärmel festgebissen hatte. »Ich habe zufällig eine Urlauberin beobachtet, die vom Leuchtturm aus den Waldweg entlangjoggen wollte. Ich habe gesehen, wie ihr der Autoschlüssel aus der Hosentasche gerutscht ist. Also hab ich kurz angehalten und ihr den Schlüssel hinterhergetragen.«

Jasper dankte Neptun für diese Eingebung. Er verließ sich darauf, dass Bele seine Worte schlucken würde. »Bele?«, fragte er, als sie nicht reagierte, »bist du noch dran?«

»Ja, klar. Ich überlege gerade: Wenn sich herausstellen sollte, dass es kein technischer Defekt war, was war es denn dann?«

»Das wird die Polizei klären.«

»Okay, aber was ist, wenn … Hat womöglich jemand versucht, dich umzubringen? Himmel, ich fass es nicht!«

Jasper schluckte. »Das ist vielleicht nicht ganz auszuschließen«, räumte er ein und versuchte, dabei so gelassen wie möglich zu klingen.

»Das sagst du so ruhig daher, als ginge es um einen Streich, der nicht der Rede wert wäre. Wenn jemand dich ermorden wollte und es nicht geschafft hat … Wie willst du dich davor schützen, dass er es wieder versucht?«

»Bele, lass uns jetzt nicht den Kopf verlieren. Ich werde schon darauf achten, dass mir nichts passiert. Nun lass uns das Gespräch beenden. Ich muss noch ein paar Telefonate führen. Ich melde mich morgen wieder bei dir.«

»Okay, bis morgen«, sagte Bele zögerlich. »Aber pass auf dich auf!«

»Mach ich, versprochen.«

Jasper legte auf und schloss kurz die Augen. Jetzt noch Göntje anrufen. Das Telefonat mit ihr hatte er aufgeschoben, solange es ging. Er suchte die heimische Telefonnummer aus dem Kurzwahlspeicher und drückte auf die Wähltaste.

»Was ist denn?«, meldete Göntje sich unwillig. »Ich checke gerade die Belegungspläne der Ferienwohnungen. Vorhin kam eine eilige Anfrage, die ich gleich beantworten muss.«

»Ich will dich nicht von der Arbeit abhalten«, antwortete Jasper im selben kühlen Ton. »Ich wollte dich nur informieren. Wenn du den Wagen suchst, der ist hin.«

»Wie – hin?«

»Der ist nicht mehr. Er ist explodiert.«

»Kannst du mal genauer werden?«, fragte Göntje unbeeindruckt. Er hörte, wie sie eine Seite ihres Belegungskalenders umblätterte.

»Also, der Reihe nach«, ließ Jasper sich herab. Er beobachtete einige Möwen, die sich vor seinen Füßen um eine Handvoll

Pommes stritten, die einem kleinen Jungen aus der Tüte gefallen waren, und erklärte Göntje mit so wenigen Worten wie möglich, was geschehen war.

»Wie konnte denn das passieren?«, raunte sie.

»Ich weiß es nicht«, antwortete Jasper wahrheitsgemäß. »Ich habe jetzt auch keine Zeit mehr für Erklärungen. Der nächste Surfkurs fängt gleich an. Wir sehen uns am Abend.«

»Was hattest du denn überhaupt am Sonntagmorgen in Wittdün zu suchen?«

Die Antwort auf diese Frage blieb aus. Jasper hatte aufgelegt.

5

Beschwingt fuhr Friedrich Fliegenfischer auf seinem alten Hollandrad vom Ort des Attentats zurück zu seinem verwinkelten Haus in Westerheide, dem westlichen Teil von Nebel. Er öffnete die Eingangstür, drehte sich in der Diele im Kreis und warf die Fäuste in die Luft wie ein Fußballspieler nach dem entscheidenden Weltmeisterschaftstreffer.

Er griff nach der gefüllten Thermoskanne, die in der Küche auf ihn wartete, und nahm auf der steilen Wendeltreppe in den ersten Stock immer zwei Stufen auf einmal. Den beengten, düsteren Raum, in dem er sein Büro eingerichtet hatte, bezeichnete er stolz als seine »Dichterstube«. Das Zimmer mit dem Schrägdach und der Gaube war bestückt mit einem schmalen Schreibtisch und Regalen, die bis obenhin bepackt waren mit Büchern, Zeitschriften und Ordnern. Hier entstanden Friedrich Fliegenfischers brandheiße Reportagen. Den Stoff für seine Berichte sammelte der Vollblutjournalist teils in der Inselwelt, teils auf dem nordfriesischen Festland, wo er mehrere Tage im Monat verbrachte.

Friedrich schenkte sich Kaffee ein und setzte sich vor den Bildschirm des sanft surrenden Computers. Temperamentvoll hackte er auf die Tasten mit den verblichenen Buchstaben ein. Er hatte unglaublich gute Laune, und das hatte seinen Grund. Drei Frauen hatte Jasper dem Inselreporter in den letzten beiden Jahren ausgespannt. Drei Frauen! Das machte niemand mit

Friedrich Fliegenfischer, ohne dafür zu bezahlen. Endlich war die Zeit der Abrechnung gekommen.

»Sprengstoffattentat auf Amrum. Surflehrer entgeht nur knapp dem Tod«, lautete die Schlagzeile, mit der Friedrich Fliegenfischer, Namenskürzel FF, der kriminaltechnischen Untersuchung vorauseilte. In seiner Reportage beschränkte er sich auf die berichtenswerten Fakten und vergaß auch nicht, die Urlauberin zu erwähnen, die der Surflehrer Jasper E. auf dem Waldweg unter sich begraben hatte. Er schloss seinen Artikel mit der Feststellung, dass sich wohl nicht nur die Kripo fragte: Was hatte ein Norddorfer Surflehrer am frühen Morgen, kurz bevor seine Schüler zum ersten Kurs des Tages erschienen, in einem Wald im Süden Amrums zu suchen, und warum war er einer attraktiven Urlauberin hinterhergerannt?

Friedrich rieb sich die Hände. Mit diesem Artikel würde er auf der ereignisarmen Insel, die Gerüchte aufsog wie ein hungriger Wal das Plankton, wilde Spekulationen auslösen. Schade nur um Göntjes Seelenfrieden. Aber darauf konnte er jetzt keine Rücksicht nehmen.

* * *

Bis um halb zwölf am Mittag hatte der Mann mit dem Decknamen Gustav sich geduldet. Dann hielt er es nicht mehr aus. Er ging in sein Arbeitszimmer. Obwohl er allein war, schloss er die Tür. Er schaltete den Computer ein und drehte nervös ein Wasserglas auf der Tischplatte immer im Kreis, bis die Programme sich initialisiert hatten und er den Browser öffnen konnte.

Seine Hände zitterten und er vertippte sich mehrmals, als er nach den Begriffen Amrum, Attentat, Explosion und Surflehrer googelte. Die Suchmaschine wurde sofort fündig. Gustav klickte den obersten Eintrag an. Seine Augen hefteten sich wie hypnotisiert auf den Text, der sich öffnete. Es fiel ihm schwer, allein die Schlagzeile zu begreifen. Dem Tod entronnen, das heißt doch …? Obwohl er den Artikel zweimal fahrig überflog, wurde er nicht schlauer daraus. Das war doch wohl nicht möglich, oder?

»Verdammt!«, rief Gustav und schlug mit beiden Fäusten auf den Tisch. Er sah auf die Uhr. Die erste Fähre nach dem Anschlag hatte Wittdün um neun Uhr dreißig verlassen, die nächste legte bald ab. Doch wahrscheinlich – so hoffte er zumindest! – war Boris noch auf der Insel. Wenn der Killer sich nach der missglückten Aktion heimlich verdrückte, würde er damit rechnen müssen, dass der enttäuschte Auftraggeber sich bei aller gebotenen Vorsicht etwas einfallen ließ, um die Polizei auf seine Spur zu bringen. Die Fähren brauchten anderthalb Stunden, wenn sie direkt nach Dagebüll fuhren. Liefen sie den Hafen von Wyk auf Föhr an, dauerte die Fahrt noch eine halbe Stunde länger. Zeit genug, um die Polizei in Dagebüll darauf anzusetzen, die Fahrgäste bei der Ankunft auf dem Festland zu überprüfen. Unter all den Familien mit kleinen Kindern, den älteren Ehepaaren und den Kegelklubs, die um diese Jahreszeit auf Amrum ihren Urlaub verbrachten, hätte man Boris sicher schnell ausfindig gemacht.

Gustavs Gedanken überschlugen sich. Er musste Boris anrufen, sofort! Er musste ihm unmissverständlich klarmachen, dass er den bezahlten, aber nicht erfüllten Auftrag sauber zu Ende zu bringen hatte.

Wie immer vor seinen Telefonaten mit Boris zog Gustav sich Kleidungsstücke an, die er längst aussortiert und in einem alten Schrank im Keller deponiert hatte: braune Cordhosen mit ausgebeulten Knien. Eine dunkelgrüne Sweatshirt-Jacke mit Kapuze und großen Seitentaschen. Dazu braune, ausgelatschte Turnschuhe. Kleidung, in der er ein anderer Mensch war und die diejenigen, die ihn kannten, nie mit seiner Person in Verbindung bringen würden.

Bevor er das Haus verließ, vergewisserte er sich, dass kein Nachbar im Garten arbeitete oder gerade von einem Spaziergang zurückkehrte. Mit weichen Knien huschte er zum Auto, um nach Niebüll zu fahren. Sein Ziel war eine der Telefonzellen, die Boris und er sich für ihr gemeinsames Komplott ausgesucht hatten.

Gustav fuhr schnell, aber vorsichtig. Jetzt nicht auffallen, nicht geblitzt werden, redete er sich selbst gut zu. Im Ort angekommen, musste er sich notgedrungen die Zeit nehmen, ein Stück von der Kabine entfernt zu parken. Andernfalls riskierte er, dass ein Bewohner den etwas heruntergekommen wirkenden Mann in der Telefonzelle mit dem Wagen in Verbindung brachte und sich das Autokennzeichen merkte.

Gustav wählte die Handynummer des Mittelsmannes. Viermal erklang der Freiton. Dann vernahm er Stimmen im Hintergrund und ein Geräusch, das sich anhörte wie das Rascheln von Papier. »Ist Boris noch da?«, schleuderte er seinem Gesprächspartner durch den klebrigen Telefonhörer entgegen, ohne seinen Namen genannt zu haben.

»Da ist was schiefgelaufen«, räumte der Mittelsmann sofort ein. Offenbar wusste er, mit wem er sprach.

»Ich habe gefragt, ob Boris noch da ist!«, bellte Gustav.

»Was denkst du denn?«, sagte der Vermittler beschwichtigend. »Er könnte sich nicht verdächtiger machen, als wenn er mit der erstbesten Fähre von der Insel verschwindet. Die Polizei steht seit heute Morgen an der Fährbrücke und verabschiedet jeden einzelnen Fahrgast persönlich. Boris sitzt brav und unauffällig seinen Urlaub ab, ganz nach dem üblichen Bettenwechselschema: Ankunft am Samstag, Abfahrt am Samstag.«

Gustavs Herzschlag wurde regelmäßiger, seine Stimmbänder entspannten sich. Er spürte, wie seine Lunge sich entkrampfte und sein Atem wieder ruhiger ging. Doch der Frust über die missglückte Aktion bahnte sich seinen Weg nach oben.

»Ich habe einen Profi verlangt und du hast mir einen versprochen. Ich gebe doch nicht so viel Geld für diesen Dilettantismus aus!« Die Worte hallten in der Telefonzelle wider. Gustav erschrak über die Kraft seiner eigenen Stimme.

»Was habe ich damit zu tun? Ich habe nur den Kontakt hergestellt«, antwortete der Mittelsmann schlicht. »Der Rest war eine Sache zwischen euch beiden.«

»Du hängst genauso tief drin wie Boris und ich«, wehrte Gustav ab. »Sag ihm, dass er mich in einer Minute anrufen soll. Ich erwarte einen neuen Plan von ihm. Er soll sich ja nicht trauen, die Insel zu verlassen, bevor die Arbeit erledigt ist.«

Gustav nannte dem Mittelsmann die Nummer der Telefonzelle und hängte den Hörer ein. Zur Sicherheit hielt er den Zettel mit Boris' Handynummer in der Hand, die er für den äußersten Notfall erhalten und entgegen Boris' Anweisung nicht bereits gestern Abend vernichtet hatte. Falls der Russe nicht innerhalb der nächsten Sekunden anrief, würde er sich trotz aller vereinbarten Vorsichtsmaßnahmen direkt bei ihm melden und ihm sagen, wo es langging.

Doch Boris rief schneller zurück als erwartet. Er nannte das vereinbarte Codewort, und Gustav nannte seins, auch wenn das in dieser Situation überflüssig erschien. Nach einem Augenblick der Sprachlosigkeit vernahm er Boris' dröhnendes Lachen. Gustav wurde klar, dass er diesen Mann, seine Denkweise und seine Gefühle nicht verstand und niemals würde verstehen können.

»Hast du Glück, dass ich noch auf Amrum bin«, begann Boris. Sein Plauderton wirkte gekünstelt.

Vielleicht ist auch Boris nicht ganz so furchtlos, wie er sich gibt, dachte Gustav. Die Vorstellung, dass auch ein Killer unsicher und ängstlich werden konnte, gab ihm Auftrieb. Er wurde mutiger, als er es bei den wenigen bisherigen Telefonaten gewesen war. »Ich dachte, ich hätte einen Profi engagiert«, warf er Boris in ungewohnter Souveränität vor. »Aber da habe ich mich wohl getäuscht.« Diesmal war er es, dessen Stimme ein wenig von oben herab klang.

»Nun mal langsam.« Boris klang leicht verärgert. »Was kann ich dafür, dass Jasper hinter jeder Mieze herrennt, die ihm unter die Augen kommt? Es war nicht vorhersehbar, dass er so etwas tun würde.«

Gustav schwankte zwischen unbändiger Wut und der Einsicht, dass er Boris noch einmal brauchte. Er riss sich zusammen. »Ich bin ein lösungsorientierter Mann«, tönte er und schrak im selben Moment zusammen, denn hinter sich hörte er hartnäckiges Klopfen. Polizei!, dachte er panisch und fuhr herum. Er sah in das verdrossene Gesicht einer Frau, die ungeduldig auf ihre Armbanduhr zeigte. Gustav winkte ab und wandte ihr den Rücken zu.

»Ein lösungsorientierter Mann? Was genau willst du damit sagen?«, fragte Boris in die Stille hinein, die sich in den Sekunden breitmachte, die Gustav brauchte, um sich von seinem Schrecken zu erholen.

Gustav sammelte sich. »Ich will nicht lange mit dir darüber streiten, was schiefgelaufen ist und warum«, erklärte er kühl. »Ich will, dass du das Problem löst. Sprich: Ich erwarte, dass du den Auftrag zu Ende führst, für den ich dich engagiert habe – engagiert und nicht zu knapp bezahlt.«

»Unser Vertrag sieht keine Erfolgsgarantie vor«, warf Boris ein. »Aber gut, ich lasse mich auf einen Deal mit dir ein.«

»Einen Deal«, wiederholte Gustav. »Wie soll der denn aussehen?«

»Ich kümmere mich darum, dass die nächste Aktion ein Volltreffer wird. Gib mir ein paar Tage, um herauszufinden, wann die passende Gelegenheit ist. In der Zeit beschaffst du noch einmal zehn Prozent der vereinbarten Summe und lässt sie von deinem Boten nach Amrum bringen.«

»Noch mal zehn Prozent obendrauf? Du spinnst wohl!«, brauste Gustav auf. »Du bist derjenige, der das Geschäft vermasselt hat, nicht ich. Dieser Anruf ist kein neuer Auftrag, er ist eine Reklamation. Verstehst du? Eine Re-kla-ma-tion!«

»Ruhig, mein Lieber. Du hast mich für eine einzige Aktion bezahlt. Jetzt soll ich ein zweites Mal ran. Meine Dienstleistung gibt es nicht umsonst!«

»Du hast die vereinbarte Leistung nicht erbracht«, beharrte Gustav.

»Wer von uns beiden hat denn darauf bestanden, die Explosion selbst auszulösen? Hättest du das mir überlassen, hätte dich das zwar auch mehr Geld gekostet. Aber dann wäre die Sache im Handumdrehen erledigt gewesen. Quick and clean. Neues Spiel, neues Glück. Entweder du zahlst, oder du siehst zu, wie du dein Ziel ohne mich erreichst.« Boris' Stimme wurde streng. »Ich verhandle nicht mit dir. Wenn du Bedenkzeit brauchst, gebe ich dir zehn Minuten. Dann kannst du mich auf dem Handy erreichen. Ich wette, du hast die Nummer noch.« Gustav zog den Kopf ein. Boris machte eine kleine Pause, als erwarte er Gustavs Entschuldigung. Dann sprach er weiter. Seine Stimme klang bedrohlich, als er sagte: »In elf Minuten werde ich für dich nicht mehr erreichbar sein und du wirst mich nirgendwo auf der Welt finden. Denn du weißt nicht, wen du suchst, und unser gemeinsamer Bekannter wird schneller tot sein, als er mich verraten kann.«

Boris hatte erneut die Oberhand gewonnen; er spielte mit ihm. Gustav ballte die Hand zur Faust und schlug auf den Telefonapparat ein. »Okay«, sagte er kleinlaut und wartete auf weitere Instruktionen.

»Ich rufe dich in drei Tagen um neunzehn Uhr in Kabine Nummer zwei unserer Telefonzellenliste an«, erklärte Boris nun wieder etwas versöhnlicher. »Sieh zu, dass du das Geld unauffällig beschaffst und auf die Insel bringen lässt. Ich sage dir dann, wann die Aktion stattfinden wird.«

»Wie willst du sicherstellen, dass diesmal nichts dazwischenkommt?« Gustav biss auf seiner Unterlippe herum, dass es wehtat.

»Diesmal werde ich die Sache eigenhändig ausführen. Wenn du selbst wieder den großen Killer spielen willst, kann ich keine Garantie dafür übernehmen, dass es gelingt.« Boris lachte selbstgefällig. »Auch wenn es zu meiner Berufsehre gehört, einen einmal angenommenen Auftrag zu Ende zu führen: Für einen dritten Versuch stehe ich nicht zur Verfügung. Am Samstagmittag macht sich der Urlauber Boris wie geplant ganz unauffällig aus dem Staub. Mir wird der Boden hier langsam zu heiß.«

»Okay«, sagte Gustav. Der Begriff der Berufsehre kam ihm in diesem Zusammenhang allerdings unangemessen vor. »Ich besorge das Geld, und du sagst mir, wann du die Bombe zündest.«

»Wenn's denn wieder eine Bombe wird.«

»Was denn sonst?«, fragte Gustav, der spürte, wie sein Magen wieder rebellierte.

»Schlaf gut«, säuselte Boris. Dann kappte er die Verbindung.

Gustav hängte den Hörer in die Gabel. Völlig aufgelöst drückte er die Kabinentür auf und stürmte hinaus. Dabei rempelte er die Frau an, die draußen gewartet hatte und jetzt den Türgriff aus seiner Hand entgegennahm, um die Kabine zu betreten.

»Sehr freundlich«, zischte sie ironisch.

Es hätte nicht viel gefehlt und Gustav hätte ihr den Stinkefinger gezeigt. Doch dann fiel ihm siedend heiß ein, dass er in all der Aufregung vergessen hatte, die Kapuze über den Kopf zu ziehen. Die Frau hatte ihn sicher die ganze Zeit über beobachtet. Vermutlich hatte sie das Gespräch sogar mitgehört. Der Gedanke erschreckte Gustav so sehr, dass er ihn sofort verdrängte. Besser nicht weiter auffällig werden, sagte er sich. Er versenkte die Hände tief in seinen Jackentaschen und eilte zu seinem Wagen.

MONTAG

1

Keine halbe Stunde mehr, dann sollte Kriminalkommissar Arne Zander auf dem Polizeirevier eintreffen. Kuno mochte die lässige, unverfälschte Art des gebürtigen Flensburgers, der erst vor wenigen Jahren seinen Dienst an seinem Wunscheinsatzort Sylt angetreten hatte. Auch wenn sein junger Kollege sich gelegentlich als ein wenig übereifrig erwies, hatten sie sich schnell aufeinander eingespielt.

Arne kam tatsächlich am Montagmorgen mit dem Fahrrad auf der Polizeistation an, allerdings nicht mit einem Leihrad, sondern mit seinem grafitschwarzen Hightech-Faltrad, das er auf das Schiff hatte mitnehmen dürfen. Bestens gelaunt stieß er die Tür zu Kunos Büro auf, das für die Zeit der Ermittlungen ihr gemeinsames Revier sein sollte, und deponierte seinen Rucksack auf einem Besucherstuhl.

»Hast du dich schon bei Anneke gemeldet?«, fragte Kuno über seine Lesebrille hinweg.

»Anneke hat schon einen fangfrischen Fisch für mich im Kühlschrank liegen. Den hat der Fischer am Stianoodswai heute früh extra für mich aus dem Meer geholt.« Arne grinste.

Anneke Brinks gehörte ein geräumiges altes Friesenhaus im Waasterstigh, schräg gegenüber dem Kapitänshaus, in dem Kuno lebte. Drei Zimmer des urigen, liebevoll gepflegten Gebäudes vermietete die Witwe an Urlaubsgäste. Ein viertes hielt sie stets für Arne frei, den einzigen Gast, der immer ohne langfristige Voranmeldung vor der Tür stand, weil seine Aufenthalte auf dieser Insel berufsbedingt nicht planbar waren.

Bei einem seiner ersten dienstlichen Einsätze auf Amrum hatte Anneke dem quirligen Kommissar mit der schlanken Figur und dem hellblonden Haar erzählt, warum sie ihn so sehr mochte: Er erinnerte sie an ihren Lieblingsenkel, der vor acht Jahren zum Studium in die USA ausgewandert war, nach Colorado, wo er inzwischen geheiratet und sie zur zweifachen Urgroßmutter gemacht hatte.

Arne seinerseits mochte die warmherzige Art, mit der die immer gut aufgelegte Friesin ihm ihre großmütterliche Sympathie bekundete. Die äußerte sich vor allem darin, dass sie ihren Gelegenheitsgast leidenschaftlich gern bekochte. So nahm sie dem Kommissar häufig das Grübeln darüber ab, in welchem Restaurant er während seiner Einsätze auf Amrum für sein leibliches Wohl sorgen sollte, wenn Kuno ihn nicht gerade zu sich nach Hause einlud.

»Soso. Fisch gibt's also heute Abend«, murmelte Kuno gedämpft, während er in seiner untersten Schreibtischschublade nach etwas suchte.

»Was für ein Leckerli hast du denn für mich?«, fragte Arne.

»Erst gibt's mal was zur Stärkung.« Kuno tauchte wieder über dem Schreibtisch auf und schob seinem Kollegen eine angebrochene Tafel Schokolade hin. »Bitte. Bedien dich! Wo die Kaffeemaschine steht, weißt du ja. Im Kaffeekochen bist du besser als ich. Und den besten ofenfrischen Kuchen gibt's beim Bäcker im Waasterstigh. Bring mir doch bitte ein Stück mit. Gemeinsam schmeckt's am besten.« Er reichte Arne einen Zehneuroschein, den dieser mit einer Grimasse entgegennahm.

»Nervennahrung werden wir bei diesem Fall brauchen«, fuhr Kuno fort. »Jasper Erikson ist ein harter Brocken.

Eigenwillig und ein bisschen undurchschaubar. Der lehnt sogar Polizeischutz ab.«

»Aha, wieso das denn?«

»Ich weiß nicht, ich werde den Eindruck nicht los«, sagte Kuno, »der Mann ahnt, wer hinter der Explosion steckt, und obwohl sein Leben bedroht ist, will er unbedingt vermeiden, dass wir unsere Nase tiefer in die Angelegenheit stecken.« Er schüttelte den Kopf. »Ich habe noch nie erlebt, dass ein Mensch sich in solch einer Situation nicht schützen lassen will.«

Arne wies mit einem Kugelschreiber auf seinen Kollegen. »Der Mann hat mit Sicherheit etwas zu verbergen. Was wissen wir über sein Lebensumfeld? Hat er Feinde?«

Kuno wiegte nachdenklich den Kopf hin und her, während er eine Kanne Tee zubereitete. »Jasper ist zurzeit in eine zwielichtige Steuersache involviert. Du hast bestimmt davon gelesen.«

Arne hob den Zeigefinger. »Stimmt, darüber ist berichtet worden. Und diese Aktion soll mit dem Attentat in Verbindung stehen, meinst du? Jetzt wird's spannend! Bekomme ich auch einen Tee?«

»Heute keinen Kaffee?«, fragte Kuno erstaunt. Er holte einen zweiten Becher, zog das Teesieb aus der Kanne und schenkte Arne und sich selbst ein. Mit dem Becher in der Hand lehnte er sich gegen die Fensterbank. »Die Steuerfahnder aus Leck sind als Tagesausflügler getarnt hierhergekommen und haben sich auf der ganzen Insel unauffällig vor den Häusern der Verdächtigten positioniert. Um Punkt zehn Uhr wurden die netten Touristen dienstlich und stürmten die Räumlichkeiten.«

»Geschickt eingefädelt«, sagte Arne anerkennend.

»Die Beute war allerdings so gering, dass sie den Aufwand nicht gerechtfertigt hat«, lenkte Kuno ein. »Jasper war der Einzige, der nach dieser Aktion ein ziemlich langes Gesicht machte. Da kam bei mir schon ein Fragezeichen auf.«

»Weißt du Genaueres darüber, was gegen Jasper vorliegt?«

»Nein«, gestand Kuno. »Ich habe mich, ehrlich gesagt, nicht weiter mit der Sache befasst. Finanzen sind nie mein Ding gewesen, und um Wirtschaftskriminalität habe ich während der Ausbildung einen ganz großen Bogen gemacht. Aber ich glaube, in diesem Fall kommen wir nicht daran vorbei, uns damit zu beschäftigen. Die mutmaßliche Steuerhinterziehung überlassen wir natürlich den Kollegen von der Finanzbehörde. Aber die Hintergründe der Aktion, die könnten für uns wichtig sein. Mein kriminalistisches Bauchgefühl sagt mir: Es gibt einen Zusammenhang mit dem Attentat.«

»Hm, bei der Steuergeschichte ist Jasper aber der Täter. Zumindest steht er im Verdacht, einer zu sein. Bei dem Anschlag dagegen hatte er eindeutig die Rolle des Opfers.«

»Jo, min Jung, das ist mir auch schon aufgefallen. Trotzdem – ich glaube, dass das eine mit dem anderen zusammenhängt.«

»Okay, wenn du sonst keinen konkreten Punkt hast, an dem wir ansetzen können, dann lass uns in diese Richtung ermitteln. Einen Haken schlagen können wir immer noch, wenn wir zu anderen Erkenntnissen kommen.«

»Wenn du eine bessere Idee hast, nur heraus damit«, meinte Kuno. Doch Arne hob ergeben die Hände.

»Elf Uhr fünfzehn«, sagte Kuno mit Blick auf seine Armbanduhr. »Jasper kommt um ein Uhr her. Vorher will ich noch mit Gesa Hauptmann telefonieren. Das ist die Dame, die unserem Beinahe-Opfer zufällig das Leben gerettet hat. Mal hören, ob ihr nach dem ersten Schock doch noch etwas eingefallen ist, was uns weiterhelfen kann.«

»Du meinst, sie hat vielleicht einen ganz in Schwarz gekleideten Attentäter beobachtet, der kurz vor der Explosion mit einem brennenden Streichholz in der Hand vor Jaspers Auto stand und darauf wartete, dass sie und Jasper sich aus dem Explosionsradius entfernten, damit ihnen beiden nichts passiert?«

Kuno stemmte die Hände in die Hüften und bemühte sich, seinen Kollegen über den Rand der Lesebrille hinweg böse anzusehen. »Wolltest du nicht Kuchen holen gehen?«

* * *

Arne machte sich auf zum Bäcker im Waasterstigh. Er genoss die Heile-Welt-Atmosphäre, die das verträumte Dorf Nebel mit seinen hingeduckten, reetgedeckten Häusern verströmte, und wagte einen harmlosen Flirt mit der jungen Bäckereiverkäuferin. Als er wieder ins Polizeirevier zurückkehrte, empfing Kuno ihn mit einem entnervten Blick.

»Was ist los?«, fragte Arne. »Du guckst, als hätte dir eine Möwe im Vorbeifliegen in den Tee gesch…puckt.«

»Gesa Hauptmann«, sagte Kuno nur und verdrehte die Augen.

»Hast du sie erreicht?«

»Ja, aber ein Telefonat mit dem Sandmännchen wäre aufschlussreicher gewesen. Sie hat offenbar wirklich nichts mit Jasper zu tun und droht damit, bei der Kurverwaltung eine Beschwerde über den lästigen Herrn Hauptkommissar einzureichen. Trotzdem würde mich interessieren, warum sie Jaspers Schutzengel wurde. Warum ist er ihr hinterhergelaufen?«

Arne ging in die Teeküche gegenüber dem Büro, holte zwei Teller aus dem Schrank und verteilte die Gebäckstücke. Einen Teller schob er Kuno zu. »Jetzt stärk dich erst mal für unser Gespräch mit Jasper«, schlug er vor und leckte sich Zuckerguss vom Daumen ab.

* * *

Es hätte Kuno gewundert, wenn Jasper pünktlich gekommen wäre. Immerhin mussten die beiden Kommissare nur zwanzig

Minuten auf den Mann warten, der sich von niemandem etwas vorschreiben ließ. Arne war schon drauf und dran gewesen, ihn höchstpersönlich mit dem Polizeiwagen abzuholen. Aber Kuno hatte ihn zurückgehalten. »Der kommt«, hatte er versichert. »Er will nur den Zeitpunkt selbst bestimmen. Das ist sein Verständnis von persönlicher Freiheit.«

Jasper betrat den Raum, ohne anzuklopfen. »Moin«, war alles, was er von sich gab, als er die Bürotür hinter sich schloss. Er reichte Kuno die Hand und nickte Arne zu. Die beiden Kommissare musterten ihn, um den ersten Eindruck, den ihr Gast auf sie machte, wirken zu lassen.

Kuno bemerkte, wie Jasper unter Arnes und seinen Blicken unsicher wurde. Polizeireviere gehörten nicht zu den Orten, an denen er sich wohlfühlte.

»Um es kurz zu machen«, polterte Jasper los und rieb sich die Hände. »Bedroht worden bin ich nicht. Erpresst worden bin ich nicht. Und in zweifelhafte Geschäfte verwickelt bin ich auch nicht. Das sind doch die Fragen, die ihr immer stellt. Jetzt habt ihr die Antworten. Dann kann ich also wieder gehen.«

Das Ende von Jaspers Monolog rief Arne auf den Plan. Der schmächtige Kommissar, der Jasper gerade bis zu den Schultern reichte, baute sich vor ihm auf.

»Prima, dass Sie ein wenig Zeit mitgebracht haben, um uns dabei zu helfen, den Mordanschlag aufzuklären, der auf Sie verübt wurde. Bitte, nehmen Sie doch Platz. Darf's ein Kaffee sein? Vermute ich richtig: ganz schwarz, ohne Milch und ohne Zucker?«

»Jasper«, sagte Kuno betont aufgeräumt, »das ist Arne Zander, mein geschätzter Kollege aus Sylt, der in schwierigeren Fällen mit mir gemeinsam ermittelt. Setz dich doch bitte.«

»In schwierigeren Fällen«, echote Jasper, als er sich widerwillig auf dem Besucherstuhl neben den Schreibtischen niederließ. »Wenn mein Fall so schwierig sein soll, dass du einen

Kollegen von einer anderen Insel zur Verstärkung brauchst, mache ich euch einen Vorschlag: Mir ist nix passiert, und meine uralte Klapperkiste hätte es sowieso nicht mehr lange gemacht. Lasst die Sache auf sich beruhen, und gut is'.«

»Nun reicht's aber!« Arne sah entgeistert zwischen den beiden Männern hin und her. »Sie erwarten, dass wir den Mordanschlag auf Sie so behandeln, als ginge es um einen Strauß Gänseblümchen, den ein Fremder unberechtigt in Ihrem Garten gepflückt hat? Haben Sie überhaupt kein Interesse daran, dass wir herausfinden, wer Sie in die Luft jagen wollte?«

Kuno beobachtete amüsiert, wie der Mann, der auf dem Surfbrett zu Hause war, sich seine Worte zurechtlegte. Betont ruhig antwortete Jasper: »Ich will nicht, dass ihr 'ne große Welle daraus macht. Das könnte sich geschäftsschädigend auswirken.«

»Wie das?«, fragte Kuno.

»Na, wer will schon sich selbst oder seinen Kindern das Surfen von einem Mann beibringen lassen, den man ins Jenseits befördern wollte? Ihr wisst doch, wie das ist. Wenn die Sache publik wird, geht ganz schnell die Fantasie mit den Leuten durch. Nachher werde ich noch mit irgendwelchen dubiosen Vorgängen in Verbindung gebracht. Da kriegt jede brave Mutti Angst und schickt ihren Nachwuchs lieber zur Konkurrenz.«

»Und?« Kuno stellte sich neben Jasper, beugte sich hinab und stützte die Hände auf die Armlehne seines Stuhls. »Gibt es eine Verbindung mit, sagen wir, nicht ganz gesetzeskonformen Machenschaften, in die du möglicherweise verstrickt bist?«

»Ich bin in keine Machenschaften verstrickt!«, brauste Jasper auf. Dann atmete er durch, sah Kuno mit treuen Augen an und versicherte: »Diese Steuersache ist natürlich eine blöde Geschichte. Aber so schlimm, wie die mir unterstellen, bin ich nicht. Wirklich nicht.«

Kuno ging zurück zu seinem Platz hinter dem Schreibtisch und verschränkte die Arme. »Gibt es bei dem Anschlag einen

Zusammenhang mit den Unregelmäßigkeiten, die die Steuerfahnder bei dir aufgedeckt haben wollen?«

»Quatsch! Wie kommst du denn darauf?« Jasper knetete seine Hände. »Und was heißt denn bitte Unregelmäßigkeiten? Ich habe nichts gemacht, was andere sich nicht auch erlauben.«

»Was ja nicht zwangsläufig bedeutet, dass das, was du gemacht hast, juristisch korrekt ist.« Kuno war zwar kein Wirtschaftskriminalist, aber in puncto Steuerhinterziehung verstand er schon von Berufs wegen keinen Spaß.

»Steuerfahndung ist Mist«, klinkte Arne sich ein und erntete einen schrägen Blick von Kuno. Der Sylter Kommissar machte ein Engelsgesicht und fuhr unbeirrt fort: »Mein Onkel Richard hatte mal Ärger mit der Steuerbehörde. Dabei hat er sich auch so gut wie nichts zuschulden kommen lassen. Ein Mordsaufwand wegen einer Lappalie, und hinterher bleibt immer was an einem hängen. Der arme Mann hat noch lange Zeit ganz schön darunter gelitten.« Er sah Jasper teilnahmsvoll an. »Er hatte eine gut gehende Pension auf Rügen«, erklärte er.

Kuno begann zu verstehen, welche Rolle Arne gerade spielte, und beschränkte sich erst mal aufs Beobachten.

»Klar, er hat nicht immer alle Übernachtungen versteuert«, erzählte Arne offenherzig. »Du weißt ja, wie das ist: Man hat Investitionen zu tätigen, um das Haus in Schuss zu halten. Da kann man nicht jeden Cent dem Finanzamt melden.« Arne zog die Stirn in Falten und schüttelte den Kopf. »Irgendein Neider muss ihn eines Tages verpfiffen haben. Große Sache, kleine Wirkung: Mein Onkel hat letztlich nur ein paar Euro nachzahlen müssen. Damit war die Angelegenheit erledigt. Aber die Geschichte hat in der Presse gestanden, und danach blieben die Gäste eine ganze Zeit lang aus. Als ob die nicht selbst alles versucht hätten, um Geld am Finanzamt vorbeizuschleusen!«

Während Arne diese Story erzählte, setzte Kuno sein Pokerface auf und freute sich still, dass sein Kollege die

»Verständnis-Nummer« so überzeugend spielte. Die Stimmung im Raum entspannte sich spürbar. Jasper, der Arne zuerst kaum eines Blickes gewürdigt hatte, lächelte dem jungen Kommissar jetzt dankbar zu.

»Du verstehst also, wie das ist?«

Die beiden Polizisten registrierten schweigend, dass Jasper wie selbstverständlich darauf eingegangen war, sich mit Arne zu duzen. Das Eis war gebrochen.

»Klar«, antwortete Arne souverän. »Ich kann gut nachvollziehen, warum du den Anschlag nicht an die große Glocke hängen willst. Du bist ja weit über die Grenzen Amrums hinaus bekannt. Erst die Steuergeschichte, dann das Attentat – für die Öffentlichkeit wäre das ein bisschen viel auf einmal. Daraus brauen sich die Leute schnell die wildesten Gerüchte zusammen. Die denken doch, das eine hätte direkt mit dem anderen zu tun.«

»Und«, schob Kuno sofort hinterher. »Ist es so?«

Jasper sah den Hauptkommissar an, als hätte er die Frage nicht verstanden.

»Ist es so, dass die Steuersache und das Attentat miteinander zu tun haben?«, bohrte Kuno unerbittlich nach.

Jasper legte den Kopf schief. »Die Frage hatten wir doch vorhin schon mal. Ihr bekommt keine andere Antwort, wenn ihr sie noch einmal stellt. Wie kommt ihr überhaupt auf so eine verdammt blöde Idee? Wie, um Himmels willen, soll das eine denn mit dem anderen zusammenhängen? Das sind doch zwei ganz verschiedene Paar Schuhe.«

»Du meinst also, wir liegen mit unserer Vermutung völlig daneben?«, vergewisserte Arne sich.

»Absolut!«, rief Jasper aus. Sein düsterer Gesichtsausdruck hellte sich auf. »Das wäre dann geklärt. Ihr wühlt nicht weiter in der Sache herum?«

Kuno hob die Hand und bremste Arne, der gerade etwas einwenden wollte, damit aus. »Bei allem Verständnis für deinen

Wunsch, vor den Urlaubern nicht als jemand dazustehen, in dessen Nähe man um sein Leben fürchten muss: Aufklären müssen wir die Sache schon. Und da stellt sich für uns natürlich zuerst mal die Frage, welches Motiv der Attentäter hatte.«

»Es wird ein Spinner sein«, erklärte Jasper heftig gestikulierend, »einer, der sich wahllos irgendein Auto greift und es in die Luft jagt. Heute auf Amrum, morgen auf Föhr und übermorgen auf Sylt. Ich wette, der Typ kennt mich gar nicht persönlich.« Jasper beugte sich vor und klopfte mit dem Zeigefinger auf den Tisch wie ein Specht gegen die Baumrinde. »Wahrscheinlich ist das so ein Umweltschutzfanatiker, der seinen Hass auf Autos auslebt.«

Kuno hatte sich seitlich auf seinen Bürostuhl gesetzt, den linken Arm über die Rückenlehne gehängt und Jaspers wortreichen Fantasien skeptisch gelauscht. Arne war der Argumentation des Surflehrers mit offenem Mund gefolgt.

Jasper stützte seine Hände auf die Knie und sah die beiden Polizisten erleichtert an. »Tja, dann wären wir so weit durch, denke ich. Weiterhelfen kann ich euch nicht. Ich hab den Spinner nie gesehen und weiß nicht, was für Pläne er noch auf dem Zettel hat.«

»Wenn wir es also mit so einem Spinner zu tun haben sollten«, überlegte Arne betont langsam und hob den Zeigefinger an seine Nasenspitze, »dann müssten wir uns allerdings, bis wir ihn gefasst haben, massive Vorsichtsmaßnahmen für die ganze Insel überlegen.«

Jasper öffnete beide Arme zu einer Geste, die wohl sagen sollte: Wenn es so ist, dann ist es so. Doch das ist euer Job, nicht meiner.

Kuno räusperte sich. »Wir müssen ja in alle Richtungen ermitteln«, sagte er in amtlichem Ton. »Deshalb noch eine Frage, bevor du gehst. Könnte es sein, dass der rachsüchtige Partner einer deiner zahlreichen Amrumer Kurzzeitliebschaften dahintersteckt?«

Jaspers Gesichtsfarbe wechselte wie auf Knopfdruck von sonnengebräunt zu feuerrot. »Komm mir nicht damit!«, rief er. »Lass die Frauen aus dem Spiel! Welcher Strohwitwer interessiert sich schon dafür, was seine Frau in den paar Tagen treibt, in denen sie auf Amrum Urlaub von der Ehe macht?«

Kuno sah Jasper lange an. Dabei schlich sich ein Gedanke, den er im Grunde seines Herzens gar nicht denken wollte, heimtückisch an ihn heran: Vielleicht hatten sie es nicht mit einem verärgerten Ehemann zu tun, sondern mit Jaspers eigener Ehefrau. Bei all den Flirts, die der notorische Fremdgänger sich leistete, befürchtete er schon seit Jahren, dass es in Göntje heftig gärte, auch wenn sie sich nach außen hin immer kühl und gelassen gab. Kuno verbannte diesen Gedanken sofort wieder aus seinem Hirn. Niemals wäre diese sanftmütige Frau in der Lage, einen Killer zu beauftragen, der ihren Mann in die Luft jagte.

»Nun ja«, meinte Kuno und spielte mit dem Radiergummi auf seiner Schreibtischplatte herum. »Hätte ja sein können.«

Jaspers Lippen verzogen sich zu einem breiten Grinsen. »Wenn ihr wollt«, bot er provokant an, »kann ich euch ja die Namen meiner Frauen aus den vergangenen zwanzig, dreißig Jahren zusammenstellen. Dann könnt ihr die Ehemänner überprüfen, einen nach dem anderen. Doch eins sag ich euch gleich: In diesem Leben werdet ihr es nicht mehr schaffen, die Liste abzuarbeiten.«

»Gute Idee, diese Liste«, sagte Arne und grinste mindestens ebenso breit wie Jasper. »Fang doch gleich damit an. Solange du am Schreibtisch sitzt und die Namen notierst, wissen wir dich wenigstens in Sicherheit.«

Jaspers Mundwinkel zogen sich zusammen.

»Um beim Thema zu bleiben«, warf Kuno ein, »welche Rolle spielt Gesa Hauptmann in deinem Leben?«

Jasper blies die Backen auf. »Gar keine.«

»Aha. Deshalb bist du hinter ihr hergerannt. Weil sie für dich völlig unbedeutend ist.«

Jasper stöhnte auf. »Also, gut«, sagte er. »Ich hab gesehen, wie sie ihren Autoschlüssel verloren hat. Da hab ich angehalten und …«

»Das kannst du deiner Urgroßmutter erzählen, aber nicht mir«, fuhr Kuno ihm dazwischen. »Wenn du einer Frau nachläufst, dann nicht wegen eines verlorenen Schlüssels.«

»Okay, ich hab die Frau verwechselt.«

Kuno sah Jasper fragend an.

»Vor einem Jahr hab ich mal mit einer Frau geflirtet, die aussah wie diese Gesa Hauptmann. Zumindest von hinten.«

Kuno und Arne trauten ihren Ohren nicht. »Dann hast du also nur überlebt«, vergewisserte Arne sich, »weil du einer Frau hinterhergerannt bist, die gar nicht die war, für die du sie gehalten hast?«

»So ist es«, sagte Jasper und nickte.

Die Kommissare sahen sich ungläubig an. »So viel Schwein hat ein Mensch wohl nur einmal im Leben«, meinte Kuno schließlich und leitete über zu der Frage, die ihn seit gestern Vormittag beschäftigte: »Sag mal, Jasper, du wohnst in Norddorf, du arbeitest in Norddorf – was hast du denn dann eigentlich an einem frühen Sonntagmorgen in Wittdün gemacht?«

»Als erwachsener Mann darf ich mich auf dieser Insel bewegen, ohne mich rechtfertigen zu müssen, warum ich mich wann wo aufgehalten habe«, polterte Jasper.

»Das ist wohl wahr«, sagte Kuno seelenruhig und drückte den Radiergummi fest mit der rechten Hand. »Wenn es aber so sein sollte, wie wir vermuten, nämlich dass ein Sprengsatz unter dem Fahrzeug angebracht wurde, dann stellen sich uns zwei grundlegende Fragen. Erstens: Wo hat dein Wagen in den Stunden vor der Explosion gestanden? Zweitens: Wieso konnte der

Attentäter, der dich offenbar während der Fahrt nicht beobachtet hat, fest damit rechnen, dass du zur Explosionszeit im Auto sitzen würdest?«

Jasper ließ sich Zeit für seine Antwort: »Über Nacht stand der Wagen in der Garage neben meinem Haus. Ab fünf Uhr morgens auf dem großen Parkplatz am Strandübergang von Norddorf. Zuletzt auf einem Parkplatz in Wittdün.« Er kratzte sich hinter dem Ohr. »Was die zweite Frage betrifft, die müsst ihr euch selbst beantworten.« Er streckte die Beine aus, legte den Kopf schief und sah von einem Kommissar zum anderen.

»Frage Nummer drei: War die Garage abgeschlossen?«

»Abgeschlossen!«, höhnte Jasper. »Wozu? Wer klaut bei Nacht auf einer Insel, von der man nachts nicht wegkommt, ein Auto?«

»Dein Wagen wurde vermutlich mit einem Sprengsatz versehen, wie du weißt. Der könnte nachts in der Garage angebracht worden sein, wenn sie nicht abgeschlossen war.«

»Nicht bei meinem Garagentor. Das knarrt laut genug, um das ganze Dorf aus dem Schlaf zu reißen.«

Kuno guckte skeptisch.

»Frage Nummer vier«, sagte Arne. »Standen zu der Zeit, als du in Norddorf warst, noch andere Wagen auf dem Parkplatz am Strandübergang?«

»Antwort Nummer vier: natürlich. Die Strandkorbvermieter trudeln zwischen fünf und sechs Uhr der Reihe nach ein, um ihre Körbe herzurichten.«

»Frage Nummer fünf«, stöhnte Arne. »Auf welchem Parkplatz in Wittdün hast du deinen Wagen abgestellt?«

Wieder ließ Jasper sich mit der Antwort Zeit. »Es war der Parkplatz des Apartmenthauses neben dem Hotel Strandrose.«

»Frage Nummer sechs«, sagte Kuno und wütete innerlich. Er fühlte sich, als hätte er es mit einem renitenten Siebzehnjährigen zu tun. »Von wann bis wann genau hat dein Wagen gegenüber der Strandrose auf dich gewartet?«

Jasper wollte aufbrausen, doch Arne kam ihm zuvor. »Nur noch diese eine Antwort, dann kannst du gehen.«

Jasper lehnte sich betont langsam auf seinem Stuhl zurück, ehe er widerwillig antwortete: »Also gut. Ich bin gegen sechs Uhr dreißig in Wittdün angekommen und um acht Uhr dreißig wieder weggefahren.«

»Was du in der Zeit zwischen Ankunft und Abfahrt gemacht hast, das wollen wir jetzt nicht so genau wissen. Aber den Namen und die Adresse der Person, mit der du dich getroffen hast, hätte ich gerne. Ich nehme an, es handelt sich um eine Frau.« Diesen Nachsatz konnte Kuno sich nicht verkneifen.

»Wen ich getroffen habe, geht euch nichts an!«

»Wir können dich auch beschatten lassen. Ich wette, dann finden wir schnell heraus, wer es war«, sagte Arne und schob Jasper Block und Kugelschreiber hin.

Jasper schlug mit der Faust auf den Tisch. »Wattwürmer hab ich getroffen!«, rief er. Dann ließ er sich zu einer plausibleren Antwort herab. »Wenn es eure Neugier befriedigt: Ich bin am Strand entlanggelaufen. Ich wollte mal die Südspitze sehen, nicht immer nur die Odde.«

Kuno glaubte ihm nicht. Doch darauf zu pochen, die Wahrheit zu erfahren, wäre pure Zeitvergeudung gewesen. Er erhob sich, um Jasper zu verabschieden. »Das wär's fürs Erste. Du kannst gehen. Wenn wir noch Fragen haben, melden wir uns.«

Jasper hatte schon die Türklinke in der Hand, da kam Arne doch noch eine Frage in den Sinn. »Sag mal, Jasper, dieses Apartmenthaus, verfügt das über eine Videoüberwachung?«

»Eine Videoüberwachung?« Jasper schüttelte den Kopf. »Auf unserer Insel ist so was nicht nötig.«

»Ah ja. War nur so ein Gedanke.«

Jasper wirkte seltsam erleichtert, als die Kommissare ihn gehen ließen.

* * *

»Was für ein Sturkopf!«, entfuhr es Arne, als er vom Fenster aus Jasper zu seinem Fahrrad vor dem Polizeigebäude trotten sah. »Ein Charmebolzen ist das nicht gerade.«

Kuno schmunzelte. »Du kennst nur diese eine Seite von ihm. Du solltest ihn mal in seiner Surfschule in Norddorf erleben. Da läuft der Mann zur Hochform auf. Dann funkelt er die Damen mit seinen meerblauen Augen an und macht einen auf Gentleman. Die Frauen fliegen nur so auf ihn.«

»Mag ja sein. Bei mir könnte der nicht landen.«

»Das würde er auch gar nicht wollen.« Kuno zwinkerte seinem Kollegen zu. »Aber wenn du mal mit deiner Freundin hierherkommst, gib gut auf sie Acht.«

Arne tippte mit dem Kugelschreiber auf ein handbeschriebenes Blatt, auf dem er während des Gesprächs mit Jasper einige Stichworte notiert hatte. »Ich glaube, dein Bauchgefühl war gar nicht so verkehrt. Der Mann hat ein Geheimnis, und er hat nicht vor, es mit uns zu teilen.«

Kuno lachte. »Tja, von wegen: Da ist ein Spinner am Werk, der heute auf Amrum, morgen auf Föhr und so weiter Autos in die Luft sprengt! Wenn Jasper das tatsächlich glaubt, dann sollte er uns eigentlich jetzt die Hölle heißmachen, damit wir dem Attentäter so schnell wie möglich das Handwerk legen. Sonst bleiben nämlich die Urlauber bald weg und er hat keine Kunden mehr.«

»Ja, nach einem ausgerasteten Umweltschützer brauchen wir sicher nicht zu fahnden«, sagte Arne und schenkte sich noch einen Tee ein.

Kuno knetete seinen Radiergummi mit beiden Händen. »Lass uns mal deine Idee mit der Video-Überwachung aufnehmen«, schlug er vor. »Ich bin schon oft an dem Apartmenthaus vorbeigekommen, habe aber noch nie darauf geachtet, ob eine Kamera montiert ist. Auf Amrum sind solche Vorrichtungen tatsächlich nicht unbedingt üblich. Das Haus ist allerdings sehr luxuriös eingerichtet und die Apartments sind nicht gerade billig. Würde mich nicht wundern, wenn es tatsächlich eine Überwachung gäbe. Fahr am besten gleich mal hin, und wenn eine Kamera installiert ist, dann lass dir vom Hausmeister die Aufzeichnungen aus dem fraglichen Zeitraum geben.«

»Okay. Ich nehme den Polizeiwagen. Und was machst du?«

»Ich setze mich mit den Kollegen von der Finanzbehörde in Verbindung. Ich will einen Termin mit dem Chef dieser Steuerfahnder-Truppe vereinbaren.« Kuno reichte Arne den Schlüssel für den Dienstwagen. »Ach, übrigens: Ich wusste gar nicht, dass du einen Onkel auf Rügen hast.«

Arne grinste. »Ich auch nicht.«

2

Ilka hatte sich den Rucksack über eine Schulter gehängt und die Sonnenbrille in die Haare geschoben. Sie stand ganz vorn auf der Fähre und blinzelte in den Himmel, als das Bugvisier hochgefahren wurde. Mit beschwingten Schritten lief sie über die Fährbrücke geradewegs auf Bele zu, die am Hafen auf sie gewartet hatte und sie nun mit ausgestreckten Armen empfing. Die anderen Fahrgäste strömten an den beiden Frauen vorbei. Ein Mann schlug Bele versehentlich seine Reisetasche in die Knie. Bele wankte, hielt sich an Ilka fest und sah dem Mann kopfschüttelnd nach. Dann wandte sie sich wieder ihrer Freundin zu.

»Willkommen in meinem Paradies!«, sagte sie zwischen zwei Wangenküssen.

»Ich freu mich so, dass wir endlich mal wieder ein paar Tage für uns haben«, sagte Ilka. »Wie lange haben wir uns schon nicht mehr gesehen!« Sie hatte den Eindruck, dass ihre Freundin viel ernster guckte als sonst. Erstaunt, aber ohne ein Wort darüber zu verlieren, registrierte sie auch die dunklen Ringe unter Beles Augen.

»Warum musstest du auch vor acht Jahren mit Bernd nach Flensburg ziehen!«, sagte Bele. »Hättet ihr euer Ingenieurbüro nicht in Leck gründen können? Aber gut, jetzt gehen wir erst einmal zu mir und dann …«

»Dann will ich endlich deine Insel kennenlernen! Es ist wirklich eine Schande, dass ich noch nie auf Amrum war«, sagte

Ilka und nahm die Reisetasche auf, die sie zur Begrüßung ihrer Freundin abgestellt hatte.

»Das ist wohl wahr.« Bele knuffte Ilka in die Seite. »Los, komm, ich wohn gleich um die Ecke.« Sie hakte Ilka unter und dirigierte sie zuerst zur Inselstraße und dann in die kleine Seitenstraße, in der ihr Haus lag.

Eine Frau, die den beiden entgegenkam, blieb stehen und begrüßte Bele. »Das ist aber Ihre Schwester, das sieht man sofort«, sagte sie mit Blick auf Ilka und reichte auch ihr die Hand. »Ich bin Frau Gerdsen, die Nachbarin Ihrer Schwester.«

Bele lachte. »Das ist nicht meine Schwester, sondern meine beste Freundin, Ilka Bentien. Man hat uns aber schon oft für Schwestern gehalten. Wir waren uns schon immer sehr ähnlich, von außen wie von innen, stimmt's, Ilka?«, sagte Bele und legte Ilka die Hand auf den Rücken.

»Freundinnen also. Na dann – ich wünsche Ihnen eine schöne Zeit auf Amrum!«, sagte Frau Gerdsen, nickte den beiden Frauen zu und ging weiter.

»In einer halben Stunde weiß die ganze Insel, dass du zu Besuch bist«, kicherte Bele. »In diesem Mikrokosmos bleibt kaum etwas geheim.« Sie holte ihren Haustürschlüssel hervor. »Und das hier«, sie zeigte auf das rote Klinkerhaus, das vor ihnen lag, »das ist mein Zuhause.«

Ilka schaute sich neugierig um, während Bele die Tür aufschloss. Begeistert stellte sie fest, dass lediglich eine asphaltierte Strandpromenade das auf einer Anhöhe an der Südspitze errichtete Haus von der See trennte. »Du hast nicht übertrieben«, sagte sie und folgte Bele in den Flur. »Dein Traumschlösschen liegt wirklich direkt am Meer!«

Bele lotste Ilka gleich in die Wohnküche. »Kaffee?«, fragte sie und stellte die Kaffeemaschine an.

»Eigentlich würde ich ja am liebsten sofort rausgehen«, sagte Ilka. »Was hältst du davon, wenn wir irgendwo ein Eis essen gehen? Hier gibt es doch bestimmt ein schönes Strandcafé!«

»Gute Idee«, sagte Bele. »Ich zeige dir eben das Gästezimmer und dann ziehen wir los.« Sie nahm Ilkas Reisetasche und ging die Treppe hinauf. Ilka folgte ihr. Bele öffnete die Tür des letzten Zimmers auf der rechten Seite des Flurs. »Voilà«, sagte sie, wies mit der Hand in den Raum und deutete eine Verbeugung an wie ein Hotelpage. »Hier kannst du bleiben, solange du willst.«

»Schön wär's«, lachte Ilka, die gleich ans Fenster ging und darüber staunte, wie weit das Wattenmeer jetzt, bei Niedrigwasser, trockengefallen war. »Bernd ist nicht so großzügig wie dein Ebbe. Den kann ich nicht so lange alleinlassen.« Sie drehte sich wieder zu Bele um und meinte zu erkennen, dass sich ein Schatten über deren Gesicht legte.

Bele stellte Ilkas Reisetasche ab und schwieg.

»Ist was nicht in Ordnung?«, fragte Ilka und ging einen Schritt auf Bele zu. »Ich wollte dich nicht verletzen.«

Bele schüttelte abwehrend den Kopf. »Schon gut«, sagte sie, wich aber Ilkas Blick aus.

»Aber du hast doch was!« Ilka hob ihren Rucksack an, öffnete den Reißverschluss und kramte Sonnenmilch und ein Strandtuch hervor. Dabei ließ sie Bele nicht aus den Augen.

Bele biss sich auf die Lippen und zuckte mit den Schultern. »Ich erzähl's dir später«, erklärte sie schließlich zaghaft und fuhr sich mit der Hand durch die Haare.

»Okay«, sagte Ilka. »Ich wäre dann so weit.« Mit ihren Strandutensilien in der Hand blieb sie unschlüssig stehen.

Bele mühte sich ein Lächeln ab: »Gut, lass uns gehen. Ich pack deine Sachen in meine Strandtasche. Die Fahrräder stehen hinter dem Haus.« Sie schien erleichtert, das Zimmer verlassen zu können. Mit schnellen Schritten und ohne sich nach Ilka umzudrehen, ging sie die Treppe hinunter und in den Garten, wo die Fahrräder standen.

Ilka beobachtete, wie Beles Hände zitterten, als sie die Schlüssel in die Fahrradschlösser steckte.

* * *

»Erst ein Eis oder erst zum Strand?«, fragte Bele, als sie die Fahrradständer auf dem Parkplatz am Strandübergang von Nebel erreicht hatten.

Ilka brauchte nicht lange zu überlegen. »Du hast doch etwas auf dem Herzen.«

Bele nickte betreten. Ihre Augen wurden feucht.

»Dann lass uns einen Strandkorb nehmen, der ein bisschen abseits liegt«, sagte Ilka. »Erst redest du dir deinen Kummer von der Seele und dann spendiere ich dir ein großes Eis.«

Über diesen Vorschlag konnte Bele wieder ein wenig lächeln. »Die Strände auf Amrum sind so riesig, dass jeder Strandkorb ein bisschen abseits liegt«, meinte sie. Sie nahm die Strandtasche vom Gepäckträger.

Hand in Hand wanderten die zwei Frauen über den breiten Sandstrand zu Beles Korb. Ilka machte es sich bequem und schaute zu Bele auf, die noch immer dastand und über etwas nachzudenken schien.

»Soll ich dir einen Kaffee vom Kiosk holen?«, fragte Ilka, nur um irgendetwas zu sagen. Sie spürte, wie es in Bele brodelte. Bele schüttelte den Kopf. Als Ilka ihre Hand nahm und leicht daran zog, ließ sie sich auf den freien Platz fallen, schlug die Hände vors Gesicht und fing an zu weinen. Ilka legte den Arm um Beles Schultern und zog ihre Freundin zu sich heran. »Was ist denn los?«, fragte sie vorsichtig. »Hat es mit Ebbe zu tun? Mit eurer Ehe?«

Bele nickte.

»Auch. Mir schwirrt so vieles durch den Kopf. Ich weiß gar nicht, was ich dir zuerst erzählen soll.«

»Dann bin ich ja genau zum richtigen Zeitpunkt hergekommen«, sagte Ilka und drückte Beles Hand. »Fang einfach mit dem an, was dich am meisten belastet.«

Bele traten die Tränen in die Augen. »Ich werde mich von Ebbe trennen«, brachte sie schluchzend hervor. »Ich halte es mit ihm nicht mehr aus. Er hat sich total zurückgezogen. Er ist so … so unheimlich geworden.«

Ilka strich Bele eine Haarsträhne aus dem Gesicht, die sich in den Wimpern verfangen hatte, und suchte nach Worten. Ihr Blick wanderte über das Meer, das in der Sonne glitzerte. Bei dem leichten Südostwind, der heute herrschte, warf es kaum Wellen. »Ich habe mir schon gedacht, dass das mit euch beiden nicht mehr lange gutgeht«, sagte sie nach einer Weile.

Bele sah sie fragend an. »Du hast das gemerkt?«

»Na, ich bin doch nicht begriffsstutzig«, sage Ilka und zog Bele sanft an den Haaren. »Seit anderthalb Jahren fährst du so oft wie möglich nach Amrum. Als du dir dann dieses Haus gekauft hast und ich hörte, dass Ebbe nie mit dir hierherfährt, war mir klar, dass bei dir was im Umbruch ist.«

»Umbruch ist genau das passende Wort«, sagte Bele und schniefte. Sie suchte in ihrer Strandtasche nach einem Päckchen Tempotücher. Als sie so schnell keins fand, zog Ilka ein Taschentuch aus ihren Bermudas hervor und reichte es ihr. Bele putzte sich die Nase. »Die Kinder sind so eigenständig geworden.«

»Darauf solltest du stolz sein!«, sagte Ilka. »Viele Eltern können davon nur träumen.«

Bele schüttelte den Kopf. »Die Zwillinge wollen nächstes Jahr nach dem Abi als Au-pair in England oder Spanien arbeiten. Und Yannick fängt bald ein Praktikum bei einem Naturschutzverband in Husum an. Er träumt davon, später nach Kanada auszuwandern. Sie werden mir fürchterlich fehlen, alle drei.« Bele hob hilflos die Hände. Dann schwieg sie und sah aufs Meer hinaus. »Wenn sie aus dem Haus sind«, sagte sie schließlich, »dann bin ich mit Ebbe allein. Das geht nicht, ich halte das nicht mehr aus. Ich muss da weg!«

Ilka nickte bedächtig. »Irgendwie kann ich das verstehen«, sagte sie. »Ich weiß ja, wie Ebbe ist, auch wenn ich ihn lange nicht mehr gesehen habe.«

Bele zögerte, bevor sie mit der nächsten Überraschung herausrückte. »Außerdem habe ich eine neue Beziehung. Mit Jasper«, sagte sie dann so leise, als hätte sie Angst vor Ilkas Reaktion.

Ilka brauchte eine Weile, bis sie sich erinnerte. »Jasper? Ist das nicht der, mit dem du vor zwanzig Jahren diese kurze Urlaubsaffäre hattest?«

»Neunzehn Jahre ist es her«, sagte Bele und nickte schuldbewusst.

Ilka verscheuchte zwei Möwen, die sich auf das Dach des Strandkorbs gesetzt hatten und sie mit ihrem Gepicke ganz nervös machten. »War der nicht auch verheiratet?«

»Ist er immer noch«, sagte Bele mit einem Anflug von Trotz in der Stimme. »Aber dann lässt er sich eben auch scheiden.«

»Hat er das gesagt?«, fragte Ilka. Sie zog die Sonnenmilch aus Beles Strandtasche, träufelte etwas davon auf ihre Arme und reichte die Flasche an Bele weiter.

»Das muss er nicht, ich spüre das.« Bele schob den Sonnenschutz in die Strandtasche zurück und beobachtete ein paar Kinder, die im seichten Wasser spielten.

Ilka hielt es für klüger, im Moment nicht weiter nach Jaspers Entscheidungsfreudigkeit in Sachen Scheidung und erneuter Heirat zu fragen. »Ich glaub, ich brauch jetzt einen Cognac«, sagte sie. »Lass uns doch ins Strandcafé gehen.«

* * *

»Was sagen denn Ebbe und die Kinder zu deinen Plänen?«, fragte Ilka, nachdem Bele und sie sich auf der Terrasse des Cafés einen Tisch gesucht und ihre Bestellung aufgegeben hatten. »Wie ich deinen Mann kenne, ist eine Scheidung das Letzte, was in sein Konzept passt.«

Mit einer ungeduldigen Fußbewegung verscheuchte Bele eine Möwe, die hartnäckig zwischen den Tischen auf und ab stakste und darauf wartete, dass die Gäste etwas Essbares auf den Boden fallen ließen, auf das sie sich stürzen konnte. »Meine Familie weiß noch nichts von meinen Plänen«, gestand Bele mit zittriger Stimme. »Du bist die Erste, mit der ich darüber rede.« Bele schlang die Arme um ihren Körper und zog die Schultern hoch. Trotz der Sonnenstrahlen, die die windgeschützte Ecke auf der Terrasse wärmten, schien sie zu frösteln, als sie weitersprach. »Eine Scheidung wird Ebbes wohlsortiertes Leben ganz schön durcheinanderwirbeln. Ich hab mir die Entscheidung auch wirklich nicht leicht gemacht.« Nur mit Mühe konnte Bele ihre Tränen unterdrücken. »Wenn ich allein auf Amrum bin«, erklärte sie, »gelingt es mir immer ganz gut, die Sorgen über das, was mir und meiner Familie bevorsteht, zu verdrängen. Aber jetzt, wo ich mit dir darüber spreche, wird mir klar, wie sehr mich das alles belastet.«

»Das verstehe ich sehr gut. Umso wichtiger ist es, dass du darüber redest«, sagte Ilka. »Ahnt Ebbe eigentlich, warum du in letzter Zeit so oft nach Amrum fährst?«

»Ich weiß es nicht. Wir reden ja kaum noch miteinander. Wenn er etwas von meiner Beziehung bemerkt hat, dann verbirgt er das jedenfalls sehr erfolgreich.«

Die Serviererin brachte Kaffee, Cognac und Eis für beide. Ilka nahm den Kassenbon entgegen und schob ihn unter ihren Teller. »Dass aus der kleinen Affäre von damals so eine große Sache werden würde …«, sagte sie, als die Kellnerin wieder außer Hörweite war.

Bele griff nach ihrem Cognacglas und nippte daran. »Damals«, erklärte sie Ilka, »damals habe ich mich von Jasper überrumpeln lassen. Von seinem Charme und seiner Unbeschwertheit. Aber als ich ihm letztes Jahr zum ersten Mal nach so langer Zeit wieder begegnet bin, da habe ich sofort gemerkt, dass es viel mehr war als nur ein Flirt.« Bele beugte sich vor und stützte den Kopf in die Hand. »Weißt du«, sagte sie dann, »mittlerweile ist er das Seenotrettungsschiff geworden, das mich aus dem trüben Gewässer meiner Ehe herausnavigiert.«

Ein älteres Paar setzte sich an den Nebentisch. Ilka und Bele verständigten sich stumm, Beles Eheprobleme jetzt nicht weiter zu vertiefen.

»Waren deine Kinder eigentlich schon mal auf Amrum?«, fragte Ilka und registrierte verwundert, dass Bele bei dieser Frage fast erschrak.

»Um Himmels willen, nein! Sie halten diese Insel für ein absolut uncooles Nest. Nur was für Omas, Opas und Kegelklubs.« Bele lächelte schief, als das Paar vom Nebentisch entrüstet zu ihr hinübersah.

Ilka beobachtete ein paar Jugendliche, die in der Nähe der Terrasse Beachvolleyball spielten. Der Ball flog über den gläsernen Windschutz direkt auf ihren Tisch zu. Ilka fing ihn geistesgegenwärtig auf und warf ihn einem der Jungen zu, der sich verlegen entschuldigte. Gedankenverloren sah sie ihm nach und löffelte ihr Eis. »Erstaunlich«, sagte sie, »dass aus Yannick so ein sportlicher, abenteuerlustiger junger Mann geworden ist – bei dem Vater.«

Beles Augen verdunkelten sich und ihre Lippen wurden schmal. »Er hat sich eben anders entwickelt.« Sie rückte näher an den Tisch heran und konzentrierte sich darauf, einen Löffel Sahne mit dem fast geschmolzenen Rest Schokoladeneis zu vermischen.

Die Gesprächspause, die in der Unterhaltung der zwei Freundinnen entstand, wurde durch das Klingeln von Beles Handy unterbrochen, was das Ehepaar am Nebentisch erneut zu einem verständnislosen Kopfschütteln veranlasste.

Bele blickte auf das Display, stand hastig auf und verließ die Terrasse. Ilka sah, wie Beles Stirn sich in Falten legte. Den verärgerten Gesten nach diskutierte sie heftig. Nach wenigen Minuten kehrte Bele an den Tisch zurück und stopfte ihr Handy mit Nachdruck in die Strandtasche.

»Ärger?«, fragte Ilka mit einem ängstlichen Seitenblick auf ihre Freundin.

Bele zuckte mit den Schultern. »Jasper«, sagte sie nur, nestelte ihr Taschentuch hervor und schnäuzte sich. »Lass uns gehen«, sagte sie dann unvermittelt und zog ihr Portemonnaie aus der Tasche.

»Ich lad dich ein«, sagte Ilka. »Das hab ich dir doch versprochen.« Sie winkte die Kellnerin herbei und bezahlte. Die beiden Frauen tranken schweigend ihren Cognac aus und verließen das Strandcafé. Auf dem Weg zu den Fahrrädern berichtete Bele ihr, was sich am Sonntagmorgen ereignet hatte.

»Ich mach mir solche Sorgen um Jasper«, sagte Bele, als sie die Fahrradständer erreichten, und kickte einen Stein weg, der neben ihrem Rad lag. »Ich dachte, ich sehe ihn heute oder morgen. Aber er kann nicht.« Ihre Stimme klang weinerlich und Ilka erschrak über ihren trostlosen Blick. »Gerade am Telefon konnte er mir nicht mal sagen, ob er überhaupt in den nächsten Tagen Zeit für mich hat. Er war so … so kalt. So abweisend.« Bele suchte in ihrer Strandtasche nach den Fahrradschlüsseln.

»Musst du diesen Mann denn jetzt wirklich haben?«, fragte Ilka spontan. »Deine Nähe sucht er ja nun nicht gerade.« Sie versuchte, den Zynismus aus ihrer Stimme zu nehmen, als sie weitersprach. »Du hast doch selbst schon genug zu bewältigen. Brauchst du unbedingt auch noch die Probleme, die Jasper dir bereitet?«

»Jasper und ich haben keine Probleme«, sagte Bele eine Spur zu heftig. »Im Moment passiert nur so viel auf einmal.«

»Eben«, sagte Ilka. Sie zeigte auf die Gewitterwolken, die gerade aufzogen. »Bele, ich will einfach nicht, dass so etwas über dein Leben hereinbricht.«

3

Als Arne auf die Unglücksstelle zufuhr, fühlte er sich wie vor der Kulisse eines Actionfilms. Er mochte nicht glauben, dass sich hier gestern eine Szene abgespielt hatte, wie es sie seiner Meinung nach nur in Städten wie Palermo, Moskau oder Chicago geben konnte, vielleicht auch in Hamburg auf dem Kiez, aber nicht im nordfriesischen Wattenmeer. Spontan hielt er auf dem Parkplatz am Weg zum Leuchtturm an, um der Situation, die Jasper erlebt hatte, nachzuspüren. Ein Schauder durchfuhr ihn.

Es war nicht zu übersehen, wo der explodierte Wagen gestanden hatte. Der Boden war verkohlt und das Löschwasser hatte große Pfützen hinterlassen. Arne drehte sich um die eigene Achse. Die Umgebung wirkte harmlos und friedlich, eher verschlafen als explosiv. Er ging ein paar Schritte in den Waldweg hinein, drehte sich um und betrachtete den Ort des Geschehens aus der Entfernung. Er versuchte, sich vorzustellen, es wäre sein Wagen gewesen, der da explodiert war, und er wäre jetzt tot, wenn ihn nicht ein schier unglaublicher, wenn auch unglaublich blöder Zufall gerettet hätte.

Nein, dachte er, das war nicht die Situation, in der man als Beinahe-Opfer der Kripo sagt: »Schon okay. Stellt eure Ermittlungen ruhig ein, ist ja nichts weiter passiert.« Was steckte hinter Jaspers seltsamer Gleichmütigkeit? Arne legte die Hand ans Kinn und wartete auf eine kriminalistische

Eingebung, wie sie sich bei Kuno oft einstellte. Doch er wartete vergebens; ihm fehlte die Erfahrung, die sein älterer Kollege hatte.

Plötzlich durchbrach ein Klingeln die Stille. Er schrak zusammen und brauchte drei, vier Sekunden, bis er sich gefasst hatte und nach seinem Handy griff. Kunos Büronummer leuchtete auf dem Display.

»Moin, Kuno, was gibt's? Hast du schon mit der Steuerfahndung gesprochen?«

»Nein, noch nicht. Aber wir haben es jetzt amtlich: Es war ein Mordanschlag. Die Spezialisten von der KTU, die gestern noch vom Festland zu uns rübergekommen sind, haben mich gerade informiert. Da waren echte Profis am Werk.«

»Dann solltest du mich jetzt zur Einstimmung auf die weiteren Ermittlungen erst einmal in die Amrumer Unterwelt einführen«, frotzelte Arne.

»Außer Wattwürmern wirst du da wenig finden. Wir sollten unseren Aktionsradius um einige Kilometer erweitern. Ich glaube nicht, dass der Täter unter unseren Insulanern zu finden ist. Ich kenne doch meine Amrumer. Konflikte werden bei uns von Angesicht zu Angesicht ausgetragen, mit Worten oder auch mal mit Fäusten, aber nicht heimtückisch mit einer Bombe unterm Hintern.«

»Die Zeiten haben sich gewandelt«, räumte Arne ein. »Auch auf Amrum können sich die Gepflogenheiten ändern.«

»Also, wenn solche Methoden bei uns zum Tagesgeschäft werden sollten, dann lasse ich mich auf eine Hallig versetzen«, beschloss Kuno. »Am besten gleich nach Gröde. Da wohnen keine zehn Leute. Die hab ich vom ersten Tag an problemlos im Griff. Aber wie sieht's denn bei dir aus? Bist du schon bei dem Apartmenthaus in Wittdün?«

»Noch nicht. Ich gebe mir gerade das Attentats-Feeling.«

»Das was?«

»Ich stehe auf dem Parkplatz beim Leuchtturm und versuche, nachzuempfinden, was in Jasper vorgegangen sein muss, als er erkannt hat, dass er nur knapp einem Mordanschlag entgangen ist. Ich verstehe beim besten Willen nicht, wie der Mann so kühl bleiben kann.«

»Ein heißer Tipp von mir: Die Erklärung dafür findest du nicht auf diesem Parkplatz.«

»Okay, ich fahre gleich weiter. Bis nachher!«

* * *

Wenige Minuten später stieg Arne vor dem Apartmenthaus aus dem Wagen. Das Gebäude wirkte ungewöhnlich modern zwischen den vielen altmodischen Häusern. Arne fand es zu groß und zu mondän für diesen Ort, der architektonisch tief im vorigen Jahrhundert stehen geblieben zu sein schien.

Er ging auf den Eingang zu, der an der vom Meer abgewandten Seite lag. Zwanzig Klingelschilder, fast alle ohne Namen, nur mit Apartmentnummern beschriftet, waren in eine silberne Platte mit schwarzen Klingelknöpfen eingelassen. Typisch für Ferienwohnungen, deren Bewohner ständig wechselten. Ein Schild mit der Aufschrift ›Hausmeister‹ befand sich in der untersten Reihe. Arne ging ein paar Schritte zurück, sah zum Vordach hoch und ließ seinen Blick die Hauswand entlangwandern. Nirgendwo war eine Videokamera zu sehen.

Er marschierte weiter zum Parkplatz, der rechter Hand lag. An dieser Seite des Hauses befand sich ebenfalls eine Tür, eine hellgrau lackierte Stahltür ohne Fenster. Er vermutete, dass sie zu einem Fahrradkeller oder zum Heizungsraum führte. Arnes Augen scannten die großflächige Wand bis zum Dach hinauf ab. Auch hier keine Spur von einer Videokamera. Wäre auch zu schön gewesen, dachte er. Aber so leicht gab er nicht auf. Er ging zum Eingang zurück und klingelte beim Hausmeister.

Eine verzerrte Männerstimme knisterte durch den Lautsprecher: »Ja, bitte?«

»Arne Zander, Kripo Wattenmeer. Ich habe eine Frage. Würden Sie mir bitte öffnen?«

Der Hausmeister brauchte offenbar Bedenkzeit. Es vergingen einige Augenblicke, bis Arne ein Summen vernahm. Er drückte die Tür auf und sprang die Stufen zum Hochparterre hinauf. Ein älterer Mann mit schütterem weißem Haar öffnete die Tür zur rechten der fünf Wohnungen im Erdgeschoss. Er trug einen grauen Kittel, in dessen Brusttasche ein Schraubendreher steckte.

Eine Frau ungefähr gleichen Alters in adretter, dezent geblümter Kittelschürze lugte ihm über die Schulter. »Wir erwarten heute eigentlich keine Gäste«, sagte sie verwundert. »Haben Sie eine Wohnung reserviert, oder suchen Sie spontan?«

»Ich komme nicht wegen einer Ferienwohnung«, sagte Arne bedauernd und reichte dem Hausmeister und seiner Frau die Hand. Er stellte sich nochmals vor und erklärte sein Anliegen.

Die Frau bat ihn in einen kleinen Raum, der als Büro diente. Der Hausmeister folgte den beiden, rückte Arne einen Stuhl zurecht und setzte sich ihm gegenüber auf einen Hocker, während seine Frau an der Tür stehen blieb. Leicht nach vorn gebeugt und die Hände auf die Oberschenkel gestützt, sah der Mann, dessen Namen Arne nicht verstanden hatte, den Kommissar fragend an. Er murmelte etwas, das sich anhörte wie: »Also nicht als Feriengast bei uns.«

»Nein«, sagte Arne. »Ich ermittle im Fall des Attentats auf den Surflehrer Jasper Erikson. Sie haben bestimmt in der Zeitung davon gelesen.«

»Gelesen?«, winkte die Frau des Hausmeisters mit hoher Stimme ab. »So was spricht sich hier herum, lange bevor es in der Zeitung steht!«

Ihr Mann hob abwehrend die Hände und seine Miene verfinsterte sich. »Damit haben wir nichts zu tun«, sagte er, und sein Blick suchte die Bestätigung seiner Frau.

»Das glaube ich Ihnen aufs Wort«, sagte Arne. »Ich kann Sie beruhigen: Wir verdächtigen Sie nicht, in die Sache verwickelt zu sein. Ich bin aus einem anderen Grund hier. Unsere Ermittlungen stehen noch ganz am Anfang und wir wollen die Umgebung erkunden, in der Herr Erikson sich in den letzten Stunden vor dem Attentat aufgehalten hat.«

»Aber der sitzt doch in Norddorf. Was wollen Sie dann bei uns in Wittdün?«, fragte die Frau erstaunt.

»Herr Erikson hatte an besagtem Morgen in Wittdün zu tun. Sein Wagen hat zwei Stunden lang auf dem Parkplatz dieses Apartmenthauses gestanden.«

»Was hat der Kerl denn auf unserem Parkplatz zu suchen?«, empörte der Hausmeister sich.

»Die Frage kann ich Ihnen leider nicht beantworten. Da müssten Sie bitte Herrn Erikson selbst fragen.«

»Ja, und was wollen Sie nun von mir?«

»Uns interessiert, ob es an diesem Haus eine Videokamera gibt, die auf den Parkplatz ausgerichtet ist. Die Hauswände habe ich schon inspiziert. Da habe ich keine entdeckt. Ist vielleicht eine an einer anderen Stelle am Gebäude angebracht oder in der Hecke zwischen Parkplatz und Strandpromenade versteckt?«

»Eine versteckte Kamera? So einen Schnickschnack brauchen wir hier nicht«, entgegnete der Hausmeister. Dann lachte er heiser. »Aber die da drüben«, er stand auf, ging zum Fenster und machte eine ausladende Bewegung mit dem Arm, »die haben eine für ihren Parkplatz. Die guckt so weit, dass sie unseren automatisch mit in der Linse hat.« Er klopfte sich auf den Schenkel. »So sparen wir uns ein Gerät, das teuer ist und doch nur Ärger macht. Sind doch dauernd defekt, diese neumodischen Dinger.«

»Die da drüben?«, fragte Arne, der sich ebenfalls erhoben hatte.

»Die vom Hotel Strandrose nebenan. Gucken Sie doch mal hin, junger Mann! Als Kriminalkommissar muss Ihnen das doch aufgefallen sein. Ist nur ein kleiner Parkplatz. Ist ja auch kein großes Haus. Aber schnieke Gäste wohnen da. Die kommen manchmal mit Autos an, da gehen Ihnen die Augen über! Die brauchen vielleicht so 'ne Kamera.«

»Dafür haben die da drüben aber bestimmt nicht so rührige Kümmerer wie dieses Haus«, sagte Arne anerkennend.

Die Frau griff verlegen nach ihrer Halskette und spielte mit dem Bernsteinanhänger; ihr Mann trat von einem Bein aufs andere. »Man tut, was man kann«, meinte er. Dann begleitete er Arne zur Tür.

»Eine Frage noch: Haben Sie gestern am frühen Morgen, so zwischen sechs Uhr dreißig und acht Uhr dreißig, etwas Ungewöhnliches bemerkt? Ist vielleicht jemand, der nicht hierhergehört, über den Parkplatz gelaufen oder ums Haus geschlichen?«

»Nee«, sagte der Hausmeister und schüttelte energisch den Kopf, »also, dazu können wir Ihnen gar nichts sagen. Unsere Wohnung liegt die Hauptstraße runter und dann die dritte Straße rechts. Vor neun Uhr sind wir nicht hier, meine Frau und ich.«

Arne bedankte sich, verließ das Haus und ging hinüber zum Hotel Strandrose. Die Dame an der Rezeption zeigte sich wenig auskunftsfreudig, als Arne nach Videoaufzeichnungen fragte. Darüber könne sie leider keine Auskunft geben, und ihr Chef sei nicht im Haus.

Im selben Moment betrat der Chef die Eingangshalle. Er trug einen für diese Insel ungewöhnlich eleganten Anzug, wie Arne auffiel. Der Satinstoff glänzte silbrig, nicht eine einzige Sitzfalte war zu sehen. Dazu trug er sorgfältig polierte Schuhe.

»Sie wollen mich sprechen?«, fragte der Hotelchef und baute sich vor dem Kommissar auf. Er war sichtlich enttäuscht, dass Arne sich als Kripobeamter auswies und nicht als gut situierter Urlauber auf Zimmersuche. »Küng ist mein Name«, sagte er näselnd und reichte Arne zögerlich die Fingerspitzen, »Harry Küng.« Er machte völlig unnötig den Rücken lang, um Arne, der einige Zentimeter kleiner war als er, mit kraus gezogener Stirn von oben herab zu mustern. Dann fragte er mit leicht rheinländischem Tonfall: »Womit kann ich dienen?«

Arne registrierte sehr wohl, dass dieser Mann sich keinesfalls so verhielt wie jemand, der anderen gern zu Diensten stand. Er setzte seinen Kriminaler-Blick auf, hängte betont lässig beide Daumen in den Gürtel seiner Jeans und fragte nach den Videoaufzeichnungen der hoteleigenen Überwachungskamera.

»Videoaufzeichnungen?«, fragte der Hotelmanager. »Ja, die werden auf unserem Hotelserver gespeichert. Vier Wochen lang. Es kommt schon mal vor, dass ein Gast erst zu Hause bemerkt, dass er einen Kratzer am Auto hat. Dann will er natürlich wissen, ob der Schaden auf unserem Parkplatz verursacht wurde.«

»Mir geht es nur um die Aufzeichnungen von gestern Morgen«, sagte Arne, »von sechs bis neun Uhr. Können Sie mir die aushändigen?«

»Ob das so stundengenau geht, kann ich nicht sagen. Da muss ich meinen IT-Dienstleister fragen. Das wird in jedem Fall dauern.«

»Hören Sie, wir ermitteln wegen eines Mordversuchs und haben keine Zeit zu vergeuden. Es ist nicht auszuschließen, dass der Attentäter vorhat, erneut zuzuschlagen.«

»Wissen Sie«, brachte der Hotelchef, den die Erwähnung des Deliktes völlig unbeeindruckt ließ, in vorwurfsvollem Ton hervor, »wir haben es grundsätzlich nicht so gern, wenn Unbefugte in unseren Aufzeichnungen herumschnüffeln.«

Arne musste sich schwer zurückhalten, um Harry Küng nicht an den Kragen zu gehen. »Dann verraten Sie mir doch bitte, wer in Ihren Augen befugt ist, im Falle eines Mordversuchs zu ermitteln, wenn nicht die Kriminalpolizei.«

Küng hüstelte. »Ich werde mich um die Sache kümmern. Kann aber, wie gesagt, ein bisschen dauern.«

Arne verzog den Mund zu einem süßsauren Lächeln. »Machen Sie nur ganz in Ruhe. Tun Sie einfach so, als ginge es um Ihr eigenes Leben, das wir schützen sollen.« Er drückte dem Hoteldirektor seine Visitenkarte mit der Mailadresse, an die er die Videodateien senden sollte, in die Hand, drehte sich um und verschwand grußlos.

* * *

Während Arne nach Nebel zurückfuhr, wählte Kuno die Telefonnummer der Zentrale des Finanzamtes in Leck, das für die Amrumer Steuerzahler zuständig war. Es dauerte nicht lange, bis er mit dem Steuerfahnder verbunden wurde, der Jasper vor wenigen Monaten an einem strahlend schönen Frühsommertag mitten auf dem Kniepsand eröffnet hatte, dass wegen des Verdachts der Steuerhinterziehung in nicht unerheblichem Ausmaß gegen ihn ermittelt würde.

Ebbe Drews meldete sich mit schwacher, fragender Stimme. Kuno berichtete von dem Attentat auf Jasper und den gerade beginnenden kriminalpolizeilichen Ermittlungen. Der Finanzbeamte hörte ihm zu, ohne irgendeine Bemerkung von sich zu geben. Kein »Aha!«, kein »Interessant«, keine Zwischenfragen.

Als Kuno am Ende seiner Ausführungen angekommen war und immer noch kein Laut aus dem in seiner Vorstellung nüchtern und freudlos eingerichteten Büro der Behörde in Leck durch die Leitung drang, fragte er: »Herr Drews? Sind Sie noch dran?«

»Ja, ja«, antwortete Ebbe Drews, um den Kommissar nach einer weiteren Pause kühl zu fragen: »Und was glauben Sie, wie ich Ihnen da weiterhelfen kann?«

Kuno wunderte sich über diese teilnahmslose, fast ablehnende Haltung. Er hatte angenommen, dass der Beamte nach allem, was er gerade erfahren hatte, um Jaspers Leben bangte. Schließlich lief der Attentäter frei und unerkannt herum. Es bestand Wiederholungsgefahr, und es würde sich für das Finanzamt schwierig gestalten, Geld von einem Steuersünder einzutreiben, der einem Attentat zum Opfer gefallen war.

»Wir tappen noch völlig im Dunkeln, was die Hintergründe des Mordanschlags betrifft«, erklärte Kuno. »Wir fragen uns allerdings, ob dieses Attentat mit dem mutmaßlichen Steuervergehen von Jasper Erikson in Verbindung stehen könnte.«

Kuno wartete auf die Reaktion des Finanzbeamten.

»Wie stellen Sie sich das vor?«, fragte Ebbe Drews nach einer Weile.

Auf diese Frage hatte Kuno sich gut vorbereitet. Sein Gedankenkarussell hatte ihm mittlerweile eine konkrete Idee geliefert. »Denkbar wäre zum Beispiel, dass ein Dritter auf irgendeine Weise in die Steuerhinterziehung verwickelt ist. Nehmen wir mal an, es besteht die Gefahr, dass Jasper Erikson, um sich selbst zu entlasten oder um Pluspunkte bei Ihnen zu sammeln, der Steuerbehörde gegenüber etwas auspackt, was diesen anderen schwer belastet. Die betreffende Person hätte dann ein Interesse daran, Ihren Kunden, wenn ich Herrn Erikson mal so nennen darf, mundtot zu machen. Die beste Lösung des Problems könnte für diesen Menschen im Zweifelsfall darin bestehen, Jasper Erikson auszulöschen. Bei diesem Dritten könnte es sich um einen Amrumer handeln, genauso gut aber auch um eine Person, die auf einer anderen Insel oder auf dem Festland wohnt.«

Wieder blieb es eine Weile still in der Leitung, bis eine völlig nüchtern klingende Antwort kam: »Eine solch abenteuerliche Geschichte halte ich für unwahrscheinlich. Dann hätten wir laufend Mordfälle unter unseren Steuersündern. Was meinen Sie, wie viele Geschäftsleute Angst davor haben müssen, in eine Fahndung mit hineingezogen zu werden, wenn wir erst einmal einen von ihnen zu fassen gekriegt haben.«

Diese Argumentation überzeugte Kuno nicht. Er fand sie zu schnell vorgetragen. Sein kriminalistischer Spürsinn meldete sich mit der stummen Frage, warum Ebbe Drews sein Gedankenspiel so vehement abwiegelte. Er nahm sich vor, seine Sichtweise stillschweigend weiterzuverfolgen, in diesem Telefonat aber nicht auf seiner Meinung zu beharren.

»Sie mögen recht haben«, sagte er, um sich ein wenig bei Ebbe Drews einzuschmeicheln. »Ihre Erfahrung in solchen Dingen ist natürlich weitaus größer als meine.« Kuno konnte förmlich spüren, wie sein Gesprächspartner sich bei diesen Worten entspannte und wie dessen verschlossene Seele sich ein wenig öffnete. »Was halten Sie davon«, säuselte Kuno weiter, »wenn wir beide uns einmal zusammensetzen und uns austauschen? Wäre doch toll, wenn Sie uns bei diesem Fall auf eine heiße Spur führen könnten.«

Es dauerte, bis der Finanzbeamte auf Kunos Vorschlag reagierte. »Meinen Sie nicht, dass das Zeitverschwendung wäre?«, sagte er endlich, und seine Stimme hatte wieder diesen schroffen Klang. »Zwei Stunden mit der Fähre unterwegs, die Fahrt von Dagebüll zu mir, die Fahrt von Leck zurück zum Hafen und nochmals zwei Stunden …«

»Mir ist kein Weg zu weit, um einen Attentäter aufzuspüren«, sagte Kuno betont entgegenkommend. »Das Gespräch mit Ihnen ist mir die Reise wert.«

»Nun jaaa«, knarrte Ebbe Drews, »dann sollten wir gelegentlich noch einmal telefonieren, um einen Termin zu finden.«

»Den finden wir am besten sofort!« Kuno schaute in seinen Terminkalender. »Wie wär's denn übermorgen Mittag? Ich nehme die Fähre um neun Uhr dreißig. Die kommt gegen Viertel vor elf in Dagebüll an. Spätestens um halb eins sollte ich bei Ihnen sein.«

»Übermorgen?« Ebbe Drews schien nach einem plausiblen Grund zu suchen, an diesem Tag keine Zeit zu haben.

Kuno verstand seine Frage absichtlich als Bestätigung. »Okay! Prima, dass Sie mir schon so bald zur Verfügung stehen. Also, bis übermorgen. Tschüss, Herr Drews.«

Kuno legte den Hörer auf und massierte sich mit Daumen und Zeigefinger die Nasenwurzel. Woran lag es, dass er nach diesem Telefonat das gleiche Gefühl hatte wie nach dem Gespräch mit Jasper? Auch Ebbe Drews vermittelte den Eindruck, als wollte er die Recherchen der Kripo blockieren. Gemeinsame Sache konnten der Steuersünder und der Steuerfahnder nach logischen Gesichtspunkten eigentlich nicht machen. Sie waren Gegner. – Ob gerade darin das Geheimnis lag?

* * *

Arne kehrte mit der Nachricht ins Polizeirevier zurück, dass er bald Aufzeichnungen vom Parkplatz des Hotels Strandrose erhalten würde, die auch Aufschluss über das Geschehen auf dem Gelände des Apartmenthauses geben konnten. »Ich bin sicher, das Video von gestern Morgen wird uns ein gutes Stück weiterbringen«, verkündete er stolz.

»Wollen wir hoffen, dass die Bildqualität was hergibt.«

Arne imitierte den hochnäsigen Tonfall des Hoteldirektors: »Wenn die Qualität der Aufzeichnungen die gleiche ist wie die des Outfits des Herrn Hoteldirektors Küng, dann bekommen wir Spitzenvideos präsentiert.« Dann fuhr er in normalem Tonfall fort: »Wie war denn dein Telefonat mit dem Finanzamt?«

»Der Steuerfahnder windet sich wie ein Aal«, stöhnte Kuno. »Zu einem Treffen musste ich den Mann regelrecht überrumpeln.«

»Merkwürdig«, sagte Arne. »Jetzt frage ich mich: Gehört der Mann von Natur aus zu denen, die Kollegen aus anderen Behörden nicht gern Einsicht gewähren? Oder haben alle beide, Jasper Erikson und Ebbe Drews, in der gleichen Sache etwas zu verheimlichen, jeder für sich persönlich?«

»Bei dem Termin mit ihm werde ich sämtliche Antennen ausfahren«, beschloss Kuno. »Ich hoffe, wir sind danach schlauer.«

»Und wie ist das nun mit dem präparierten Handy, das unter Jaspers Wagen montiert wurde? Gibt es schon nähere Informationen darüber?«

»Nein. Wir wissen nach wie vor nur: Es muss jemand gewesen sein, der beobachtet hat, wann Jasper losgefahren ist, und davon ausgegangen ist, dass er in seinem Wagen auch sitzen bleibt bis Norddorf. Was wiederum heißt, dass wenigstens einer der Täter auf der Insel ist.«

»Hm«, bestätigte Arne, »sofern wir ihn uns nicht durch die Lappen haben gehen lassen bei den Kontrollen im Hafen.«

Kuno machte ein langes Gesicht. »Es war bisher jedenfalls niemand dabei, der nach Flucht gerochen hätte. Wie auch immer, morgen früh werde ich erst mal mit den anderen beiden Surflehrern und vor allem mit den Strandkorbvermietern in Norddorf reden. Mal sehen, ob von denen jemand was beobachtet hat.«

»Was sollen die Strandkorbvermieter denn wissen?«, fragte Arne. »Deren Welt besteht doch bloß aus Sonne, Sand und Meer. Was bekommen die vom realen Leben mit?«

Kuno lachte laut auf. »Da kennst du unsere Strandkorbvermieter schlecht! Die haben den ganzen Strand im Blick, die Urlauber, die Surfer, die Drachenflieger, die Einheimischen und alles, was sich sonst noch am Strand tummelt. Wer zu Jasper will, muss fast zwangsläufig an denen vorbei. Die Jungs sind oft besser informiert als Friedrich Fliegenfischer, und das will was heißen. Und diskreter als er sind sie noch dazu.«

»Wie willst du dann aus denen was herausbekommen?«

»Och«, schmunzelte Kuno, »das lass mal meine Sorge sein.«

4

Ebbe Drews saß mit kerzengeradem Rücken an seinem Schreibtisch in der Finanzbehörde in Leck. Der Bildschirm stand an genau der Stelle, die der Ergonomie-Verantwortliche des Personalrats vorgegeben hatte. Abstand und Neigung des Monitors waren so eingestellt, dass sie den Empfehlungen des Augenarztes und des Orthopäden entsprachen. Dass Ebbe dennoch hin und wieder brennende Augen und Nackenschmerzen hatte, verstörte ihn. Er fragte sich, ob die Ratschläge, die man ihm erteilt hatte, ordnungsgemäß waren.

Die Uhrzeitangabe unten rechts in der Windows-Statusleiste sagte dem Beamten, dass es fünf Minuten vor Ende der Rahmenarbeitszeit war. Der Zeitpunkt also, zu dem die letzten Kollegen ihre Unterlagen in den Aktenschränken verstauten und ihre Computer herunterfuhren. Die meisten Mitarbeiter seiner Abteilung waren vor zwei Stunden, mit Ablauf der Kernarbeitszeit, in den Feierabend gegangen.

Die Sekretärin hatte das Haus bereits vor drei Stunden verlassen. Wegen eines dringenden Arzttermins, der sich nicht auf einen Zeitpunkt außerhalb der Kernzeit hatte verlegen lassen, wie sie ihm umständlich erklärt hatte. Er musste damit rechnen, dass sie morgen eine Krankmeldung einreichte. Wieder einmal. In letzter Zeit geschah das häufig.

Ebbe nahm die Hände von der Tastatur und horchte. Manfred war noch nebenan in seinem Büro. Es drang kein Geräusch aus dem Raum, doch Ebbe wusste auch ohne ein akustisches Signal, dass der Kollege am Schreibtisch saß. Der Neuzugang in seinem Team war der Einzige im Haus, der jeden Abend bei ihm anklopfte und ein paar Worte mit ihm sprach, bevor er sich verabschiedete.

Es gab eine Reihe von Parallelen in den Leben der beiden Männer. Manfred, der bis vor ein paar Monaten in Duisburg gelebt hatte, hatte genauso früh geheiratet wie Ebbe selbst. Auch seine Ehe war lange Zeit kinderlos geblieben. Und wie Bele, so war auch seine Frau zu einem Zeitpunkt, als sie schon gar nicht mehr mit Nachwuchs gerechnet hatten, überraschend schwanger geworden. Von einem anderen Mann, wie sie Manfred an dem Abend, als sie gleichzeitig nach Hause gekommen waren – sie vom Gynäkologen und er aus dem Büro –, ohne Umschweife eröffnet hatte.

Manfred hatte noch am selben Abend seine Sachen gepackt und war zu seinem Bruder und dessen Familie gezogen. Eine Lösung, die nur von kurzer Dauer sein konnte. Am nächsten Morgen hatte er die Versetzung in ein anderes Finanzamt beantragt. Leck war ihm wie eine Fügung erschienen, denn er konnte sicher sein, dass seine Exfrau und ihr neuer Partner niemals in Nordfriesland Urlaub machen würden. Die frisch verliebten werdenden Eltern zog es in südliche Gefilde, nach Italien, Griechenland, Mallorca und auf die Kanaren.

In der zweiten Woche, die Manfred in Ebbes Abteilung arbeitete, war Bele zu einem Kurzurlaub nach Amrum gefahren. Das machte sie in letzter Zeit häufiger, nachdem es sie viele Jahre nicht mehr auf die Insel gezogen hatte. Ebbe hatte Manfred auf ein Bier einladen wollen, hatte sich aber nicht getraut. Er war es nicht gewohnt, anderen Menschen ein privates Treffen vorzuschlagen, Zeit ohne eine vorgegebene Struktur mit ihnen zu verbringen und über Belangloses zu reden. Wenn er ehrlich zu sich selbst sein wollte, musste er sich eingestehen: Er hatte

Angst vor einer Abfuhr gehabt. Er wusste nicht, wie er eine eventuelle Ablehnung hätte schlucken sollen und wie man sich in den Tagen nach solch einer Peinlichkeit verhielt. Also hatte er sich überlegt, die Einladung an Manfred hintenherum auszusprechen. Ging der neue Kollege nicht darauf ein, wahrte er sein Gesicht. Nahm Manfred den Ball jedoch auf, konnten beide das Spiel gemeinsam fortführen, als hätte es sich zufällig ergeben.

In einer Mittagspause hatte Ebbe ein sachliches, kollegiales Gespräch mit seinem neuen Mitarbeiter geführt, das er als Einführung in die neue Arbeitsumgebung kaschierte. Dabei hatte er ihm nebenbei verraten, wo es in Leck einen Friseur und einen Zahnarzt gab, die man bedenkenlos aufsuchen konnte. Er hatte ihm erzählt, bei welchem Bäcker es die knusprigsten Brötchen gab und bei welchem Sportverein man sich sonntags zum Fußballspielen traf. Zum Schluss hatte er ihm beiläufig die Kneipe genannt, in der das kühlste Blonde gezapft wurde und in der Bürger ihrer beider Altersklasse sich am Freitagabend ab achtzehn Uhr in lockerer Runde aufs Wochenende einstimmten. Damit hatte er sich auf ein kleines Abenteuer eingelassen, denn den Sportklub und die Gaststätte kannte er selbst nur vom Hörensagen.

Als er am nächsten Freitag um achtzehn Uhr und eine Minute – diese kleine Verspätung hatte er bewusst arrangiert – zum ersten Mal in seinem Leben die besagte Kneipe betrat, war Manfred bereits eingetroffen. Er stand neben der Theke, mit dem Rücken zur Tür, unschwer zu erkennen an seiner kreisrunden, sommersprossigen Glatze. Von der Deckenbeleuchtung angestrahlt, schien sein hellroter Haarkranz wie Feuer zu lodern. Manfred machte den Hals lang und hielt in dem mäßig besetzten Gastraum Ausschau, ob nach einem Platz oder nach Ebbe, war nicht zu ergründen. Ebbe war von hinten an seinen Kollegen herangetreten, hatte ihm mit dem Finger auf die Schulter getippt und gesagt: »Komm, wir nehmen den Tisch da hinten in der Ecke.« Für die beiden Männer, von denen der eine so wenig Kneipengänger war wie der andere, war es ein ungewöhnlich langer Abend geworden. Sie hatten sich viel, sehr viel zu erzählen gehabt.

Ebbe war ein bisschen stolz darauf, der einzige Vertraute zu sein, den Manfred hatte. Die wenigen Freundschaften, die der Duisburger in seiner Heimatstadt gepflegt hatte, waren durch die Scheidung und den Wohnortwechsel in die Brüche gegangen. Als Single neue Bekanntschaften zu schließen, gelang in diesem Alter und in einer Stadt wie Leck nicht mehr so einfach. Das war gut so. Ebbe wollte Manfred nicht mit anderen teilen.

* * *

Manfred klopfte an den Türrahmen von Ebbes Büro. Das knöcherne Hämmern riss den Teamleiter aus den Erinnerungen, in die er sich hatte hineinfallen lassen, während er seinen Computer herunterfuhr und die Akten wegschloss. »Pünktlich wie ein Schweizer Uhrwerk«, lobte er den Kollegen, der daraufhin leicht errötete.

»Gehen wir noch ein Bier trinken?«, fragte Manfred.

Ebbe fühlte sich geschmeichelt. »Tut mir leid, heute nicht«, sagte er mit dem Anflug eines Lächelns. »Morgen passt es besser. Bele ist wieder auf Amrum. Heute Abend muss ich mich ein bisschen um Haus und Garten kümmern und dafür sorgen, dass die Kinder in die richtige Richtung marschieren.«

»Die Kinder?«, staunte Manfred. »Lassen die es noch zu, dass du in ihrem Leben die Richtung vorgibst?« Von seinen früheren Freunden und Kollegen in Duisburg wusste er, dass Jugendliche von siebzehn, achtzehn Jahren heutzutage durchaus der Meinung waren, allein zurechtzukommen.

Ebbe versuchte, einen Anflug von Ärger über Manfreds Äußerung zu unterdrücken. Auch Bele vertrat die Meinung, dass

Yannick, Mimi und Mia selbst wussten, was sie zu tun und zu lassen hatten. Er sah das anders.

»Ein bisschen Kontrolle kann nicht schaden«, sagte er und schloss die Tür seines Aktenschrankes ab. Den Schlüssel legte er in ein kleines Fach in der obersten Schreibtischschublade. Dann schloss er auch den Schreibtischcontainer ab und versenkte den Schlüssel in einem Seitenfach im Inneren seiner Aktentasche.

»Die ist noch offen«, sagte Manfred und zeigte auf die Tasche. »Sonst machst du das Zahlenschloss immer zu.«

»Da kommt noch der Schlüssel zur Bürotür rein.«

»Du schließt die Tür ab?«

»Seit Kurzem, ja.«

»Es kommt aber doch kein Fremder ins Gebäude?«

Ebbe zögerte einen Moment. Dann erklärte er: »Ich möchte nicht, dass ein übereifriger Kollege aus einer anderen Abteilung auf die Idee kommt, in den Daten auf meinem PC herumzuschnüffeln.«

»Verstehe«, sagte Manfred.

Während die beiden Männer das Gebäude verließen, unterhielten sie sich über das Wetter und andere Nichtigkeiten, bis sie Ebbes Auto erreichten. Manfred schien Anlauf zu nehmen, um etwas zu sagen, schluckte seine Worte aber hinunter.

»Ist noch was?«, fragte Ebbe unbeholfen.

»Die Sache auf Amrum«, druckste Manfred herum. »Du hast sicher davon gelesen.«

»Du meinst die Explosion des Wagens von Jasper Erikson.«

»Ja. Was sagst du dazu?«

»Was soll ich dazu sagen?«

»Denkst du, es stimmt, was der Redakteur geschrieben hat? War es ein Mordanschlag?«

»Was auch immer es war, Jasper Erikson hat mordsmäßiges Glück gehabt.«

»Ha, ha, ha! Mordsmäßiges Glück, das passt!« Manfred knuffte Ebbe in die Rippen, und sein Lachen hallte durch die Straße.

Ebbe warf ihm einen Blick zu, der ihn augenblicklich verstummen ließ.

»Sorry«, entschuldigte Manfred sich und sah auf seine Fußspitzen. »Ich weiß, über so was macht man keine Witze. Auf jeden Fall ist das ein gefährlicher Urlaubsort, an dem deine Frau sich da aufhält. Und wenn der Mann hopsgegangen wäre, würden wir als Behörde jetzt mit unseren Forderungen in die Röhre gucken.«

»Möglicherweise. Aber er hat ja überlebt.« Ebbe öffnete die Fahrertür, ließ sich auf den Sitz gleiten und zog die Tür zu, während er den Autoschlüssel ins Zündschloss steckte. Manfred trat ans Seitenfenster, als wartete er auf weitere Worte seines Chefs. Ebbe winkte ihm kurz zu, ließ den Motor an und fuhr davon.

* * *

In der heimischen Garage angekommen, nahm Ebbe seine Aktentasche aus dem Kofferraum, schloss das Garagentor und ging mit gesenktem Kopf zur Haustür.

»Moin, Herr Drews«, rief ihm eine Männerstimme von der anderen Straßenseite aus zu. Irritiert sah Ebbe hinüber. Der Nachbar von gegenüber hantierte im Vorgarten mit einer Rosenzange herum. Ebbe konnte sich den Namen des Mannes einfach nicht merken. Daher klang sein Gruß so ähnlich wie: »Guten Abend, Herr – äh.«

Ebbe erinnerte sich hingegen noch genau daran, wie der Mann mitsamt seiner Familie eingezogen war. Am vierundzwanzigsten April vor elf Jahren war der Möbelwagen um sieben Uhr fünfunddreißig vor dem Haus vorgefahren. Der Fahrer hatte sechs Mal vor- und zurückgesetzt, bis der Wagen nah genug an der Bordsteinkante stand, um den spärlichen Verkehr in der schmalen Wohnstraße nicht allzu sehr zu behindern. Ebbe hatte sich über so viel Rücksichtnahme gewundert.

Vor sich hin pfeifend waren die Umzugshelfer herausgesprungen, hatten Möbel und Kartons Stück für Stück von der Ladefläche gehoben und ins Haus getragen. Ebbe hatte sich gefragt, wie Menschen, die so schwer schleppen mussten, so gute Laune haben konnten.

Bald zeigte sich, dass nicht nur die Umzugshelfer fröhliche Menschen waren, sondern auch die neu Eingezogenen selbst. Zu jeder Jahreszeit veranstaltete die Familie in ihrem Garten oder im Haus mindestens ein großes Fest, zu dem auch die Nachbarn aus dem weiteren Umkreis eingeladen wurden. Aus Protest gegen die Musik und das Lachen hatte Ebbe die Partys von Beginn an boykottiert. Bele dagegen ließ sich den Spaß nicht verderben. Sie feierte fröhlich mit; er konnte das nicht verhindern.

Ebbe beachtete den Nachbarn, der ihm jetzt von der anderen Straßenseite her zulächelte, nicht weiter. Er schloss die Haustür auf, trat seine Schuhe sorgfältig an der Fußmatte ab und ging hinein.

Sein erster Blick fiel, wie immer, auf die Wandgarderobe. Sie hatte fünf Haken, so wie das Haus fünf Bewohner hatte. An dem Haken ganz links hingen zwei Jacken – die der Zwillingstöchter. Als ob selbst von den Jacken nicht die eine ohne die andere konnte! Die anderen drei Haken waren frei.

Ebbe nahm eine Jacke herunter und hängte sie einen Haken weiter. Er trat einen Schritt zurück und betrachtete die Garderobe. Das optische Ungleichgewicht gefiel ihm nicht. Er nahm die Jacke nochmals in die Hand und hängte sie an den Haken rechts außen. Jetzt war das Gleichgewicht hergestellt.

Auf dem Boden unter der Garderobe standen einige Paar Schuhe unordentlich nebeneinander. Er schob sie mit einem

Fuß zurecht, sodass sie Innenseite an Innenseite standen und die Schuhspitzen jedes Paares auf gleicher Höhe endeten. Dass Bele den Kindern keine Ordnung beigebracht hatte!

Er betrat die Küche. Auf der Arbeitsfläche lagen Brötchenkrümel herum. Er feuchtete das blaue Wischtuch an, das über dem Rand der Spüle hing, schob die Krümel zusammen und warf sie in den Mülleimer. Dann faltete er das Tuch zweimal sorgfältig Kante auf Kante und legte es auf die Spüle zurück.

Ebbe stellte sich auf die unterste Stufe der Treppe, die zu den oberen Räumen führte, und hielt sich mit einer Hand am Geländer fest. »Yannick! Mimi! Mia!« Niemand antwortete. Es wäre auch zu schön gewesen, wenn die Kinder einmal pünktlich zum Abendbrot zu Hause gewesen wären. Er deckte den Tisch in der Essecke, ging hinüber in die Küche und fing an, Brot zu schneiden und Aufschnitt bereitzustellen.

Als er das Tablett mit Brotkorb, Butterdose und den Platten mit Wurst und Käse in die Essecke trug, hörte er, wie die Haustür aufgeschlossen wurde. An den dumpfen Lauten, die aus dem Flur zu ihm drangen, erkannte er, dass Sneakers achtlos von den Füßen geschleudert wurden und in einer Ecke der Garderobe landeten. Mimi und Mia sprachen leise, dann kicherten sie. Die Stimmen näherten sich und verstummten.

Er drehte sich um und fragte sich zum wievielten Mal, wie Bele es schaffte, die Zwillinge auseinanderzuhalten. Sie sahen aus wie Klone. Sie hatten die gleichen Stimmen, die gleiche Gestik. Auch der Ausdruck ihrer Augen war identisch, wenn sie sich im gleichen Raum, im gleichen Licht befanden.

Wenn sie so vor Bele standen, wie sie sich jetzt vor ihm aufgebaut hatten, wusste Bele immer aus dem Stegreif heraus, welche von beiden Mimi war und welche Mia. Wenn sie mit dem Rücken zu ihnen stand und ihre Gesichter nicht sah, konnte Bele die Töchter sogar am Rhythmus ihrer Schritte und am Klang ihrer Atemzüge auseinanderhalten.

Vor einigen Jahren hatten sich die Mädchen Ohrlöcher stechen lassen und er hatte darauf bestanden, dass sie unterschiedliche Ohrstecker trugen. Natürlich hatte er gehofft, dass er sie anhand des Schmucks besser voneinander unterscheiden können würde. Die Sache war daran gescheitert, dass er sich nicht hatte merken können, welche der beiden welche Art von Ohrschmuck trug. So manches Mal hatte er auch den Eindruck gehabt, dass seine Töchter die Ohrstecker tauschten, sogar mehrmals im Verlauf eines einzigen Tages.

Als die Zwillinge noch klein waren, hatte er sich einen Trick ausgedacht. Wenn eine der beiden vor ihm stand, hatte er so getan, als alberte er mit ihr herum. Dann hatte er sie mit hochgezogenen Augenbrauen angesehen und gefragt: »Mi…?« Mimi hatte ihren Namen daraufhin um ein zweites »…mi« ergänzt, Mia dagegen hatte »…a« gesagt. Irgendwann waren seine Töchter alt genug gewesen, um zu begreifen, dass er dieses Spielchen spielte, weil er sie nicht auseinanderhalten konnte. Von da an hatte er den Verdacht gehegt, dass sie ihn gelegentlich an der Nase herumführten. Dass Mimi mit »…a« antwortete und Mia mit »…mi«. Von da an war es schlagartig vorbei gewesen mit dem einzigen Spaß, den seine Töchter und er jemals miteinander gehabt hatten.

Das erneute Geräusch eines Schlüssels in der Haustür holte Ebbe in die Gegenwart zurück. Yannick kam nach Hause. Auch er schleuderte seine Joggingschuhe achtlos in die Garderobe. Mit dem Elan eines hochgewachsenen, sportlichen Achtzehnjährigen stürmte er in die Essecke und warf sich mit einem »Mensch, hab ich Hunger« auf die Sitzbank.

»Hol bitte die Getränke aus dem Kühlschrank«, sagte Ebbe.

Yannick verzog das Gesicht und ging in die Küche. Er brachte stilles Wasser für seinen Vater, Limonade für seine Schwestern und ein Bier für sich selbst. Den tadelnden Blick seines Vaters übersah er; er war volljährig.

Wie immer, wenn Bele nicht zu Hause war, kam während des Abendessens kein Gespräch in Gang. Ebbe bemühte sich, Interesse zu zeigen. Doch wenn er seine Kinder nach ihrem Tagesablauf fragte, hörte er sich an wie ein Internatsleiter, der sich argwöhnisch prüfend nach den Unternehmungen seiner Zöglinge erkundigt. Die Antworten der drei Teenager waren einsilbig, denn ausführlichere Berichte über ihre Aktivitäten kommentierte Ebbe erfahrungsgemäß entweder mit Ermahnungen oder mit Verboten.

Yannick, Mimi und Mia verschlangen ihr Abendbrot und warteten ungeduldig darauf, dass auch ihr Vater mit dem Essen fertig war. Sie halfen ihm, den Tisch abzuräumen, und beeilten sich, in ihren Zimmern zu verschwinden.

Den Rest des Abends war Ebbe allein.

Auch wenn er es Bele gegenüber niemals zugegeben hätte: Er spürte eine verzweifelte Einsamkeit. Dieses unerträgliche Gefühl machte sich immer im Haus breit, wenn Bele verreist war. Es war ein Unterschied, ob sie nur einen Abend mit einer Freundin verbrachte oder ob sie ein paar Tage auf Amrum war. Die Aufenthalte auf der Insel waren für seine Frau nicht nur eine kurze Auszeit, wie er anfänglich geglaubt hatte. Amrum war dabei, Beles neues Zuhause zu werden. Und er wusste, warum das so war.

Niemals würde er den Abend vor ein paar Monaten vergessen, an dem er oben in seinem Arbeitszimmer gesessen, den PC eingeschaltet und Amrum gegoogelt hatte. Als eines der ersten Suchergebnisse hatte die Suchmaschine die Website eines Amrumer Hoteliers gelistet, auf der gleich vier Webcams zu finden waren, die an verschiedenen Standorten auf der Insel positioniert waren. Er hatte die Website aufgerufen und sich durch die Aufnahmen geklickt.

Die Bilder mit dem Blick auf die Promenade am Wittdüner Strand hatten ihn bis ins Mark getroffen. – Weder seine Bele noch Jasper Erikson schienen sich darüber im Klaren zu sein, dass es diese Kamera gab.

Seinen Entschluss hatte Ebbe schnell gefasst. So leicht ließ er sich seine Frau nicht wegnehmen. Schon gar nicht von diesem Riesen mit dem blonden Bürstenschnitt.

5

Jasper zog sich in sein Strandbüro zurück und schloss die Tür von innen ab. Der Kniepsand war fast menschenleer; unwahrscheinlich, dass an diesem Abend noch irgendjemand Jasper in seinem Büro besuchen würde. Doch er wollte absolut sicher sein, dass er ungestört blieb. Und auch, dass ihn an diesem einsamen Abend niemand überraschte, der ihm unversehens ein Messer in den Rücken rammte. Kunos Warnungen vor einem erneuten Attentat waren nicht spurlos an ihm vorübergegangen.

Er zog sein Handy hervor, suchte Jörns Telefonnummer aus dem Speicher und betrachtete die Ziffernfolge auf dem Display. Wie kam es, dass er die Nummer seines Sohnes, die er seit Jahren nicht gewählt hatte, immer noch sofort erkannte? Aus seinem Adressspeicher hatte er sie schon längst gelöscht.

Jörn hatte sich seit gestern Morgen nicht wieder gemeldet. Warum gestern dreimal, warum danach nicht mehr? Hatte er nach der langen Zeit des Schweigens den Kontakt mit ihm wieder aufnehmen wollen und hatte ihn dann der Mut verlassen? Sollte er, der Vater, es jetzt wagen? Wie sollte er ein Telefonat mit Jörn beginnen, worüber mit ihm reden? Bis heute wusste er nicht einmal, warum sein Sohn vor sieben Jahren mit ihm gebrochen hatte.

Jasper legte das Handy auf den Schreibtisch, nahm es wieder auf und legte es wieder weg. Er öffnete eine Dose Bier und trank sie in einem Zug halb leer. Dann endlich gab er sich einen

Ruck und drückte auf die Wähltaste. Ganz kurz nur, als hätte er Angst, dass die Verbindung tatsächlich zustande kommen könnte. Als der erste Freiton durch den Lautsprecher tönte, nahm er das Gerät wieder in die Hand und hielt es sich ans Ohr.

Während er wartete, dass sein Sohn das Gespräch entgegennahm, schlug sein Herz laut wie eine Pauke und dabei so langsam, als wollte es gleich stehen bleiben.

Nach dem sechsten Freiton drückte Jasper die rote Taste.

Unschlüssig, was er tun sollte, starrte er das Handy an. Als liefe ein Film über das Display, sah er seinen Sohn vor sich, wie er als kleiner Junge am Wasser stand und ihm mit großen Augen beim Surfen zusah. »In ein paar Jahren kannst du das auch«, hatte er Jörn gesagt. Aber dann, als der Junge alt genug war, sich das Surfen von ihm beibringen zu lassen, hatte er sich umgedreht und war vor ihm davongelaufen.

»Er ist frustriert«, hatte Göntje ihm eines Abends, als Jörn schon schlief, erklärt. »Er weiß, dass er nie so gut surfen wird wie du. Er wird nie etwas so gut können wie du. Du meckerst ja auch ständig an ihm herum. Woher soll er dann das nötige Selbstvertrauen bekommen?«

»Ich meckere nicht an ihm herum«, hatte Jasper erwidert. »Jörn macht alles falsch und ich sage ihm, wie es geht.«

»Läuft das nicht auf dasselbe hinaus?«, hatte Göntje gefragt.

Er hatte bis heute nicht verstanden, was sie meinte.

Plötzlich blinkte Jörns Nummer auf. Jasper bemerkte, dass seine Hand zitterte, als er das Gespräch annahm. Wie gut, dass sein Sohn ihn so nicht sehen konnte.

»Ja?« Jasper räusperte sich und wartete darauf, dass sein Sohn sprach.

»Du hast mich angerufen«, sagte Jörn nach einer Pause.

Jasper war die Stimme seines Sohnes nicht mehr vertraut. Er wusste nicht, ob sie traurig oder hilflos klang. »Nein, du«, entgegnete er. »Du hast mich angerufen. Gestern Morgen, dreimal.«

Er hörte Jörn atmen.

»Du wolltest mich sprechen, nach so langer Zeit.« Jasper fluchte in sich hinein. Warum war es so schwer, mit seinem eigenen Sohn ins Gespräch zu kommen? »Wie lange ist es her, dass wir zum letzten Mal miteinander telefoniert haben?«

»Ich weiß es nicht.«

»Und jetzt?«, fragte Jasper. »Was wolltest du mir sagen, gestern?« Er bemühte sich, irgendwie nach Vater zu klingen. Nach einem Mann, der sich über den Anruf seines Sohnes freut. »Jörn?«

»Ja?«

»Wann kommst du wieder mal nach Amrum?«

Jörn schien nachzudenken. Jasper hörte ihn atmen, immer lauter, immer schwerer.

»Jörn?«, fragte Jasper verunsichert. »Jörn?«

Die Leitung war tot. Sein Sohn hatte aufgelegt.

Jasper wartete einen Moment. Dann aktivierte er die Wahlwiederholung. Er hörte den Freiton. Jörn nahm das Gespräch entgegen – um die Leitung sofort wieder zu kappen.

Ratlos schüttelte Jasper den Kopf, verstaute das Handy in seiner Bauchtasche und verließ das Büro. Langsam stieg er die Stufen der hölzernen Terrasse hinab und lief langsam zur Wasserkante. Am Horizont beobachtete er, wie zwei Kreuzfahrtschiffe, eins aus nördlicher und eins aus südlicher Richtung kommend, sich langsam aneinander vorbeischoben.

Himmel, dachte Jasper, wenn ich gestern ums Leben gekommen wäre, dann hätte ich vorher nicht mal mit meinem eigenen Jungen Frieden geschlossen.

Er nahm sich vor, es in ein paar Tagen noch einmal bei Jörn zu versuchen.

DIENSTAG

1

Hemdsärmelig und putzmunter trat Hauptkommissar Kuno Knudsen am frühen Morgen aus seinem alten Kapitänshaus. Bis auf ein paar kreischende Möwen war es noch still im Ort. Kuno blieb vor der Haustür stehen und blinzelte in den lupinenblauen Himmel, der aussah, als hätte ihn jemand auf Hochglanz poliert.

Er schob sich die Sonnenbrille auf die Nase, lief durch den Garten und schnappte sich sein Fahrrad, das wie ein geduldiges Pferd am Zaun auf ihn gewartet hatte. Beschwingt fuhr er den Waasterstigh entlang, der ab dem Ortsausgang als autofreier Landwirtschaftsweg mitten über den Inselrücken führte.

Der Kommissar durchquerte den nördlichsten Ort Amrums. Hier ging es bereits geschäftiger zu als in Nebel. Die Bewohner grüßten ihn besonders freundlich in der Hoffnung, dass er stehen bleiben und ihnen etwas über die Ermittlungen erzählen würde. Kuno grüßte freundlich zurück, radelte aber stramm weiter und bog schließlich in den Strunwai ein, der in den Strandübergang mündete. Hier, an der höchst gelegenen Stelle der Straße, lagen – einer hinter dem anderen – die Stände der Strandkorbvermieter, die jeweils aus mehreren im Halbkreis aufgestellten Körben bestanden.

Die Männer waren mit der Vorbereitung ihres Arbeitstages beschäftigt. Sie stellten Bollerwagen und Schaufeln auf ihrem Areal zurecht oder saßen in einem ihrer Körbe, das Smartphone in der Hand, und nahmen die per SMS oder E-Mail übermittelten Reservierungen für den Tag entgegen; nur Gerco Storm war noch nicht an seinem Stand.

Kuno sprang vom Rad und lehnte es gegen den Holzzaun, der den Strunwai von dem großen Parkplatz abtrennte. »Moin«, dröhnte er gut gelaunt in die umtriebige Morgenstimmung hinein. Die Männer blickten auf und grüßten zurück. Kuno ging den Strand hinab zu den Windsurfschulen. Überrascht stellte er fest, dass Maren, die älteste von Jaspers Töchtern, vor dem Strandbüro ihres Vaters stand.

»Übernimmst du heute den Unterricht?«, fragte Kuno in der Hoffnung, dass Jasper doch zu der Erkenntnis gelangt war, im Schutz seines Hauses besser aufgehoben zu sein, solange der Attentäter nicht gefasst war.

»Ja«, antwortete die junge Frau. »Mein Vater hat mich heute Morgen per SMS gebeten, für ihn einzuspringen. Merkwürdigerweise ist er telefonisch nicht erreichbar. Wenn du ihn sprechen willst …« Sie zuckte mit den Achseln.

»Nein, zu Jasper wollte ich jetzt nicht. Aber hast du eine Ahnung, wo er sich aufhält?«

Maren verneinte.

Ein flaues Gefühl machte sich in Kunos Magen breit. »Tust du mir einen Gefallen?«, fragte er, und Maren nickte. »Wenn er wieder auftaucht, sag ihm bitte, er soll sich bei mir melden. Nur damit ich weiß, dass er wieder da ist.«

»Klar, mach ich«, sagte Maren bereitwillig und wandte sich zwei jungen Frauen zu, die sich für einen Surfkurs anmelden wollten.

Kuno hatte den Eindruck, dass Maren sich, anders als er, keine Sorgen um den Verbleib ihres Vaters machte.

Er ging auf die anderen beiden Surflehrer zu und sprach kurz mit ihnen, konnte aber nichts Neues erfahren. So kehrte er zum Strunwai zurück. Der Reihe nach begrüßte er die

Strandkorbvermieter. Anders als erhofft, zeigten die Männer sich nicht sehr gesprächig. Aber immerhin verstanden sie, dass es zu Kunos Job gehörte, sich bei ihnen umzuhören.

Gerade wollte Kuno sich sein Fahrrad nehmen und nach Nebel zurückfahren, da kam Gerco ihm vom Parkplatz hinter den Dünen entgegen.

»Na, willst du den Strandfunk anzapfen?«, fragte er den Kommissar und begrüßte ihn mit festem Händedruck.

»Das hatte ich vor. Aber heute herrscht hier leider Funkstille.«

Gerco zögerte einen Moment. Kuno merkte ihm an, dass etwas in ihm rumorte. »Vielleicht kann ich dich aus dem Funkloch herausholen«, sagte Gerco schließlich. »Komm, setz dich.« Er wies auf den hintersten der Strandkörbe, die auf seinem Areal standen.

Kuno folgte ihm. Gerco bot ihm eine Zigarette an, doch der Kommissar lehnte ab. »Nichtraucher. Immer noch.«

»Was weißt du über Jasper?«, fragte Gerco.

Kuno lächelte. »Die Fragen stelle ich«, erinnerte er seinen alten Schulfreund an die Aufgabenverteilung. »Also: Was weißt du über Jasper, was wir noch nicht wissen, aber wissen sollten?«

Gerco senkte seine Stimme, als er berichtete: »Jasper hat eine Geliebte. Schon seit einiger Zeit. Diesmal ist es kein Kurzzeitflirt, sondern was richtig Ernstes. Dass du noch nichts davon gehört hast! Jeder Wattwurm weiß inzwischen darüber Bescheid.«

»Manche Dinge werden Leuten mit meinem Beruf ganz bewusst verschwiegen. Außerdem ist auf der ganzen Insel bekannt, dass Klatsch und Tratsch mich nicht interessieren. Wo über Privates getuschelt wird, höre ich weg.«

»Es sei denn, es spielt in einen Fall hinein. Dann machst selbst du als abgeklärter Kriminalhauptkommissar lange Ohren.«

»Das läuft dann aber unter Recherche«, belehrte Kuno seinen Freund mit erhobenem Zeigefinger und beide lachten. »Weiß Göntje von dieser Liebschaft?«

»Ich kann mir nicht vorstellen, dass ihr die Affäre verborgen geblieben ist.«

»Jasper hat bekanntlich nie einen Bogen um attraktive Urlauberinnen gemacht«, überlegte Kuno. »Er hat seine Flirts immer unverhohlen ausgelebt und Göntje hat das immer weggesteckt, als beträfe es sie nicht.«

»Genau das ist es ja: Mit allen anderen Frauen hat er offen geflirtet, mit dieser ist es völlig anders. Er versucht, die Beziehung geheim zu halten. Die Frau ist nur ganz wenige Male am Norddorfer Strand aufgetaucht. Aber wenn …«, Gerco wedelte bedeutsam mit der Hand, »hat die Luft geknistert. Von einem bestimmten Tag an kam sie nicht mehr hierher, obwohl sie sich auf Amrum aufhielt. Wir haben beobachtet, dass Jasper manchmal frühmorgens nach seinem Strandlauf zu ihr fährt. Einer von uns ist ihm mal in einigem Abstand gefolgt«, erklärte Gerco verschämt, »sogar bis vor die Haustür, und Jasper hat es nicht gemerkt, so tief war er in Gedanken. Um Punkt neun Uhr taucht er nach diesen Abstechern wieder an seiner Surfschule auf und macht einen unverschämt entspannten und zufriedenen Eindruck. Und am Abend fährt er dann oft wieder nach Wittdün. Göntje muss doch merken, dass da was läuft!«

»Diese Frau …, ist sie nur gelegentlich hier, oder hat sie einen festen Wohnsitz auf Amrum?«

»Sie hat vor Kurzem ein Haus in Wittdün gekauft. Aber sie lebt nicht ständig auf der Insel. Die Geschichte zwischen den beiden hat vor anderthalb Jahren angefangen. Zuerst kam die Frau alle paar Wochen für ein paar Tage hierher und wohnte in einer Ferienwohnung. Jetzt, wo sie das Haus hat, ist sie häufiger hier.«

»Wo liegt denn das Haus?«

»An der Südspitze. Gleich neben dem von Gerdsens.«

»Interessant«, sagte Kuno. Er erinnerte sich an den Gedanken, der ihm am Sonntagmorgen für einen kurzen Moment gekommen war: Vielleicht war Göntje die Eskapaden ihres Mannes leid und wollte diesen ständigen Demütigungen ein furioses Ende bereiten? Kuno flüsterte fast, als er Gerco fragte: »Sag mal, du kennst Göntje doch ganz gut, zumindest besser als ich. Du siehst sie öfter im Ort und hier am Strand. Hast du in letzter Zeit eine Veränderung in ihrem Verhalten bemerkt?«

Gerco spielte mit seinem Feuerzeug herum, knipste die Flamme an und aus. »Dazu kann ich nichts sagen. Auf so was achte ich nicht.«

»Gehen Jasper und Göntje anders miteinander um als früher?«

»Ich sag doch, das fällt nicht in meinen Bereich.«

»Komm!« Kuno stieß Gerco mit dem Ellenbogen an. »Erzähl mir nichts. Du bist ein scharfer Beobachter. Wenn sich zwischen den beiden etwas geändert haben sollte, dann gehörst du zu den Ersten, denen das auffallen würde.«

»Also, wenn ich ehrlich sein soll ...« Gerco zögerte.

»Sollst du.«

»Göntje ist seit einiger Zeit sehr ernst, noch ernster als sonst. Manchmal wirkt sie richtig bedrückt. Sie sieht Jasper auch nicht mehr so an, wie sie das früher getan hat.«

»Wie meinst du das?«, fragte Kuno.

»Na ja, früher hat sie zu ihm aufgeschaut. Heute guckt sie an ihm vorbei.«

»Verstehe.«

»Da ist noch etwas«, sagte Gerco leise.

Nun hat er sich warmgeredet, dachte Kuno und schlug Gerco neugierig aufs Knie. »Ich höre!«

»Ich hatte im Juni einen Gast, einen verwitweten pensionierten Lehrer aus Bayern, der drei Wochen lang einen

Strandkorb von mir gemietet hat. Er war ein sehr gesprächiger Mann und hat sich oft mit mir unterhalten. Kurz vor seiner Abreise hat er mir im Vertrauen von einem anderen Urlauber erzählt, der an zwei aufeinanderfolgenden Wochenenden hier war und ebenfalls einen Korb von mir hatte. Am ersten Wochenende standen sich die beiden Strandkörbe zufällig schräg gegenüber und am Mittag sind die Herren miteinander ins Gespräch gekommen, als sie gleichzeitig zum Strandkiosk gingen, um sich Pommes und Cola zu holen. Das musst du dir mal vorstellen: Zwei erwachsene Männer holen sich zum Mittagessen Pommes und Cola!«

»Gönnen wir ihnen den Spaß«, meinte Kuno. »Ich schätze, die wollten damit ihre Kindheitserinnerungen wieder aufleben lassen. Was war es denn, das dir der Bayer im Vertrauen über den anderen Urlauber erzählt hat?«

»Er hat gesagt, der Ire hätte sich sehr auffällig für Jasper interessiert.«

»Der Ire?«

»Ja, so haben wir ihn hier am Strand genannt. Wegen seines Aussehens. Er war vielleicht Anfang, Mitte vierzig. So groß wie ich, schlank, nicht sehr kräftig gebaut. Er hatte ganz helle Haut und eine Halbglatze mit rotblondem Haarkranz. Sein Gesicht, sein Schädel und seine Hände waren mit Tausenden von Sommersprossen übersät. Das Auffälligste an ihm war sein struppiger Bart, der war tatsächlich karottenrot. Der Mann sah genau so aus, wie man sich einen klassischen Iren vorstellt, der im Pub sitzt und sein Guinness trinkt. Er war so ein Kumpeltyp und hat sich prima mit meinem Gast aus Bayern verstanden.«

»Vielleicht haben sie entdeckt, dass sie beide das gleiche, wahnsinnig aufregende Hobby betreiben. Briefmarken sammeln, zum Beispiel«, sagte Kuno, »oder Tauben züchten.«

»Glaub ich nicht«, widersprach Gerco. »Der Ire schien mir eher eine Art Detektiv zu sein.«

»Oh! Jetzt wird's spannend! Wie kommst du denn auf diese Idee?«

»Er hat meinem Gast erzählt, dass er sich für Jaspers Privatleben interessiert. Eins hat mich gewundert: Der Kerl wusste, dass Jasper eine Geliebte hat. Ich glaube, er wusste sogar, dass es um genau diese Frau in Wittdün geht.«

Kuno schlug sich auf die Schenkel und sprang auf. »Das erzählst du mir erst jetzt?« Als er erkannte, dass Gerco über seine Reaktion erschrocken war, setzte er sich wieder zu ihm und legte ihm beschwichtigend den Arm um die Schultern. »Ich verstehe schon«, nahm er sich zusammen, »dein Gast hat dir das im Vertrauen darauf erzählt, dass du es für dich behältst, und du bist ein verschwiegener Mensch. Aber das ist eine ungeheuer wichtige Aussage, die du gerade gemacht hast!«

»Erzähl bitte niemandem, dass du diese Informationen von mir hast«, bat Gerco und druckste herum, bis Kuno ihn mit dem Ellenbogen anstupste und ihm aufmunternd zunickte. »Da ist noch etwas«, fuhr Gerco endlich fort. »Am darauffolgenden Wochenende kam der Ire noch einmal nach Amrum. Mein Stammgast aus Süddeutschland war noch hier und der Ire bat mich ausdrücklich darum, ihm wieder einen Strandkorb neben dem des Bayern zu geben, weil sie sich so nett unterhalten hätten. Die Körbe standen in der Nähe der Surfschulen. Diesmal hatte der Ire ein Foto mitgebracht. Mit dem Bild in der Hand hat er sich so hingesetzt, dass er Jaspers Surfschule im Blick hatte. Dann hat er minutenlang abwechselnd auf das Foto und zu Jasper geguckt. Der saß seelenruhig auf seiner Terrasse, schlürfte seinen Kaffee und merkte überhaupt nicht, dass er beobachtet wurde.«

»Was war denn auf dem Foto zu sehen?«, fragte Kuno ungeduldig.

»Das weiß keiner so genau. Nicht mal meinem Gast aus Bayern wollte der Ire das verraten.«

»Hat dein Bayer denn nicht mal einen Blick darauf geworfen?«

Gerco grinste. »Versucht hat er's wohl. Aber als er so plötzlich neben dem Iren auftauchte, hat der das Foto ganz schnell in seinem Rucksack verschwinden lassen. Hat ein richtiges Staatsgeheimnis draus gemacht, selbst als der Bayer ihn gefragt hat, was es denn da so Interessantes zu gucken gibt. Hat nur was von Personenvergleich gemurmelt.«

Kuno grübelte. »Weißt du, wie der Ire heißt, woher er kommt und wo er auf Amrum gewohnt hat?«

»Dem Dialekt nach stammt der Mann aus dem Ruhrgebiet. Ich glaube aber nicht, dass er noch da lebt. Er hat dem Bayern was von einem neuen Job in Norddeutschland erzählt. Mehr weiß ich leider nicht.«

»Kannst du deinen Gast aus Bayern fragen, ob er weiß, in welchem Haus der Ire bei uns untergekommen ist?«

»Da muss ich warten, bis der Mann wieder hier ist. Er kommt immer spontan nach Amrum, je nach Wetterlage, Kontostand und Laune. Ich hab weder eine Telefonnummer noch eine Adresse von ihm.« Gerco guckte betreten drein.

»Hast du selbst mal mit dem Iren geredet, abgesehen vom üblichen Small Talk, als du ihm den Strandkorb vermietet hast?«

»Nein. Nur das Übliche: guten Tag und guten Weg. Er war ein bisschen schüchtern. Gegrüßt hat er immer sehr freundlich, aber er war keine Sabbeltasche, er ist nie zum Klönschnack bei mir stehen geblieben.«

»Okay«, stöhnte Kuno und raufte sich die Haare, »dann lassen wir jetzt die Kollegen bundesweit nach einem schüchternen mittelgroßen Mann von rund fünfundvierzig Jahren mit Halbglatze, rotblondem Haarkranz, karottenrotem Backenbart und ganz vielen Sommersprossen fahnden, der vermutlich aus dem Ruhrgebiet stammt, aber nicht mehr dort lebt.« Kuno stand auf. »Mensch, Gerco, das war wirklich eine wichtige Aussage.

Wir werden versuchen herauszufinden, bei welchem Amrumer Vermieter der Ire gewohnt hat. Wenn du was erfährst …«

Das Klingeln seines Handys hinderte Kuno daran, den Satz zu Ende zu sprechen.

»Jasper ist weg«, hörte der Kommissar Göntje mit erstickter Stimme sagen.

2

Kuno verfluchte seine Entscheidung, den Weg nach Norddorf mit dem Fahrrad zurückzulegen. Die Urlauber waren inzwischen in kleinen Gruppen, die sich auf dem Strunwai breiter machten als nötig, auf dem Weg zum Strand. Wer wich schon einem eiligen Radfahrer aus, auch wenn er noch so heftig klingelte? Wäre ihnen ein Polizeiwagen entgegengekommen, hätten sie respektvoller reagiert. Außerdem hätte ein Auto ihm erspart, jetzt auch noch vom Gegenwind ausgebremst zu werden.

Schweißperlen standen auf Kunos Stirn, als er vor dem Haus der Eriksons ankam. Er ließ sein Rad auf den Rasen fallen und klingelte Sturm. Letzteres wäre unnötig gewesen, denn Göntje hatte wohl mit der Klinke in der Hand auf ihn gewartet.

»Jasper ist weg«, wiederholte sie die Worte, mit denen sie sich vorhin am Telefon gemeldet hatte. »Einfach weg. Als hätte das Meer ihn fortgespült.« Sie sah Kuno fassungslos an und ihm war sofort klar, dass ihre Sorge nicht gespielt war.

»Nun mal der Reihe nach.« Kuno musste zuallererst versuchen, Ruhe in Göntjes Gedanken zu bringen. »Seit wann ist dein Mann verschwunden?«

»Komm erst mal rein und setz dich. Kaffee?«

Kuno folgte Göntje ins Haus. »Tee, wenn's geht.«

»Jo, das geht. Also, Jasper ist mir mitten in der Nacht abhandengekommen.« Sie schaltete den Wasserkocher ein und füllte Tee in einen Filterbeutel. »Darjeeling, okay?«, fragte sie.

»Gerne«. Zum ersten Mal seit Langem nahm Kuno Göntje in ihrer gesamten Erscheinung bewusst wahr – und erschrak. Alles an dieser kleinen, gedrungenen Frau hing schlaff herab: die Schultern, die kurzen, fleischigen Arme, die aschfahlen, halblangen Haare mit den grauen Strähnen. Die Augenlider, die Wangen und die Mundwinkel. Wie sehr sie sich gehen lässt, dachte er. Im selben Moment schämte er sich, denn was Jasper seiner Frau seit Jahren zumutete, musste einfach ihre Kräfte übersteigen. Kein Wunder, dass sie unter diesen Umständen verkümmerte.

»Gegen vier Uhr morgens bin ich wach geworden. Da lag er nicht mehr im Bett«, erzählte Göntje. Trotz der Sorge, die sich in ihrem Gesicht spiegelte, wirkte ihre Stimme seltsam unbeteiligt. »Normalerweise steht er um fünf Uhr auf. Ich dachte mir, er wird schon zum Strand gegangen sein, auch wenn es noch duster war; vielleicht hat er nicht mehr schlafen können. Ich hab mich umgedreht und bin gleich wieder eingeschlafen. Bis um sechs, da klingelte mein Wecker.«

»Um die Zeit ist Jasper immer am Strand, soweit ich weiß.«

»Richtig, dann macht er seinen Strandlauf. Heute ist er aber nicht gelaufen. Seine Joggingschuhe stehen unbenutzt hier. Er ist auch nicht in der Surfschule und er geht nicht an sein Handy und reagiert nicht auf Marens und meine Bitten um Rückruf.«

»Wann ist dir klar geworden, dass etwas nicht stimmt? Und was meinst du damit, dass er weg ist? Glaubst du, er hat Amrum verlassen, oder bist du nur besorgt, weil du nicht weißt, ob er irgendwo am Strand ist oder … oder sonst wo auf der Insel?« Fast hätte Kuno gefragt, ob Göntje meinte, dass ihr Mann vielleicht bei seiner Geliebten sei.

»Weg ist weg«, sagte Göntje barsch und stellte den Becher so unsanft vor Kuno hin, dass einige Spritzer Tee auf der hölzernen Tischplatte landeten. Sie wischte sie mit einem Stück Küchenpapier auf.

»Etwas genauere Informationen bräuchte ich schon, um entscheiden zu können, ob wir nach ihm suchen müssen. Vielleicht ist er besonders früh zum Strand gegangen, um den Surfunterricht vorzubereiten, ist dann müde geworden, hat sich in einen Strandkorb gesetzt, aufs Meer geguckt und ist eingeschlafen. Oder er wandert durch die Dünen. Oder er besucht gerade irgendwen und hat sich festgeklönt.« Es war Kuno unangenehm, diese letzte Möglichkeit anzusprechen, denn seit Gerco ihn über Jaspers Dauerbeziehung zu dieser Frau in Wittdün aufgeklärt hatte, fragte er sich, ob Göntje davon wusste.

»Sprich es nur aus!«, platzte Göntje heraus. »Du meinst, dass Jasper bei dieser Gärtnerin ist.«

»Gärtnerin?« Kunos Verblüffung war echt; von einer Gärtnerin war ihm nichts bekannt.

»Tu nicht so ahnungslos. Das weiß doch inzwischen jeder, dass Jasper sich eine Gärtnerin vom Festland geangelt hat, die sich gerade für alle Ewigkeit in Wittdün niederlässt.«

»Ich habe gerade erst von der Existenz dieser Frau erfahren«, verteidigte Kuno seine Unwissenheit. »Dass sie Gärtnerin ist, wusste ich nicht. Die Sache geht mich ja im Grunde genommen auch gar nichts an.« Es fiel ihm schwer, Göntje anzusehen. »Seit wann weißt du denn von der Beziehung?«

Göntje schob mit dem Zeigefinger ein paar Krümel in dem Brotkorb, der wohl noch vom Frühstück auf dem Tisch stand, hin und her. »Ungefähr so lange, wie sie besteht.«

»Wie hast du gemerkt, dass Jasper diese Geliebte hat?«

Göntje lachte bitter auf. »Wie schon! Er war auf einmal anders als sonst. Von einem Tag auf den anderen konnte er mir nicht mehr in die Augen sehen. Er wich mir aus. Er sagte nicht, wohin er ging. Gut, ich habe auch nie danach gefragt. Aber früher war es immer klar: Er war entweder in der Surfschule oder mit dem Surfbrett auf dem Meer oder hier zu Hause. Und wenn er abends das Haus verließ, ohne zu sagen, wohin er ging, dann wusste ich: Jetzt trifft er sich mit einem dieser Mädchen, die er ab und zu am Strand aufgabelt und sofort wieder vergisst.«

Kuno schüttelte nachdenklich den Kopf. »Warum macht Jasper das?«, fragte er. »Warum braucht er all diese Frauen? Er ist doch sonst nicht so ein Spinner.«

Göntje blieb ihm die Antwort nicht schuldig. »Er will sich einfach selbst beweisen: Wenn er wollte, könnte er mit jeder Frau auf dieser Welt Söhne zeugen. Sein Vater hat ihm das doch schon vorgelebt. Hast du das nie mitbekommen? Und sein Großvater erst …« Göntje winkte ab.

»Familientradition also«, sagte Kuno mit Ironie in der Stimme.

Göntje schüttelte den Kopf. »Gendefekt.« Mit grimmigem Gesicht griff sie nach ihrer Kaffeetasse.

Kuno unterdrückte ein Schmunzeln. »Nur Jörn ist davon verschont geblieben«, stellte er dann fest.

»Der kommt auf mich raus«, sagte Göntje. »Zum Glück.«

»Und du hast diese Eskapaden all die Jahre über hingenommen.«

»All die Jahre? Jahrzehnte! Jahrzehnte habe ich das geschluckt. Was hätte ich denn auch tun sollen?«

Kuno hätte ihr gerne eine Antwort gegeben, doch es stand ihm nicht zu, Göntje zu sagen, wie er an ihrer Stelle reagiert hätte. Wie sie mit den Seitensprüngen ihres Mannes umging, war allein ihre Sache, und sie hatte sicher ihre Gründe, Jasper nicht zu verlassen.

Göntje schien Kunos Gedanken erraten zu haben. »Unsere Ehe war von Anfang an keine Liebesgeschichte«, erklärte sie ihm. »Oder doch, aber nur auf meiner Seite. Es wird dich nicht wundern, dass ich Jasper angehimmelt habe. Wie jedes junge Gör auf dieser Insel habe ich davon geträumt, diesen Mann eines Tages zu heiraten. Mir war klar, dass ich keine Chance hatte.

Alle hübschen Mädchen wollten ihn haben, und ich war nicht der Typ, dem Kerle wie Jasper hinterherpfeifen.«

Kuno nickte verständnisvoll. Diese Situation gehörte zu den Momenten in seinem Berufsleben, in denen er mehr Seelsorger als Kriminalkommissar war und vielleicht auch ein bisschen Psychotherapeut.

Göntje stand auf und schenkte sich noch einen Kaffee ein. Sie wirkte seltsam ruhig, als sie sich wieder setzte. »Aber du weißt ja, wie es zwischen den alten Inselfürsten damals lief«, erklärte sie. »Meiner Familie gehörte die eine Hälfte von Amrum und Jaspers Eltern die andere. Unsere Familien hatten schon früh darüber gesprochen, dass es schön wäre, wenn wir Kinder uns sympathisch fänden. Sympathisch genug, dass es für eine Ehe reicht.«

»Aber ihr wart doch irgendwann alt genug, um euch dagegen zu wehren«, wunderte Kuno sich.

»Tja«, stieß Göntje aus, »alt genug schon. Ich war aber auch eitel genug, um mich den Plänen unserer Eltern nicht entgegenzustellen. Du musst das so sehen: Ich war Einzelkind. Meine Eltern haben all ihre Hoffnungen auf mich gesetzt. Ich hatte aber überhaupt nichts vorzuweisen. In der Schule keine Leuchte, im Sport erst recht nicht. Kein musisches Talent. Ich hatte nichts – außer wohlhabenden Eltern. Und als mein Vater meinte, ich müsste Jasper heiraten, konnte ich endlich mal glänzen. Ich wollte allen zeigen, dass ich eine tolle Ehefrau und Mutter bin.« Göntje blickte aus dem Fenster. »Ehrlich gesagt, die Aussicht auf die Ehe mit einem der begehrtesten jungen Männer von Amrum war für mich das, was für andere Frauen vielleicht eine Hauptrolle in einem Hollywoodfilm ist.« Sie griff nach einer Rolle Küchenpapier, riss ein Stück davon ab und rieb kräftig über die Tischplatte, um letzte, für Kuno nicht sichtbare Spuren des Frühstücks zu beseitigen. »Und dann tauchte plötzlich diese Mexikanerin auf. Erinnerst du dich?«

Kuno schüttelte den Kopf. »Ich erinnere mich kaum daran. Das war zu der Zeit, als ich auf dem Festland war und meine Ausbildung gemacht habe.«

»Juanita hieß sie. Sie war auf einmal da. Niemand wusste, was sie hier wollte. Ihre Eltern hatten sie nach Deutschland geschickt. Sie sollte hier studieren. Zuerst soll sie in München gelebt haben, dann in Hamburg. Sie kam mit einer deutschen Freundin hierher, die ihr die Nordseeinseln zeigen wollte. Die Freundin fuhr nach ein paar Tagen wieder nach Hamburg zurück, Juanita blieb. Sie himmelte Jasper an. Sie war ja nur halb so groß wie er, ging ihm nicht mal bis zur Brust.« Göntje schnaubte verächtlich. »Er hat natürlich sofort zugegriffen, und ich war vergessen. So eine exotische Schönheit läuft einem nur einmal im Leben über den Weg, hat er gemeint; die könne man nicht links liegen lassen. Die beiden haben schneller geheiratet, als man bei Windstärke sechs von Amrum nach Sylt surfen kann.«

»Aber das hat nicht lange gehalten, oder?«

Göntje schüttelte den Kopf. »Die süße kleine Juanita ist nach Sylt durchgebrannt. Hat sich in Westerland einen italienischen Restaurantbesitzer geangelt. Jasper hat versucht, sie zurückzuerobern. Aber gegen den schönen Giacomo hatte ein Wikinger wie er keine Chance. Die Zeit, bis die Scheidung vor Gericht durch war, hat länger gedauert, als die Ehe von Jasper und Juanita gehalten hat.« Göntje schenkte Tee nach. Sie kniff die Lippen fest zusammen und fuhr dann kopfschüttelnd fort: »Nach der Scheidung ist Jasper nach Hamburg gefahren, nach St. Pauli, und hat sich diese Tattoos stechen lassen. Weiß der Teufel, warum er das gebraucht hat. Und dann auch noch dieser Ohrstecker! Kannst du dir vorstellen, was der wert ist?«

Kuno zuckte die Achseln.

»Ein Einkaräter! In Weißgold eingefasst, so teuer wie ein Kleinwagen. Wozu braucht ein Surflehrer das?«

»Und als er dann zurückkam, hat er dich geheiratet«, sagte Kuno, der auf Göntjes anklagende Frage nicht eingehen mochte.

»Die Amrumer Frauen im heiratsfähigen Alter nahmen es ihm übel, dass er sich so blitzschnell mit dieser Mexikanerin eingelassen hatte. Es wollte natürlich keine die zweite Geige spielen. Und dann diese Tätowierungen! Es ist ja bald dreißig Jahre her. Damals war das nicht in Mode. Er hatte nicht mehr viel Auswahl.«

Es tat Kuno in der Seele weh, Göntje so reden zu hören. Wie erbärmlich musste diese Frau sich in all den Jahren mit Jasper gefühlt haben in dem Bewusstsein, nur die zweite oder gar dritte Wahl ihrer großen Liebe gewesen zu sein?

»Mir war das egal«, fuhr Göntje forsch fort. »Dass unsere Ehe niemals von großen Gefühlen geprägt sein würde, war mir von Anfang an bewusst. Aber als Ehefrau von Jasper hatte ich die gesellschaftliche Stellung, die ich als alleinstehende Frau auf dieser Insel nie erlangt hätte. Früher, als der Zusammenhalt bei uns noch groß war und viel gefeiert wurde, habe ich an seiner Seite immer im Mittelpunkt gestanden. Und dann die Kinder!« Jetzt glänzten Göntjes Augen. »Jasper war immer sehr stolz auf seinen Nachwuchs. Du hättest ihn sehen sollen, wie er mit den dreien gespielt hat, als sie noch klein waren. ›Jasper, der Kasper‹, haben wir ihn immer genannt. Wer hätte jemals geglaubt, dass dieser große, kantige Mann den Clown gibt, wenn er mit seinen Kindern zusammen ist?« Göntje machte eine Pause. Es fiel ihr sichtlich schwer, weiterzureden. »Er hat es bis heute nicht verwunden, dass sein Sohn mit ihm gebrochen hat. Sein einziger Sohn, sein Erstgeborener – und dann dieser Bruch zwischen den beiden!«

»Wie kam es überhaupt dazu?«

Göntje lehnte sich zurück und schüttelte den Kopf, als könnte sie es selbst nicht fassen. »Es hat sich über viele Jahre dahin entwickelt. Jasper und ich, wir haben das erst gar nicht gemerkt. Uns war nicht bewusst, wie sehr Jörn unter seinem Vater litt. Er hatte wohl immer das Gefühl, nicht an Jasper heranreichen zu können. Sicher hat er auch große Probleme damit gehabt, dass Jasper so dominant ist. Jasper hat sich noch nie von irgendjemandem etwas sagen lassen. Jörn dagegen war schon als kleiner Junge sehr ängstlich. Man konnte ihn allein mit einem strengen Blick in die Ecke drücken. Das hat sich bis heute kaum geändert. Ach …«, Göntje winkte ab, »es gab so viele Bereiche, in denen Jörn sich seinem Vater gegenüber maßlos unterlegen fühlte. Die beiden sind völlig unterschiedliche Charaktere.« Resigniert schloss Göntje: »Und Jörn hat seinem Vater natürlich auch seinen Lebensstil übel genommen.«

»Du meinst die vielen Flirts?«

»Ich meine die vielen Seitensprünge. All die Weiber, mit denen Jasper sich vergnügt hat. Unseren Töchtern ist das nicht so aufgefallen, aber Jörn hat diese Geschichten nicht ignorieren können. Irgendwann konnte er es nicht mehr ertragen. Er hat den Kontakt zu seinem Vater abrupt beendet und ist aufs Festland gezogen. Aber Jörn und ich, wir sprechen uns fast täglich, und wenn er mich sehen will, fahre ich zu ihm nach Leck oder wir treffen uns in Dagebüll oder Wyk.«

Kuno fragte sich, wie tief Jaspers eigenwillige Lebensgestaltung die Familie Erikson gespalten hatte. »Es muss dir und deinen Kindern doch einen Stich geben, dass die ganze Insel über die Rolle redet, die diese Frau in Wittdün jetzt in Jaspers Leben spielt.« Gespannt wartete er auf Göntjes Reaktion.

»Was für eine Rolle soll das denn sein?« Göntje schob ihm ihr Kinn entgegen. »Glaubst du etwa, Jasper gibt all das hier wegen einer Festlandmaus auf, die meint, sich auf Amrum verwirklichen zu müssen? Nein, da mach dir keine Sorgen.« Göntje strich mit beiden Händen mehrmals über die Tischplatte. »Auch wenn das zwischen Jasper und mir nicht die große Liebe ist, eine Ehe wie unsere löst man nicht so einfach auf.«

»Wie sieht Jörn das? Ist er der gleichen Meinung wie du?«

»Ja, das ist er«, gab Göntje selbstsicher zur Antwort.

»Und eure Töchter?«

»Maren und Inken?« Göntje verschränkte die Arme und beugte sich über den Tisch. Ihr Blick wurde kalt und sie fixierte Kuno. »Sie leiden natürlich auch unter dem Gerede auf der Insel, aber wir sind uns alle einig.«

Kuno schwieg. So viel Einigkeit war ihm aus Erfahrung suspekt. Diese Unterhaltung würde ihm noch viel Stoff zum Nachdenken bieten. »Göntje, jetzt haben wir ein langes, wichtiges Gespräch geführt. Aber meine Frage, wo Jasper sein könnte, ist noch nicht beantwortet«, sagte er bedächtig.

Göntje wirkte genervt. »Ich habe keine Ahnung, wo er sein könnte. Bevor er gegangen ist, hat er einen Zettel auf den Küchentisch gelegt, dass Maren heute die Surfschule übernehmen und dass Inken ihr helfen soll. Dann hat er sich aus dem Haus geschlichen und ist spurlos verschwunden.«

»Du hast schon versucht, ihn telefonisch zu erreichen?«, vergewisserte Kuno sich.

»Ich habe ihn angerufen. Inken hat ihn angerufen. Maren hat ihn angerufen«, betete Göntje genervt herunter. »Seine Voice-Box ist eingeschaltet. Wir haben draufgesprochen. Er hat keine von uns dreien zurückgerufen. Wir haben ihm eine SMS geschickt, dann noch eine und keine Antwort bekommen. Reicht das?«

»Hast du auch mit Jörn telefoniert?«

»Hab ich. Auch er weiß nichts. Woher auch?«

Kuno machte ein sachliches Gesicht und stellte gleich die nächste Frage: »Siehst du einen Zusammenhang zwischen Jaspers Verschwinden und dem Attentat vom Sonntag?«

»Pfff, das Attentat! Was war das überhaupt für eine Geschichte? Ich habe aus der Zeitung davon erfahren. Jasper hat mir am Sonntag nur im Telegrammstil erzählt, der Wagen sei explodiert, als er gerade nicht drin gesessen hat. Und in dem Fliegenfischer-Artikel muss ich dann lesen, was wirklich passiert ist. Seitdem redet Jasper erst recht nicht mehr mit mir.«

Kuno strich sich über den Bart. Diese Familie war ihm ein Rätsel.

»Da Jasper sich bei euch ganz offiziell abgemeldet hat, mache ich mir zurzeit keine allzu großen Sorgen. Er hat sein Verschwinden offensichtlich geplant. Er wird ein konkretes Anliegen haben, über das er nicht reden wollte, und deswegen auf eine andere Insel oder aufs Festland gefahren sein. Hat er in den letzten Tagen nichts in der Richtung erwähnt?«

»Er wird wieder eins von seinen Geheimnissen haben«, ereiferte Göntje sich. »Die bespricht er nicht mit mir.«

Kuno ging über ihren Frust hinweg. »Wenn er sich bis morgen früh nicht meldet, werden wir versuchen, sein Handy zu orten. Wenn das nicht gelingt, werden wir auf der Insel nach ihm fahnden. Sollte er sich auf dem Festland aufhalten, können wir im Moment wenig tun. Für eine so aufwendige Suche, wie sie in dem Fall notwendig wäre, ist er noch nicht lang genug verschwunden.«

Göntje gab Kuno stumm die Hand und geleitete ihn zur Tür.

»Wenn dein Mann sich bei dir oder deinen Kindern meldet, gib uns bitte sofort Bescheid«, bat der Kommissar, bevor er das Haus verließ und zur Gartenpforte ging.

Göntje rief ihm hinterher: »Was ist, wenn ihr ihn sucht und nirgendwo findet?«

Kuno drehte sich um und versuchte aus der Entfernung, im Gesicht dieser Frau zu lesen.

3

Heute Abend musste Arne sich die Zeit allein vertreiben. Kuno traf sich mit alten Freunden in Wittdün und Anneke Brinks, seine Vermieterin, hatte Gesangsprobe mit ihrem Insel-Chor.

Am frühen Abend machte er sich also auf den Weg zum Seeräuber, einer urgemütlichen Kneipe in Süddorf, die vorwiegend von Einheimischen besucht wurde. Er ging zu Fuß, um nachher nicht die Bierchen zählen zu müssen. Er hatte heute einen kontaktfreudigen Tag und hegte die Hoffnung, im Seeräuber ein paar Informationen darüber aufzuschnappen, wie die Inselbewohner über die jüngsten Ereignisse dachten. Da ließ sich nicht absehen, wie lang der Abend, wie heiß die Gespräche und wie feucht die Kehle werden würden.

Als die Sonne orangerote Streifen in den Himmel malte, marschierte Arne den Uasterstigh entlang, der Nebel mit Süddorf verband. Auf der Straße, die fast ausschließlich von Radfahrern und Fußgängern benutzt wurde, hielt er sich auf der linken Seite. Für den Fall, dass doch mal ein Auto kam, hatte er so die Lage vorschriftsmäßig im Blick.

Er freute sich gerade auf ein großes, frisch gezapftes Weizenbier, als in der Kurve kurz vor der Amrumer Schule ein Radfahrer in zerknittertem Jeansanzug haarscharf an ihm vorbeischoss. Sein schwarzgrau meliertes Haar war mit einem breiten roten Haargummi zu einem Zopf zusammengefasst, der steif vom Hinterkopf abstand.

Kopfschüttelnd beobachtete Arne, wie der Fahrer seinen Drahtesel zur rechten Seite lenkte, um kurz vor dem Abdriften auf ein Getreidefeld wieder zur anderen Seite zu trudeln. Schließlich fing sich der offensichtlich nicht mehr ganz nüchterne Jeansanzug in der Mitte des asphaltierten Wegs. Hundert Meter weiter hielt er so abrupt vor dem Seeräuber an, dass er fast das Gleichgewicht verlor.

Kurz darauf erreichte auch Arne das alte reetgedeckte Haus, in dem sich die Kneipe befand. Er betrat den mit blau-weißen Fliesen ausgelegten, holzgetäfelten Gastraum, der von einem rustikalen Tresen und im hinteren Bereich von einem großen Kachelofen dominiert wurde. Die Kneipe war zu diesem Zeitpunkt erst spärlich besucht. Doch selbst wenn sie rappelvoll gewesen wäre, hätte er den Radfahrer von eben sofort erkannt. Er hielt sich wacker auf einem Barhocker am Ende des Tresens, von wo aus er den gesamten Raum im Blick hatte. Sein leicht verwittertes Gesicht machte einen ebenso lässigen Eindruck wie seine Fahrweise vorhin. Arne schätzte den Mann auf Anfang fünfzig und seinen Alkoholpegel auf 1,8 Promille, wobei er einen Gewöhnungseffekt einkalkulierte, den man bei diesem Individuum unweigerlich vermuten musste.

Der Jeansanzug hielt sein Bierglas, das von einer weißen Schaumkrone geziert wurde, mit der rechten Hand fest umklammert, als hätte er Angst, jemand könnte es ihm entreißen. Langsam führte er es zum Mund. Während er trank, blinzelte er Arne mehrmals zu. Als er das Glas wieder absetzte, klebten Schaumflocken an Oberlippe und Nasenspitze.

»Neu hier?«, fragte er und wies einladend auf den Barhocker neben ihm.

Arne atmete eine abgestandene Nikotinwolke ein, die ihm aus der Jeansjacke ebenso wie aus der Lunge seines Gegenübers entgegenwehte. Sie vermischte sich mit einer Alkoholfahne und veranlasste ihn dazu, den zugewiesenen Barhocker etwas von dem Mann abzurücken. Zögerlich schob er eine Pobacke auf den Sitz. Er war nicht sicher, ob er sich genau diesen Kontakt für heute Abend gewünscht hatte.

»Wie man's nimmt«, beantwortete er die Frage und bestellte sich ebenfalls ein Bier. In seiner frisch gebügelten dunkelblauen Brax und dem blütenweißen Poloshirt fühlte er sich neben dem knittrigen Jeansanzug deplatziert. Eigentlich war ihm gleichgültig, was der andere von ihm dachte. Aber er hoffte insgeheim, er würde ihn nicht in die Kategorie braver Familienvater einstufen – einer von denen, die sich ein Bier genehmigen, während die Frau die Kinderchen ins Bett bringt, um es sich anschließend bei einer drittklassigen Castingshow vor dem Fernseher gemütlich zu machen.

»Woher sind wir denn?«, fragte ihn der Jeansanzug.

»Siehst du schon doppelt?«, fuhr die junge Kellnerin dazwischen. Sie stand hinter dem Tresen und spülte Gläser.

»Mein Freund weiß, wie ich die Frage meine.« Der Mann klopfte Arne freundschaftlich auf die Schulter.

Vor seinem geistigen Auge sah Arne feine Ascheflöckchen aus dem Ärmel der Jeansjacke auf sein Poloshirt herunterrieseln.

»Also, woher kommen wir denn nun?«, beharrte der Jeansanzug.

Nun hatte Arne nicht vor, seine Kneipenbekanntschaft über seinen Wohnsitz aufzuklären. Die Antwort würde mit Sicherheit die Frage nach sich ziehen, was denn einen Sylter nach Amrum treibe. »Ich komme von um die Ecke«, meinte er daher lapidar und machte eine ausladende Handbewegung.

»Von um die Ecke?« Der Jeansanzug ahmte die Handbewegung übertrieben schwungvoll nach, wobei er Mühe hatte, sich auf dem Barhocker zu halten. Dann zeigte er mit dem Finger auf Arne und stellte fest: »Besser von um die Ecke als vom andern Ufer.« Er kicherte, nahm noch einen Schluck, stellte das Glas mit einer unsicheren Bewegung wieder auf dem Tresen ab und wischte sich mit dem Ärmel übers Kinn. Schließlich reichte er Arne die Hand. »Effeff«, stellte er sich vor.

»Effeff?«

»Friedrich Fliegenfischer. Aber jeder auf dieser Insel kennt mich als Effeff«, gab er mit wichtiger Miene zu verstehen.

Volltreffer!, dachte Arne. Der Mann, von dem keine Menschenseele wusste, wieso er bei dem Anschlag auf Jasper schon am Tatort weilte, bevor die Polizei von der Explosion erfahren hatte. »Freut mich, dich kennenzulernen, Effeff. Ich bin Arne.«

»Einfach nur Arne?«, fragte Friedrich Fliegenfischer, der die Hand des Kommissars immer noch schüttelte.

»Einfach nur Arne.«

»Gibt's da, wo du herkommst, keine Nachnamen?«

»Doch ...«, meinte Arne, wobei er das *o* in die Länge zog und seine Hand aus der des Journalisten befreite, »die sind gelegentlich im Angebot. Aber Freunde reden sich bei uns schlicht mit dem Vornamen an.«

Ein kurzes Leuchten huschte über Friedrichs Gesicht. Offenbar hatte sein Blutalkohol einen Pegel erreicht, bei dem der Mann leicht zu beglücken war. Seine Hand zielte nach dem Bierglas, bekam es allerdings erst im zweiten Anlauf richtig zu fassen. Arne erhöhte seine Promilleschätzung um 0,5 Punkte. Friedrich prostete Arne zu, dessen kühles Blondes noch unter dem Zapfhahn darauf wartete, bis zum Füllstrich zu wachsen.

»Wann bis'n angekommen?« Friedrich suchte konzentriert nach einer Stelle auf dem Tresen, die weit genug von der Kante entfernt war, um sein Getränk sicher abstellen zu können. Arne registrierte, dass er zumindest noch so klar zu sein schien, dass er sich seines Zustands und der daraus resultierenden Gefahr für das Bierglas bewusst war.

»Kürzlich«, antwortete Arne und nahm mit einem »Dankeschön« sein Bier von der nicht unattraktiven Kellnerin entgegen.

»Vor ein paar Tagen hat mich das Schicksal in Wittdün an Land gespült. Zum Wohl.« In wenigen Zügen trank er zu Friedrichs Erstaunen das Glas halb leer. »Und du? Gehörst du zu Amrums Ureinwohnern?«

»Kann man so sagen. Wie lang bleibs'n hier?« Die Frage wurde von einem Schluckauf begleitet.

»Mindestens bis ich wieder abfahre. Vielleicht auch ein paar Tage länger.« Arne hoffte, dass Friedrich nicht imstande war, über den Sinn oder Unsinn dieser Antwort nachzudenken.

»Ah, verstehe.« Friedrich zog die Stirn in Falten und schwieg eine Weile, bis sein benebeltes Sprachzentrum es schaffte, die nächste Frage zu formulieren. »Und was treibt dich hierher? Urlaub?«

Arne überlegte kurz auf der Suche nach der geschicktesten Antwort. »Nicht direkt.«

»Aha, also nicht wirklich Urlaub, aber auch nicht wirklich Arbeit«, resümierte Friedrich mit bleierner Zunge. »Bist du etwa ein Kollege von mir?« Er hob die Nasenspitze und guckte Arne prüfend an.

Arne gab sich ahnungslos. »Kommt drauf an, was du beruflich machst.«

»Reporter«, sagte Friedrich stolz und setzte sich so aufrecht hin, wie sein Zustand es erlaubte. »Immer und überall im Dienst. Noch nie von mir gehört?«

Arne tat, als überlegte er. »Hm, doch, ja, ich glaube schon.«

»Also, sind wir nun Kollegen oder nicht?«

Die Frage brachte Arne in Bedrängnis. Zur Not würde er jetzt einen Lokalreporter spielen, der für ein Wochenblatt seiner Heimatstadt Flensburg tätig war. Als Schüler hatte er mal ein Praktikum bei einer kleinen Redaktion absolviert, und an der Schülerzeitung hatte er auch mitgewirkt. Seine Erinnerungen daran würden hoffentlich reichen, um dem angetrunkenen Reporter vorzugaukeln, er sei ein Kollege.

Doch Friedrichs Gedanken liefen offenbar bereits in eine andere Richtung. Er kniff die Augen zusammen und tippte mit dem Finger auf Arnes Brust. »Ah, ich ahne es. Du bist kein Journalist. Detektiv bist du, Privatdetektiv!«

Arne musste nicht lange überlegen. Dankbar und mit ergebenem Kopfnicken ging er durch die Tür, die Friedrich ihm gerade geöffnet hatte. Der Beruf des Detektivs erforderte bekanntlich ein Höchstmaß an Verschwiegenheit, rechtfertigte aber andererseits jede Neugier. Das passte in Arnes Konzept, an diesem Abend so wenig wie möglich von sich selbst preiszugeben und so viel wie möglich von anderen in Erfahrung zu bringen.

Friedrich lehnte sich gegen den Rand des blank polierten Tresens, was ihn auf seinem Barhocker bedenklich zur Seite rutschen ließ. »In geheimer Mission auf der Insel«, sagte er bewundernd. »Unter uns: Wer ist denn dein Auftraggeber?«

Arne legte den Zeigefinger an die Lippen. »Schschsch«, machte er. »Die Mission ist so geheim, dass ich sie nicht einmal mir selbst verraten darf.«

Friedrich versetzte ihm einen angedeuteten Boxhieb in den Magen und gluckste albern. »Gib's zu: Du beobachtest allein reisende, verheiratete Frauen, deren misstrauische Ehemänner wissen wollen, mit wem sich die Gattin auf Amrum die Zeit vertreibt.«

Arne ließ Friedrich Fliegenfischers Vermutung unbeantwortet, blickte dem Reporter gespielt vertraulich in die Augen und fragte ihn mit gesenkter Stimme: »Was ist denn dein journalistischer Top-Favorit zurzeit? An welchem Thema hast du dich festgebissen? Gibt es auf dieser Insel überhaupt irgendwas Aufregendes zu berichten, außer dass die Möwen den Urlaubern die Pommes aus der Tüte picken?«

Jetzt kam Friedrich in Fahrt. Er zog Arne am Ärmel und beugte sich so weit vor, dass sein Mund dicht an dessen Ohr lag. Arne wollte zurückweichen. Doch Friedrich hielt ihn fest und flüsterte: »Noch nix von dem Attentat auf unsern Inselmacho gehört?«

Arne zuckte unbedarft die Achseln. Friedrichs Augen wurden schmal. »Dieser Mistkerl«, explodierte er dann und schlug mit der flachen Hand auf den Tresen. »Hat mir kurz nacheinander drei Frauen weggeschnappt! Drei Frauen, verstehst du?« Zur Verdeutlichung seiner Worte hob Friedrich drei Finger und hielt sie Arne direkt vor die Augen.

»Und das hast du dir gefallen lassen?«, fragte Arne mit gespielter Entrüstung.

Friedrich überlegte einen Moment. Dann schüttelte er heftig den Kopf. »Eine Schweinebacke, dieser Jasper! Annika!«, jammerte er dann übertrieben. »Sie war die Erste, die ich wirklich wollte, verstehste?« Er packte Arne an der Schulter und sah ihn eindringlich an. »Die Erste … und ich bin nicht mehr taufrisch. Früher war das in Ordnung, mit fuffzig noch Single zu sein. Aber heute? Wenn du was erreichen willst, musste ab 'ner bestimmten Altersklasse als Paar auftreten. Alleine wirste zu keiner Party eingeladen, nix mit wichtigen Leuten und so.« Friedrichs Mundwinkel zogen sich auf einmal weit auseinander, und zwei Reihen nikotingelber Zähne wurden sichtbar. »Außerdem wüsste ich noch 'ne Menge anderer Gründe, warum es nett wäre, ein hübsches Mädchen zu haben. Oder?« Friedrich stieß Arne kumpelhaft in die Seite.

»Hast recht, sehe ich genauso.«

»Diese Annika«, Friedrichs Augen wurden feucht, »das war 'ne tolle Frau! Hoch talentiert! Hoch talentiert! Volontärin bei 'ner Zeitung, wollte richtig Karriere machen. War aber trotzdem so 'ne ganz Warmherzige.« Friedrich guckte Arne aus treuherzigen Augen an und fuhr fort: »Ihr Verlag hat sie hergeschickt. Sollte 'ne Reportage über das Leben der Einheimischen abseits vom Tourismus schreiben.«

»Und du als alteingesessener Amrumer solltest sie mit den Leuten zusammenbringen, die was zu erzählen haben«, sagte Arne und prostete Friedrich zu.

Friedrich nickte, leerte sein Glas und unterdrückte einen erneuten Schluckauf. Dann leckte er sich über die Lippen. »Weißte, ich fand das Mädel auf Anhieb sympathisch, schon bei unseren Telefonaten, und erst recht, als ich sie in Wittdün vom Hafen abgeholt hab.«

Friedrich bestellte ein weiteres Bier für sich selbst und eins für Arne. Er nestelte eine Packung Marlboro aus der Jackentasche und steckte sich eine Zigarette zwischen die Lippen. Als er ein Zündholz aus einer Streichholzschachtel kramte, zog ihm die Kellnerin im Vorbeigehen den Glimmstengel aus dem Mund, legte ihn auf den Tresen und sagte: »Nicht hier drin.«

Friedrich stöhnte und wies mit dem Kopf zur Tür. Arne begleitete ihn nach draußen. Sie setzen sich auf einen Baumstamm, der im Garten neben dem Haus lag. Mit zitternder Hand zündete der Reporter sich die Zigarette an, heftete den Blick auf Arnes Gesicht und vergaß das erbarmungslos herunterbrennende Streichholz. Arne pustete es aus, kurz bevor die Flamme Friedrichs Finger erreichte.

»Wir haben ’nen Deal gemacht, die Annika und ich. Weißte, wie der aussah?«

Arne schüttelte den Kopf.

»Pass auf: Ich hab dem Mädel gesagt, ich beschaff dir Kontakte. Kontakte, von denen kannste nur träumen. Ich bring dir die urigsten, abenteuerlichsten, rührendsten …« Friedrich unterbrach sich und nahm einen tiefen Zug aus der Zigarette. »Mann, was für Geschichtenerzähler hätt’ ich der Annika beschaffen können!«, sagte er aufgebracht, während er den Rauch ausstieß.

Arne nickte ihm verständnisvoll zu.

»Das geht natürlich nicht ohne … ohne … Du weißt schon: Eine Hand wäscht die andere. Ich wollte ’nen Termin beim Chefredakteur von der Annika. Da komm ich ja so nicht ran. Nicht ohne ein Thema, das so richtig einschlägt.«

»Und wenn du so’n Termin bekommen hättest, hättest du dich bei der Gelegenheit gleich bei dem Verlag beworben.«

»So isses. Das wär meine letzte Chance auf so ’ne richtig gute Stelle gewesen. Mit Karriere und so. Weißt du, Arne«, Friedrich legte seine Hand auf die Schulter des Kommissars und ließ sie dort ruhen, »so ’ne Karriere, davon träumt doch jeder Vollblutjournalist. Aber weißt du, was dann passiert ist?«

»Nein«, sagte Arne. Friedrichs warme, feuchte Hand lag noch immer auf seiner Schulter. Er bildete sich ein, den Schweiß sogar durch den Stoff seines Poloshirts zu spüren. Wie gern wäre er aufgestanden, um die Hand abzuschütteln! Doch er durfte Effeffs Redefluss jetzt auf keinen Fall unterbrechen. »Na«, fragte er erwartungsvoll, »was ist denn dann passiert?« Er stellte seine Ohren auf Empfang und gab sich alle Mühe, nicht auszusehen wie ein Kriminalkommissar undercover.

Friedrich machte ein Gesicht, als setzte er zu einem Referat über das unmittelbar bevorstehende Ende der Menschheit an. »Meine Annika ist dem Jasper Erikson über’n Weg gelaufen. Das ist so einer, der bringt den Leuten das Surfen bei. Der Typ hat sie angeflirtet wie ein testosterondurchtränkter Jungstier.«

Arne tat entrüstet. »Sag bloß, die Annika ist auf den reingefallen?«

»Isse. Und dann hat er ihr erzählt, er hätte noch viel spannendere Leute an der Hand als ich. Und von da an war ich für das Mädchen so interessant wie ’n Steak für ’nen Veganer.« Friedrich drückte seine Zigarettenkippe auf dem Baumstamm aus, stand auf und warf sie mit wütendem Schwung ins Gebüsch. Fast wäre er dem Zigarettenstummel gefolgt, hätte Arne ihn nicht mit einem schnellen Sprung nach vorn festgehalten. Der Reporter hakte sich bei Arne unter und ließ sich wieder an den Tresen führen.

»Der hat dir ja ganz schön übel mitgespielt, dieser Erikson«, sagte Arne und half Friedrich auf den Barhocker.

Friedrich schielte auf das Glas, das die Kellnerin während der Zigarettenpause an seinen Platz gestellt hatte. »Was mich am meisten ärgert: Der Jasper hat meine Annika bloß benutzt. Dem geht's doch nur um den Spaß. Als er den hatte, hat er das Mädel weggeworfen wie 'nen abgekauten Apfel. Dann hat er sich 'ne neue Flamme angelacht. Hat mir frech ins Gesicht gegrinst und gesagt: Wer A sagt, muss auch B sagen.«

»Wie hat er das gemeint?«

Friedrich unterdrückte ein Aufstoßen. »Nach Annika kam Bele. Auch eine vom Festland. Soll wohl dem Jasper seine ganz große Liebe sein. Dabei ist die Sache nicht so ganz ohne.« Friedrich hob den Zeigefinger und guckte wichtig, schien sein Wissen aber nicht preisgeben zu wollen.

Arne beobachtete ihn eine Weile erwartungsvoll. »Mann!«, rief er dann plötzlich mit gespielter Empörung aus, überwand sich und legte Friedrich vertraulich eine Hand auf die schmuddelige Schulter. »So, wie der Kerl dich gelinkt hat, hast du ihm doch sicher einen ordentlichen Denkzettel verpasst.«

Im Bruchteil einer Sekunde wurde Friedrichs Blick panisch. Hektisch fischte der Reporter nach seinem Smartphone, wischte und tippte darauf herum und tat, als beschäftigte ihn etwas so sehr, dass er Arne nicht antworten konnte. Offenbar fand er nichts, womit er sich längere Zeit vor einer Antwort hätte drücken können. Schließlich schob er das Gerät in seine Jackentasche zurück, trommelte mit den Fingernägeln rhythmisch auf den Tresen und stierte gedankenverloren ins Leere.

»Du hast vorhin von einem Attentat gesprochen, das auf den Mann verübt worden ist«, sagte Arne.

»Hab ich das?« Friedrich guckte, als erinnerte er sich nicht daran.

Arne überwand seine Abscheu vor der Alkohol- und Nikotinfahne seines Gegenübers und beugte sich zu dem Reporter vor. »Ganz im Vertrauen: War das deine Rache an deinem Lieblingsfeind?«

Friedrichs Gesicht wurde eine Nuance blasser und er wirkte auf einmal beinahe nüchtern. Nach kurzem Nachdenken blickte er an Arne vorbei und meinte: »Bin wirklich nicht der einzige, der 'ne offene Rechnung mit der Schweinebacke hat!« Er leerte sein Bierglas in einem Zug und donnerte es auf den Tresen zurück. »Sabinchen«, rief er der Kellnerin zu, »zahlen!« An Arne gewandt, sagte er knapp. »Mir reicht's für heute.« Er drückte der Bedienung einen Geldschein in die Hand, glitt vom Barhocker und verließ wankend die Kneipe.

»Wenn das man gut geht«, sagte Arne zu Sabine, die den Tresen an Friedrichs Platz abwischte.

»Och, wenn der erst mal auf dem Fahrrad sitzt, läuft der Rest von alleine«, beruhigte sie ihn. »Der ist trainiert.«

* * *

Noch auf dem Heimweg rief Arne Kuno an, der sich gerade von seinen Freunden verabschiedet hatte und auf dem Weg zum Hafen war. Kuno wollte einen der Mitarbeiter der Fährgesellschaft darum bitten, ihm am nächsten Morgen einen Platz ganz vorn auf der Fähre zuzuweisen, auch wenn er sich vermutlich nicht als einer der Ersten in der Warteschlange einreihen würde. Aufgeregt berichtete Arne ihm von der Begegnung mit Friedrich Fliegenfischer und davon, dass der Reporter nicht nur von der Existenz von Jaspers Geliebter wusste, sondern auch deren Vornamen kannte.

»Bele heißt die Geheimnisvolle also«, sagte Kuno. »Der Fliegenfischer ist ja gut informiert. Weißt du was? Fahr doch morgen mal zur Südspitze und guck dir die Dame an. Die Adresse liegt auf meinem Schreibtisch, ganz oben auf dem Stapel mit den Notizzetteln, wo der Briefbeschwerer draufliegt. Versuch, ein bisschen was über sie rauszufinden. Den Nachnamen. Seit wann sie mit Jasper zusammen ist. Ob sie was über seine Feinde weiß oder über irgendwelche Streitereien. Du weißt schon.«

»Okay, mach ich.«

Während Kuno mit Arne sprach, erreichte er den Fähranleger. »Mensch, Arne!«, rief er plötzlich. »Da kommt Jasper! Ich muss auflegen. Wir sprechen uns morgen wieder, wenn ich aus Leck zurück bin.«

Seelenruhig verließ der Vermisste die Fähre. Er erblickte Kuno, der ihn anstarrte wie einen Geist, und grüßte kurz zu ihm herüber. Als wäre nichts geschehen, wandte er den Kopf wieder ab und ging auf ein Taxi zu, das vor dem Fährhaus stand.

Mit wenigen Schritten war der Hauptkommissar bei ihm. »Was hast du denn auf dem Festland gemacht?«

»Was geht dich das an?«

»Im Prinzip gar nichts«, gab Kuno zu, »aber in diesem Fall sieht das anders aus. Du verschwindest über Nacht im Nirwana, ohne irgendeinen Anhaltspunkt zu hinterlassen, was du vorhast. Nicht mal per Handy bist du erreichbar. Und das in dieser Situation! Kannst du nachvollziehen, dass es Menschen gibt, die sich Sorgen machen? Deine Frau zum Beispiel und deine Töchter und vielleicht auch die netten Herren von der Kriminalpolizei?«

Jasper baute sich in voller Größe vor Kuno auf. »Ich hatte es eilig.«

Kuno war selbst von stattlichem Format, aber neben Jasper fühlte er sich plötzlich klein. »So eilig, dass du die Insel fluchtartig verlassen musstest?«

»Es war gerade zufällig so ein Tag, der sich für eine Fahrt aufs Festland anbot. Ich hatte ein paar wichtige Dinge zu erledigen.«

»Und Bele?«, fragte Kuno unvermittelt. »Hast du die wenigstens informiert?«

Jaspers Gesicht versteinerte. Nach einer Schrecksekunde fragte er: »Welche Bele?«

»Frag mal Friedrich Fliegenfischer«, antwortete Kuno lapidar. »Der kann dir sagen, wer das ist.«

Jasper biss sich auf die Lippen und wandte sich ab. Kuno erkannte eine leichte Schwellung und einen blauen Fleck unter dem linken Unterkiefer des Surflehrers. »Wo hast du das denn her?«, fragte er und zeigte auf die Stelle.

»Ausgerutscht.«

»Aha, ausgerutscht. Wo denn, am Strand oder auf dem Wasser?«

Jasper tippte sich mit dem Finger an die Stirn. Ohne ein weiteres Wort ging er zu dem Taxi, das noch immer auf ihn wartete, und ließ sich nach Norddorf kutschieren.

MITTWOCH

1

Die Absprache am Vorabend mit dem Mitarbeiter der Fährgesellschaft hatte gefruchtet: Kuno hatte einen Platz weit vorn auf der Fähre bekommen und gehörte zu den Ersten, die in Dagebüll aufs Festland fuhren. Er war mit seinem Privatwagen unterwegs, damit Arne den Dienstwagen nutzen konnte und nicht aufs Fahrrad angewiesen war. Die Fahrt durch die sattgrüne nordfriesische Landschaft wirkte wie ein Entspannungsbad auf den Kommissar. Während er gemächlich über die Landstraße fuhr, stimmte er sich innerlich auf das Gespräch mit Ebbe Drews ein. Was ihn am meisten beschäftigte, war die Frage: Würde der Steuerfahnder, der sich am Telefon so sperrig gegeben hatte, heute endlich gesprächsbereiter sein?

* * *

Kuno war überrascht, die Tür von Ebbe Drews Büro sperrangelweit geöffnet vorzufinden. Nach dem Telefonat mit dem zurückhaltenden Finanzbeamten wäre er jede Wette eingegangen, dass der nicht nur hinter verschlossener Tür arbeitete, sondern sogar den Schlüssel zweimal umdrehte und durch einen Spion spähte, bevor er jemanden einließ.

Der Kommissar hatte beschlossen, dem Steuerfahnder möglichst unbefangen zu begegnen und sich nicht von der freudlosen

Stimmung, die der Mann am Telefon verströmt hatte, bremsen zu lassen. Aufgeräumt klopfte er an die Türzarge und betrat Ebbe Drews' Reich, bevor der »Herein« rufen konnte.

Der Finanzbeamte machte sich gerade an einem Aktenschrank zu schaffen, der bis unter die Decke reichte. Er schob einen Ordner hinein, dann wandte er sich Kuno zu. Dem Kommissar fiel auf, dass Ebbe Drews verstohlen seine rechte Hand am Hosenbein abwischte, bevor er sie ihm entgegenstreckte. Dennoch fühlte sie sich unangenehm feucht an, und Kuno musste an sich halten, seine Hand anschließend nicht ebenfalls an seinem Hosenbein abzustreifen. Drews sprach bei der Begrüßung kein Wort und nahm nur flüchtig Augenkontakt mit Kuno auf. Während er die Bürotür schloss, wies er auf einen Stuhl an einem runden Besprechungstisch. »Bitte«, sagte er.

Als die beiden Männer sich gegenübersaßen, bemerkte Kuno ein schmales Pflaster an der linken Stirnseite des Steuerfahnders. An zwei Stellen lugten die Enden von Fäden hervor, was auf eine Platzwunde schließen ließ, die genäht worden war. An der Schläfe und unter dem Auge zeichneten sich blaue Flecken ab. Wäre sein Gegenüber etwas humorvoller gewesen, hätte er den Mann jetzt gefragt, ob es am Wochenende beim Stammtisch in der Kneipe eine handgreifliche Auseinandersetzung über die Fußballbundesliga gegeben hatte. Aber so … Er wartete ab, ob Ebbe Drews sich von selbst über den Grund der kleinen Verletzung äußern würde.

Dem Finanzbeamten blieb natürlich nicht verborgen, dass Kunos Blick mehrmals zu seiner Stirn wanderte. Es schien ihn zu irritieren. Unbeholfen nestelte er an einer Ecke des Pflasters herum, die sich gelöst hatte. »Das ist weiter nichts«, sagte er barsch. »Ein kleines Missgeschick.«

»Sie sind hoffentlich nicht in eine Schlägerei mit einem Steuersünder geraten«, entfuhr es Kuno.

Er versuchte, seine etwas spöttischen Worte mit einem Schmunzeln zu entschärfen.

»Ich pflege mich nicht mit säumigen Steuerzahlern zu schlagen«, entgegnete Drews schroff. Nach kurzem Nachdenken fuhr er milder fort: »Es war die Dunkelheit. Ich habe mich gestern Abend mit einem Kollegen auf ein Glas Bier getroffen. Auf dem Heimweg bin ich vor meiner Haustür über eine Stufe gestolpert. Das Licht am Eingang war defekt. Nun ja.« Mit fahrigen Bewegungen sortierte Ebbe ein paar Blätter, die auf dem Besprechungstisch lagen. »So was passiert. Aber lassen Sie uns zur Sache kommen. Was erwarten Sie sich von diesem Termin?« Sein Blick streifte kurz den des Kommissars.

»Wie ich Ihnen schon am Telefon erklärt habe: Es geht um das Attentat auf Jasper Erikson, einen unserer Norddorfer Surflehrer, gegen den Sie ermitteln.«

»Wie ich Ihnen schon am Telefon erklärt habe«, echote Ebbe Drews und legte seine rechte Hand auf die Brust, »weiß ich nicht, wie ich Ihnen bei Ihren Ermittlungen weiterhelfen könnte.«

In Kuno stieg ein vages Gefühl des Misstrauens auf, wie er es sonst nur Verdächtigen gegenüber kannte. »Darf ich fragen, wie Herrn Eriksons steuerliche Ungereimtheiten Ihnen aufgefallen sind?«

Drews legte seine verschränkten Hände auf den Tisch und hob das Kinn. »Fragen dürfen Sie vieles. Was ich beantworte, ist meine Sache.«

Bei so viel Bremsmanöver musste Kuno amtlich werden. »Nicht ganz, Herr Kollege. Das Wort *Amtshilfe* brauche ich Ihnen ja wohl nicht zu buchstabieren.«

Drews schwieg eine Weile. Dann öffnete er seine Hände und sah Kuno herausfordernd an. »Nun denn?«

Kuno räusperte sich. »Uns interessiert zunächst einmal, was der konkrete Auslöser Ihrer Fahndung war.«

Ebbe Drews richtete sein spitzes Kinn auf Kuno. »Warum sollte Sie das interessieren? Ich frage Sie doch auch nicht, aus welchem Anlass Sie gegen bestimmte Personen vorgehen.«

Kuno verschränkte die Arme und wippte mit dem Fuß. »Sie suchen aber auch nicht nach einem Killer.«

»Glücklicherweise nicht.«

»Solange wir das Motiv für die Tat nicht kennen«, fuhr Kuno unbeirrt fort, »wissen wir nicht, in welchem Umfeld wir den Täter suchen müssen. Wir fragen uns, ob das mutmaßliche Steuervergehen ein Mordmotiv in sich birgt.« Er beugte sich vor und sah Drews fest in die Augen. »Es dürfte übrigens auch in Ihrem Sinne liegen, uns bei unseren Ermittlungen zu helfen, denn es kann schwierig werden, an das Geld eines Steuersünders zu kommen, wenn der nicht mehr lebt.«

Drews lachte gekünstelt. »Was stellen Sie sich denn vor, in was für ein *Umfeld*, um Ihren Ausdruck zu gebrauchen, dieses Steuervergehen hineinreichen könnte?«

Kuno brauste auf. »Ich stelle mir gar nichts vor! Es ist auch nicht meine Absicht, mit Ihnen eine Plauderstunde über mögliche Hintergründe von Steuersünden oder Attentaten abzuhalten.« Er stierte auf seine Armbanduhr. »Ich führe handfeste Recherchen durch. Und wenn Sie mir Ihre Unterstützung verweigern, bin ich in zwanzig Sekunden bei Ihrem Vorgesetzten. Die Zeit läuft.«

Ebbe setzte sich kerzengerade hin. Sein Lächeln wirkte verkrampft. »Selbstverständlich werde ich Ihnen die Akten zu dem Fall aushändigen, wenn Sie meinen, dass sie Ihnen weiterhelfen könnten«, sagte er kleinlaut. »Ich muss sie allerdings erst zusammenzustellen. Wenn Sie mir Ihre Adresse hinterlassen würden?«

Kuno legte den Kopf schief. »Ich war davon ausgegangen, dass die Unterlagen bereitliegen, wenn ich zu Ihnen komme.«

Ebbe trank einen Schluck Wasser. Dann sah er Kuno von oben herab an. »Tut mir leid, dass ich Sie enttäuschen muss.

Zwei, drei Tage sollten Sie mir schon noch geben. Die Unterlagen kursieren zurzeit im Haus. Dass es so dringend ist, habe ich unserem Telefonat nicht entnehmen können. Wenn Sie da etwas konkreter geworden wären …«

Es kostete Kuno Kraft, seine Wut zu zügeln und die Überheblichkeit des Finanzbeamten an sich abprallen zu lassen. Seine Kieferknochen mahlten. Er atmete ein paarmal durch. Dann sagte er mit betont verbindlichem Lächeln: »Wenn Sie freundlicherweise auch ein Glas Wasser für mich hätten? Es darf auch gern ein Tässchen Tee sein. Schwarz, ohne Zucker und Zitrone.«

Ebbe kniff die Lippen zusammen. Er ging zu seinem Schreibtisch, nahm den Telefonhörer ab und tippte zwei Ziffern ein. Sekunden später hörte Kuno ihn kommandieren: »Ein Glas Wasser für meinen Besucher.«

Der Finanzbeamte kehrte an den Besprechungstisch zurück. »Ich denke, für einen Tee reicht die Zeit nicht mehr. Unser Gespräch dürfte bald beendet sein.«

Kuno wusste, wie sinnlos seine nächste Frage war. Trotzdem machte er den Versuch: »Sehen Sie bei den Machenschaften, die Sie Jasper Erikson unterstellen, einen Zusammenhang mit dem Steuervergehen einer oder mehrerer anderer Personen aus Herrn Eriksons Umgebung, gegen die Sie ermitteln?«

Ebbe hob abwehrend die Hände. »Da ich Herrn Eriksons Umgebung nicht kenne …«

»Sie kennen aber die Namen der mutmaßlichen Steuersünder und wissen, dass jeder Bewohner unserer von der Größe her recht übersichtlichen Insel mehr oder weniger zwangsläufig zur Umgebung jedes anderen Amrumers gehört«, unterbrach ihn Kuno.

»… kann ich hierzu keine Auskunft erteilen«, sagte Ebbe ungerührt. »Aber sicher werden Sie aus den Dokumenten, die ich Ihnen zukommen lasse, ersehen können, wer auf Ihrer ach so überschaubaren Insel mit wem …«

Es klopfte an der Tür. »Herein!«, rief Ebbe. Sein dünnes Stimmchen nahm einen herrischen, metallenen Klang an, und die Sehnen an seinem Hals zeichneten sich ab, als er den Kopf zur Tür wandte. »Stellen Sie das einfach ab«, befahl er der jungen Dame, die ein kleines Tablett mit einem Glas und einer Wasserflasche balancierte. Ohne ihren Chef oder seinen Gast anzusehen, schob sie das Tablett Kuno hin und verschwand wieder.

Der Kommissar ließ sich Zeit damit, den Drehverschluss der Flasche zu öffnen und sich Wasser einzuschenken. Langsam hob er das Glas zum Mund und trank. Der Finanzbeamte nahm die Gesprächspause zum Anlass, unverhohlen auf die große Uhr zu blicken, die an der Wand über dem Besprechungstisch hing.

Kuno beäugte Ebbe misstrauisch. Die Erklärung, wie es zu der Blessur gekommen war, nahm er dem Mann nicht ab. Er setzte das Glas ab und beschloss, es mit einer Provokation zu versuchen: »Merkwürdig, dass Sie zur gleichen Zeit eine Verletzung im Gesicht haben wie Jasper Erikson.«

»Was ist daran so merkwürdig? Was glauben Sie, wie viele Menschen auf der Welt am selben Tag mit einem Pflaster auf der Stirn herumlaufen? Wollen Sie unterstellen, dass wir alle auf dem Marktplatz von Leck zusammengekommen sind und uns eine Schlägerei geliefert haben?«

»Nein, nicht alle. Ich staune nur, weil Jasper Erikson ausgerechnet gestern den ganzen Tag lang spurlos verschwunden war und am Abend mit der Fähre aus Dagebüll nach Amrum zurückgekehrt ist – mit einem frisch erblühten Veilchen unterm Kinn.« Kuno wies auf die Tür zu Ebbes Büro. »Als ich vorhin kam, stand Ihre Bürotür weit offen. Dabei sind Sie doch eher der Typ, der sich abschottet, damit er seine Ruhe hat und ungestört vor sich hinarbeiten kann. Lassen Sie die Tür jetzt offenstehen, damit Ihre Kollegen mitbekommen, falls Sie in diesem Raum körperlich angegriffen werden?«

Ebbe Drews sog die Luft hörbar ein. »Sie werden nicht erwarten, dass ich auf diesen Schwachsinn eingehe. Dass Herr Erikson mich aufgesucht haben soll, entspringt Ihrer Fantasie.«

Kuno setzte sein Wasserglas unsanft auf dem Tisch ab. Bei dem harten Geräusch zuckte Drews zusammen. Der Kommissar erhob sich und streckte seinem unwilligen Gastgeber die Hand hin. »Ich danke Ihnen für Ihre Auskünfte. Ihre Kooperationsbereitschaft wird uns bei der Aufklärung des Mordanschlags ganz entscheidend voranbringen.« Als er das Büro verließ, drehte er sich noch mal zu Ebbe um, der mit hängenden Armen neben dem Besprechungstisch stehen geblieben war. »Ach, und vielen Dank auch für Ihre Gastfreundschaft. Das Wasser war ausgezeichnet!«

* * *

Kuno gestand es sich ungern ein: Während des Gesprächs mit Ebbe Drews war seine Laune merklich in den Keller gesunken. Die Stirn gerunzelt und die Augen stur auf den Boden geheftet, lief er mit raumgreifendem Schritt den Gang entlang zum Ausgang. Er hatte geahnt, dass dieser Termin nicht einfach werden würde. Doch dass der Finanzbeamte dermaßen mauerte, damit hatte er nicht gerechnet. Nachdenklich riss er die schwere Glastür am Ende des Ganges auf. Beinahe wäre er mit jemandem zusammengeprallt, wenn der nicht schnell genug innegehalten und einen Schritt zur Seite gemacht hätte.

Kuno hob den Kopf, entschuldigte sich und erstarrte im selben Moment. Was er sah, waren ein karottenroter Backenbart und eine Halbglatze mit rotblondem Haarkranz. Gesicht, Schädel und – wie Kuno bei genauerem Hinsehen wahrnahm – auch die Hände des Mannes, der sich an die Wand drückte, um ihm Platz zu machen, waren über und über mit Sommersprossen bedeckt.

»Sagen Sie, sind Sie nicht der Finanzbeamte aus dem Ruhrgebiet?«, fragte Kuno geistesgegenwärtig.

»J-ja«, antwortete der Mann. »Wieso?«

»Sind wir uns nicht im Sommer auf Amrum begegnet?«

Der Mann zögerte. »Ich erinnere mich nicht. Aber was hat das mit dem Ruhrgebiet zu tun?«

»Ich habe so ein verdammt schlechtes Gedächtnis. Helfen Sie mir doch bitte auf die Sprünge. Wie war noch Ihr Name?«

»Lennert. Manfred Lennert«, antwortete der übertölpelte Mann brav und wurde so rot, dass seine Gesichtsfarbe mit der des Backenbarts konkurrierte. »Aber ich wüsste jetzt wirklich nicht …«

»Macht nichts«, sagte Kuno. »Mir geht das auch oft so. Und Sie sind jetzt dauerhaft in Leck tätig?«

»Warum interessiert Sie das? Wer sind Sie überhaupt?«

»Ich? Da fragen Sie mal Ihren Kollegen Drews.«

Kuno tätschelte Manfred Lennert die Schulter. Dann stürmte er an dem Beamten vorbei. Manfred Lennert, dachte er, Mitarbeiter des Finanzamts Leck, Kollege des Steuerfahnders Ebbe Drews. Auch wenn er noch nicht wusste, was hinter all dem steckte: Das war eine kleine Sensation.

Moment, es gab noch eine Sache zu klären! Abrupt wandte Kuno sich um, riss nochmals die Glastür auf und rief über den Gang: »Eine Frage noch, Herr Lennert. Waren Sie mit Ihrer Unterkunft auf Amrum zufrieden?«

Auch Manfred Lennert blieb stehen und drehte sich zu Kuno um. »Mit der Strandrose? Ja, sicher. Ein kleines, aber gut geführtes Hotel. Kann ich empfehlen.«

»Richtig, die Strandrose war's. Ja, die ist sehr beliebt bei unseren Urlaubern.«

Kuno hob die Hand und verschwand mit eiligen Schritten aus dem Gebäude. Eine Ladung Glückshormone durchströmte ihn. Er fühlte sich wie ein No-Name-Schauspieler, dem gerade der Oscar für die beste Nebenrolle des Jahres verliehen worden war.

* * *

Auf dem Parkplatz angekommen, stellte Kuno fest, dass noch Zeit bis zur Rückfahrt mit der Nachmittagsfähre blieb. Die wollte er nicht unnütz verstreichen lassen. Die Kfz-Werkstatt von Jörn, Jaspers verlorenem Sohn, lag am Ortsrand von Leck, soweit er wusste. Kurz entschlossen zog Kuno sein Smartphone hervor, suchte in Google nach dem Unternehmen und gab die Adresse in sein Navigationssystem ein.

Als er den Hof der Werkstatt erreichte, beugte Jörn sich gerade, den Rücken ihm zugekehrt, über den Motor eines metallicblauen SUV. Der Autobesitzer stand neben ihm und redete auf ihn ein. Jörn richtete sich auf und erklärte seinem Kunden etwas.

Kuno stieg aus dem Wagen. »Moin, Jörn«, rief er, als der Kunde zur Beifahrertür ging, um etwas aus dem Wagen zu holen. Doch Jörn schien ihn nicht zu erkennen. »Erinnerst du dich nicht mehr an mich? Kuno Knudsen!« In Anbetracht des Kunden, der nun wieder auf Jörn zuging, vermied er den Zusatz *Kripo Wattenmeer.*

»Mensch, Kuno! Na klar erinnere ich mich.« Unsicher ging Jörn auf den Kommissar zu. »Lang nicht mehr gesehen. Was machst du denn hier? Ist was mit deinem Auto?«

»Nicht mit meinem, aber mit dem deines Vaters«, sagte Kuno.

Ein Schatten legte sich über Jörns Gesicht. »Geh doch eben in mein Büro. Die Glastür neben der Werkstatt rein, den Gang entlang, zweite Tür links. Ich komme gleich nach.« Er wandte sich wieder seinem Kunden zu.

Auf dem Weg in Jörns Büro bot eine sehr jung aussehende Sekretärin Kuno einen Plastikbecher mit Kaffee an. Er nahm ihn dankend an, auch wenn Tee ihm lieber gewesen wäre. Er wollte nicht danach fragen; er befürchtete, lauwarmes Wasser mit einem eingehängten Beutel zu erhalten, dessen Inhalt nach nichts als Pappe schmeckte.

Kuno ging durch die zweite Tür links, blieb mitten im Büro stehen und nahm die Eindrücke des Raumes auf. Auf dem Schreibtisch stand ein großer Computer-Bildschirm. Über den ganzen Tisch verstreut lagen ausgedruckte Papiere, Autozeitschriften sowie kleinere und größere Zettel mit handschriftlichen Notizen. Ringsherum an den Wänden standen Regale aus Metall, gefüllt mit Ordnern, deren Rücken größtenteils manuell beschriftet waren, mit einem schwarzen Filzstift in unbeholfener Druckschrift. So ungefähr hatte er sich eine kleine, inhabergeführte Autowerkstatt am Rande der Kleinstadt Leck vorgestellt.

»Setz dich doch.« Jörn stand auf einmal im Türrahmen und Kuno fühlte sich irgendwie ertappt, obwohl er sich nichts hatte zuschulden kommen lassen; sich umzusehen sollte einem Polizeikommissar erlaubt sein. Der Kfz-Meister nahm einen Stapel alter, zerfledderter Zeitschriften von einem Klappstuhl, der in einer Ecke vor den Regalen stand, warf sie achtlos auf den Boden unter dem Fenster und rückte den Stuhl an den Schreibtisch. Dort schob er Papiere zur Seite, damit Kuno eine freie Ecke hatte, um seinen Kaffeebecher abzustellen.

»Nicht sehr aufgeräumt hier«, gab Jörn zu. »Einfach keine Zeit für so was.«

»Deine Werkstatt geht gut?«, fragte Kuno.

»Jo, läuft prima. Hab ja auch noch einen kleinen Gebrauchtwagenhandel dabei. Und einen guten Ruf.« Ein Anflug von Stolz zeigte sich auf Jörns Gesicht. »Jeder in Leck und Umgebung, der seinen alten Wagen in gute Hände abgeben will oder was Günstiges sucht, das nicht gleich an der nächsten Ecke zusammenbricht, kommt erst mal zu mir. Das Einzige, was nervt, ist der Papierkram, den so ein Laden mit sich bringt.«

»Kann ich mir vorstellen, dass Schreibkram nicht deine Welt ist. Du bist ja immer draußen gewesen. Deine ganze Kindheit hast du am Strand verbracht.«

»Weil mein Vater wollte, dass ich wollte, was er wollte«, entfuhr es Jörn eine Spur zu laut und zu heftig. Er pfefferte eine Zeitschrift auf den Tisch, die er gerade erst aufgenommen hatte, um sie ins Regal zu sortieren.

»Ihr hattet sehr unterschiedliche Vorstellungen von deinem Leben?«

Jörn setzte sich hin und zog sich schlagartig in sich zurück. »Es ist, wie es ist«, wiegelte er ab. Trotzig wie ein kleiner Junge vergrub er die Hände in den Taschen seines Blaumanns und senkte den Blick. »Auf jeden Fall war das Windsurfen nicht mein Ding, und das konnte er nicht verstehen. Für ihn gab es nur das Meer, und ich hab immer davon geträumt, an Autos herumzubasteln. Das passte nicht zusammen.«

»Ihr habt seit Jahren keinen Kontakt mehr, Jasper und du«, sagte Kuno.

»Ist das strafbar?«

Kuno ging über die Aggression hinweg, die ihm aus Jörns Stimme entgegenschlug, und leitete zum Grund seines Besuchs über: »Du hast von dem Attentat auf deinen Vater gehört?«

»Meine Mutter hat mir davon erzählt.« Jörn sah gelangweilt aus dem Fenster. »Außerdem steht es ja in der Zeitung und im Internet. Jeder Kunde, der weiß, dass Jasper Erikson mein Vater ist, spricht mich darauf an. Und jeder, der es nicht weiß, fragt mich, ob ich als gebürtiger Amrumer mit dem Namen Erikson zufällig mit diesem Mann verwandt bin. Leider ja, antworte ich dann.« Jörns Augen funkelten. »Es ist unmöglich, nichts von dem Anschlag gehört zu haben. Aber mich beschäftigt das nicht. Ich mache mir keine Sorgen um das Leben meines Vaters. Du weißt, dass ich nicht an ihm hänge. Ich sehe keinen Anlass, den großen Jasper Erikson jetzt dazu zu beglückwünschen, dass er einem Attentat entkommen ist.«

Kuno ließ die Worte auf sich wirken. Die Stille, die dadurch entstand, schien alles in diesem Raum zu erdrücken.

Jörns Mund verzog sich. »Mutter hat mich auch am Dienstag angerufen, als mein Vater verschwunden ist. Typisch, dass der Kerl einfach abhaut, ohne seine eigene Frau zu informieren, wohin er will und wann er wiederkommt.« Jörn versteifte sich bei diesen Worten und Kuno sah, wie sich seine Hände in den weiten Hosentaschen zu Fäusten ballten.

»Du bist sehr wütend auf deinen Vater«, stellte Kuno fest.

Jörn nagte an seiner Unterlippe, ohne Kuno anzusehen. Dann meinte er bitter: »Mein Vater ist mir egal.«

»Aber deine Mutter nicht.« Kuno sprach aus, was Jörn seiner Vermutung nach fühlte.

Jörns Augen schienen etwas zu suchen, wobei Kuno sich fragte, was das war: ein Gegenstand auf dem Schreibtisch, über den sein Blick haltlos huschte, oder ein Gefühl, das der Junge in sich trug?

Schließlich stand Jörn auf, blickte zweimal kurz hintereinander auf seine Armbanduhr und schob hektisch ein paar Unterlagen, die vor dem Bildschirm lagen, hin und her. »Sei mir nicht böse, Kuno, ich hab zu tun. Du siehst, was hier alles herumliegt. Außerdem habe ich gleich einen Termin. Kann ich noch irgendwas für dich tun?«

»Danke. Ich will dich nicht aufhalten. Ich bin auf dem Weg zur Fähre.«

Als Kuno in seinem Wagen saß und den Motor anließ, wunderte er sich im Nachhinein, dass Jörn ihn mit keinem Wort danach gefragt hatte, was ihn aufs Festland geführt hatte – mitten an einem Arbeitstag und wo sein Arbeitsfeld sich doch auf die nordfriesischen Inseln und Halligen beschränkte.

2

Arne beneidete Kuno nicht um den Termin beim Finanzamt. Er ahnte, wie schwierig es sein konnte, Auskünfte von den Kollegen anderer Behörden zu erhalten. Seine Aufgabe heute war angenehmer als die seines Chefs. Er holte sich einen Kaffee, öffnete eine Tüte Kekse und freute sich auf einen aufregenden Vormittag.

Am Morgen hatte er von Harry Küng die Datei mit den Videoaufzeichnungen des Hotels Strandrose aus der fraglichen Zeit erhalten. Küng hatte ihm ein paar unverbindliche Worte dazu geschrieben und gemeint, die Polizei würde sicher finden, was sie suche. Arne war gespannt. Den Film wollte er sich jetzt ansehen, danach Jaspers Geliebter einen Besuch abstatten.

Arne aktivierte einen Mediaplayer und öffnete die Datei. Die Aufzeichnungen begannen am vergangenen Samstag, einen Tag vor dem Attentat. Datum und Uhrzeit waren oben links im Bild eingeblendet. Er spulte den Film im Schnelldurchlauf ab, bis er bei Sonntagmorgen, sechs Uhr zwanzig, angekommen war. Dann wechselte er in den normalen Abspielmodus. Gebannt sah er auf den Bildschirm, während er in der einen Hand den Kaffeebecher hielt und mit der anderen blind in der Kekstüte angelte.

Da – sechs Uhr dreißig: Jaspers Wagen kam ins Bild! Arne stellte den Becher ab, schob die Kekstüte beiseite und rückte näher an den Monitor heran. Jasper stieg aus, schlug die Autotür zu und …

Plötzlich war ein leerer Stellplatz zu sehen, wo gerade noch Jaspers Mini Cooper gestanden hatte. Die Zeitangabe im Bild stand auf neun Uhr fünfzehn. Die Aufzeichnung schien einen Zeitsprung gemacht zu haben. Arne spulte den Film zurück und startete ihn erneut. Das gleiche Spiel. »Verdammt!«, brüllte er und schlug mit der Faust auf den Tisch.

Er sprang auf und nahm den Schlüssel des Dienstwagens aus dem Schlüsselkasten. Mit einer Horde wild gewordener Büffel im Bauch fuhr er nach Wittdün. Dreist stellte er den Wagen direkt vor der Eingangstür der Strandrose ab, sodass kein ankommender Gast dort hätte parken können.

Die Rezeptionistin kam ihm entgegen und zeigte auf den Parkplatz neben dem Haus. Bevor sie ihn bitten konnte, seinen Wagen dorthin zu fahren, herrschte Arne sie an: »Wo ist Küng?«

»Im Restaurant, ganz hinten. Aber er hat eine Besprechung. Ich glaube nicht, dass er gerade Zeit für Sie hat.«

»Die wird er sich nehmen müssen.« Arne stürmte an der Hotelmitarbeiterin vorbei.

Das Restaurant war leer. Arne blieb an der Türschwelle stehen. Was hatte die Empfangsdame gesagt? Er sitzt ganz hinten. Ein paar Meter vor der hinteren Wand war ein Raumteiler angebracht, ein Gestell aus dicht geflochtenem Holz, an dem sich künstliche Grünpflanzen emporrankten. Arne lauschte. Er vernahm eine Männerstimme, dann eine zweite. Vorsichtig schlich er sich an den Raumteiler heran. Was die Herren besprachen, konnte er nicht verstehen. Nur einen Namen hörte er heraus. Er wurde mehrmals erwähnt: Boris.

»Der Herr Kommissar möchte zu Ihnen, Herr Küng«, brüllte die Rezeptionistin plötzlich lauter als nötig von der Türschwelle aus durch das Restaurant. Arne verfluchte sie. Eine Sekunde lang überlegte er, ob er sie wegen Behinderung kriminalpolizeilicher Ermittlungen belangen konnte. Er hörte, wie ein Stuhl geräuschvoll zurückgeschoben wurde. Im nächsten

Moment ließ Harry Küng sich blicken. Seine Wangen röteten sich, als er Arne erkannte. Der zweite Stuhl wurde zurückgeschoben. Der Mann, der darauf gesessen hatte, stellte sich neben Küng. Es war Friedrich Fliegenfischer. Der erbleichte. Pommes rot-weiß, dachte Arne, als er die beiden Männer steif vor Schreck nebeneinander stehen sah.

»Ach nee, das ist ja interessant«, sagte Friedrich, als er den ersten Schock überwunden hatte. »Mein Kumpel von gestern Abend ist bei der Kripo. Die Nummer im Seeräuber war wohl ein verdeckter Einsatz?« Dann wandte er sich an den Hoteldirektor. »Ich denke, wir sind so weit durch. Wenn ich weitere Informationen brauche, melde ich mich.« Als er an Arne vorbeiging, erklärte er: »Ich recherchiere nämlich gerade über die Entwicklung des Tourismus in Wittdün.«

Arne hatte die Begegnung von Friedrich in trauter Zweisamkeit mit Küng einen Moment lang die Sprache verschlagen. Er fragte sich, ob Friedrich schon gestern im Seeräuber gewusst hatte, dass er Kuno bei den Ermittlungen in Sachen Jasper Erikson unterstützte, und ob der Reporter ihn gleich auf den Barhocker neben ihm gelockt hatte, um ihn auszuhorchen.

Er wartete, bis Friedrich das Restaurant verlassen hatte. »Setzen Sie sich«, befahl er dann dem Hoteldirektor, der so überrumpelt war, dass er widerspruchslos zu seinem Stuhl hinter dem Raumteiler zurückging und sich mit offenem Mund darauf plumpsen ließ. Arne selbst nahm auf dem Stuhl gegenüber Platz. »Auch ich hätte gerne noch ein paar Informationen von Ihnen.« Seine Stimme nahm einen unangenehmen Tonfall an.

Harry Küng runzelte die Stirn. »Als da wären?«

»Ich hätte gern gewusst, wie es dazu kam, dass die Überwachungskamera rein zufällig genau den Zeitraum nicht aufgezeichnet hat, der für unsere Ermittlungen so wichtig ist.«

Arne legte die verschränkten Hände auf den Tisch. Er fixierte Küng.

Der wand sich, als litte er unter Bauschmerzen. »Genau den Zeitraum, der für Sie … Oh, das tut mir leid. Ehrlich.« Er rieb sich mit zwei Fingern die Schläfe und versuchte, kummervoll dreinzublicken. »Ich verstehe. Das ist jetzt sicher schlecht für Ihre Recherchen.«

Arne blieb gefährlich ruhig. »Ja, das ist sicher schlecht für unsere Recherchen. Ganz bestimmt ist es aber auch schlecht für Sie.«

»Für mich?«, fragte Harry Küng erschrocken. »Wieso das? Was habe ich damit zu tun?«

»Soll ich etwa glauben, dass der Ausfall Ihrer Kamera Zufall ist?«

»Natürlich. Was denn sonst?«

»Ich nenne das Absicht!«

»Absicht?«, rief der Hoteldirektor mit gespielter Entrüstung. »Das weise ich weit von mir.« Nervös rang er die Hände. Dann gab er sich kleinlaut: »Es kommt schon mal vor, dass eine Zeit lang nichts aufgezeichnet wird. Ich habe die Technik nicht so recht im Griff. Die Kamera fällt ab und zu aus, und entweder merke ich das zu spät, oder ich kriege sie nicht sofort wieder zum Laufen.« Seine Augen bettelten um Verständnis. »Wenn es so früh am Morgen passiert … So früh bin ich ja nicht im Haus. Ich habe meine Mitarbeiter gebeten, mich nicht extra deswegen aus dem Bett zu klingeln. Mein Arbeitstag ist lang genug, und ich bin oft sieben Tage die Woche im Haus.« Er sah Arne mit dem Gesichtsausdruck eines kleinen Jungen an, der seinen Klassenlehrer anfleht, den Eltern nichts von dem Unsinn zu verraten, den er auf dem Pausenhof angestellt hat. »Bitte erzählen Sie niemandem davon. Wenn unsere Gäste erfahren, dass die Überwachungskamera nicht zuverlässig läuft, werden sie sich bei uns nicht mehr sicher fühlen.«

Arne zögerte einen Moment. »Pfeife«, zischte er kaum hörbar zwischen seinen Zähnen hindurch. Er stand so heftig auf, dass sein Stuhl fast nach hinten kippte, und verließ mit zackigen Schritten den Raum und das Hotel.

* * *

Als Arne draußen den Autoschlüssel aus der Tasche seiner Jeansjacke zog, erinnerte er sich daran, dass er auch Jaspers Geliebte aufsuchen wollte. In seiner Wut hatte er das fast vergessen.

Er stellte den Wagen vor einem Café am Ende der Inselstraße ab. Den Notizzettel mit der Adresse in der Hand, spazierte er zur Südspitze und suchte nach der Hausnummer. *Hier wohnt Bele* war in verschnörkelter Schrift auf ein Emaille-Schild eingebrannt. Er klingelte. Das Küchenfenster öffnete sich und eine Frau streckte ihre Nase heraus.

»Ja, bitte?«, fragte sie etwas unsicher.

»Arne Zander von der Kriminalpolizei«, sagte Arne und hielt seinen Ausweis hoch.

Die Frau schloss das Fenster. Einen Moment später öffnete sie die Tür.

Arne zeigte ihr nochmals seinen Dienstausweis. »Frau …«

»Dierksen«, sagte sie.

»Bele Dierksen?«

»Ja.« Sie sah ihn fragend an.

Bingo! Arne atmete auf. Dierksen also. »Frau Dierksen, darf ich einen Moment hereinkommen?«

»Worum geht es denn überhaupt? Es passt gerade gar nicht. Ich habe Besuch und wir wollen gleich zum Strand.«

»Kann das vielleicht noch fünf Minuten warten?«, fragte Arne und zeigte sein charmantestes Dienstlächeln.

Bele zögerte. Dann ging sie einen Schritt zurück und bat ihn herein. Er folgte ihr in die Wohnküche. Sie bot ihm einen

Stuhl an und setzte sich ihm gegenüber an den großen Esstisch. Sie wirkte ernst und ein wenig unsicher. Während sie zu ihm hinüberblickte, verschränkte sie die Hände und drehte die Daumen umeinander.

»Kaffee?«, fragte sie schließlich.

»Nein, danke«, sagte Arne. Er lehnte sich auf seinem Stuhl zurück. »Frau Dierksen, mein Kollege Kuno Knudsen und ich ermitteln wegen des Attentats auf Jasper Erikson.« Beles Augenbrauen zogen sich reflexartig zusammen. »Sie kennen doch Jasper Erikson?«

»Ja.« Bele nickte kurz und schluckte.

Arne räusperte sich und versuchte, mehr Haltung anzunehmen. »Frau Dierksen, ohne indiskret sein zu wollen: Nach unseren Erkenntnissen stehen Sie in einem recht vertrauten Verhältnis zu Herrn Erikson. Ist das richtig?«

Bele schüttelte verständnislos den Kopf. »Also wirklich! Muss ich darauf antworten? Ich meine, was hat das mit dem Attentat zu tun?«

Arne beugte sich vor und sah Bele fest in die Augen. »Frau Dierksen, bitte!«

Bele gab nach. »Ich bin mit Jasper Erikson befreundet. Das wissen Sie doch längst. Sonst säßen Sie nicht hier, oder? Woher haben Sie überhaupt meine Adresse?«

»Seit wann kennen Sie Herrn Erikson?«

Bele presste die Lippen aufeinander. Sie schien zu überlegen. »Na ja, so ungefähr – seit anderthalb Jahren.«

»Wo haben Sie ihn kennengelernt?«

»Hier natürlich, auf Amrum. Ist das jetzt eigentlich ein Verhör?«

Arne hob beschwichtigend die Hände. »Um Himmels willen, nein! Es geht nur um ein paar Auskünfte. Können Sie Angaben darüber machen, ob Ihr … ob Herr Erikson sich in letzter Zeit Feinde gemacht hat?«

Bele schüttelte den Kopf. »Nein.«

Arne versuchte, nicht zu ungeduldig zu klingen, als er fragte: »Was: Nein? Hat er keine Feinde, oder wissen Sie nichts darüber?«

Bele rutschte bis nach vorn auf die Stuhlkante und machte den Rücken gerade. »Mir hat er nie was von Feinden erzählt.«

»Gab es in seinem Umfeld in letzter Zeit irgendwelche ernsthaften Auseinandersetzungen?«

»Also wissen Sie, so genau kenne ich Herrn Erikson nicht. Ich … ich verkehre nicht in seinem Umfeld.« Bele errötete leicht.

»Kam Herr Erikson Ihnen in den letzten Tagen oder Wochen irgendwie nervös oder unsicher vor?«

»Wenn Sie meinen, ob er das Gefühl hatte, in Gefahr zu sein: Nein. Zumindest hat er mir gegenüber nichts in der Richtung durchblicken lassen. Aber hören Sie, was soll diese ganze Fragerei? Ich kann Ihnen wirklich nicht weiterhelfen.« Bele stand demonstrativ auf und ging in den Flur. »Ilka, bist du so weit? Meinetwegen können wir!«

Deutlicher war Arne noch nie hinauskomplimentiert worden. Er stand ebenfalls auf, nahm eine Visitenkarte aus seiner Brieftasche und drückte sie Bele in die Hand. »Sollte Ihnen doch noch etwas einfallen, melden Sie sich bitte bei uns«, sagte er.

Bele geleitete ihn hinaus.

»Schönen Tag noch«, sagte er und blies die Backen auf, als sich die Tür hinter ihm schloss.

* * *

Auf der Rückfahrt nach Amrum suchte Kuno sich an Deck der Fähre eine Bank, die im Windschatten der Kapitänsbrücke lag. Er holte seine schmale silberne Thermoskanne aus dem

Rucksack und goss Tee in den zur Kanne passenden Becher. Jetzt ist es Zeit für ein Gespräch mit Arne, dachte er und stellte die Füße auf der gegenüberliegenden Bank ab. Eine ältere Dame, die in seiner Sichtachse weiter hinten auf der spärlich besetzten Fähre saß, schüttelte tadelnd den Kopf. Er winkte lächelnd zu ihr hinüber, holte sein Handy hervor und rief seinen Kollegen im Revier an.

»Hi, Kuno! Wie war dein Ausflug aufs Festland?«, fragte Arne.

»Voller Überraschungen. Ebbe Drews erfüllt sämtliche Klischees, die einem beim Gedanken an einen kleinstädtischen Finanzbeamten kommen. Das Einzige, was nicht ins Bild des braven, biederen Behördenmannes passte, waren eine kleine Platzwunde an der Stirn und ein blaues Auge. Das Veilchen scheint eine zurzeit in Nordfriesland grassierende Krankheit zu sein. Auch Jasper hat sich gestern bei seinem Landausflug damit infiziert. Es hat nicht viel gefehlt, und ich hätte mir heute auch eins eingefangen.«

»Wie bitte?«

»Glaub mir: Dieser Ebbe Drews wäre mir am liebsten ins Gesicht gesprungen. Kooperationsbereitschaft ist jedenfalls was anderes. Trotzdem hat sich der Weg gelohnt. Stell dir vor: Beim Verlassen des Hauses läuft mir doch der Ire über den Weg. Du weißt schon, der Mann, der an zwei Wochenenden hintereinander einen Strandkorb von Gerco gemietet hat, um Jasper auszuspionieren.«

»Der arbeitet im selben Finanzamt?«

»Ja, er ist offensichtlich ein Kollege von Ebbe Drews. Ich wüsste zu gern, was die beiden ausgekungelt haben, bevor sie die Untersuchung gegen Jasper in die Wege geleitet haben. Aber die halten dicht wie eine Kinderwindel. Die werden kein bisschen mehr an Informationen rausrücken, als sie unbedingt müssen.«

»Das wirft kein gutes Licht auf die Kollegen von der Steuerfahndung.«

»Na, na. Keine Verallgemeinerungen«, scherzte Kuno. »Aber diese beiden Herren sind mir wirklich suspekt.« Kuno trank einen Schluck Tee aus seinem Thermosbecher. »Nach dem Termin bei Drews bin ich noch auf einen Sprung zu Jörn Erikson gefahren. Er hat eine Kfz-Werkstatt in Leck.«

»Und, was sagt er zu dem Attentat?«, fragte Arne, der ein Strichmännchen nach dem anderen auf einen Schreibblock malte, weil ihm dabei oft die besten Ideen kamen.

»Ich glaube, Jörn hätte nicht eine Träne vergossen, wenn sein Vater in die Luft geflogen wäre.«

»Hm, könnte der vielleicht …?«

»Jörn? Ich weiß nicht. Was soll sein Motiv sein? Der Zwist, der die beiden auseinandergebracht hat, muss viele Jahre zurückliegen. Warum sollte Jörn jetzt auf einmal ein Attentat auf seinen Vater verüben?«

»Das müsstest du besser wissen als ich. Du bist derjenige, der hier jeden Wattwurm beim Vornamen kennt und weiß, wer wen warum auf den Angelhaken schieben will. Aber wenn du meinst, dass es Jörn nicht ist – ich kann dir gleich zwei Herren präsentieren, die mir doch sehr dubios erscheinen.«

»Da bin ich gespannt!« Die Dame, die den Kopf über seine auf der Bank abgelegten Füße geschüttelt hatte, ging mit pikiertem Blick an ihm vorbei, und er nickte ihr freundlich zu.

Arne berichtete Kuno von der Lücke in der Videoaufzeichnung, von Harry Küngs zweifelhafter Ausrede und davon, wie ertappt der Hoteldirektor und Friedrich Fliegenfischer sich gezeigt hatten, als er ihr Gespräch im Restaurant der Strandrose gestört hatte.

»Interessant«, sagte Kuno. »Weißt du was? Vielleicht stecken die alle unter einer Decke, Ebbe Drews und Manfred Lennert einerseits und das Gespann Küng und Fliegenfischer andererseits. Vielleicht müssen wir nur tief genug buddeln, um das Motiv zu finden.«

»Das dürfte ein hartes Stück Arbeit werden«, stöhnte Arne.

»Dafür werden wir bezahlt«, konterte Kuno. »Hast du denn Jaspers Liebchen angetroffen?«

»Hab ich!«, sagte Arne.

»Wie heißt die Dame denn mit Nachnamen?«

»Dierksen.«

»Hm, und was erzählt sie so?«

»Sie hatte gerade keine Sprechstunde«, sagte Arne trocken.

»Was soll das heißen?«

»Na, was wohl? Viel entgegenkommender als dein Drews war die auch nicht.«

* * *

Friedrich Fliegenfischer hockte an diesem sonnigen Nachmittag auf dem Klodeckel einer Toilette auf dem Zwischendeck der Fähre von Dagebüll nach Wittdün. Mit angehaltenem Atem ließ er die Ereignisse dieses Tages an sich vorüberziehen.

Eine Dreiviertelstunde nach dem ersten Klingeln des Radioweckers war er aufgewacht. Das Erste, was er gespürt hatte, war das letzte Bierchen von gestern Abend gewesen. Bis in die Haarspitzen hatte es gezogen. Er hatte überlegt, was er tun sollte: aufstehen und ein paar Aspirin in einem Glas Wasser auflösen, die Nase zuhalten und das Gebräu in einem Zug runterkippen? Oder den altbekannten Rat befolgen, den Morgen mit dem zu beginnen, womit der vorherige Abend geendet hatte? Zwei Dosen Bier ließen sich im Kühlschrank sicher finden, Nachschub stand im Vorratsraum.

Noch bevor er eine Wahl treffen konnte, hatte sein Telefon geklingelt, und Harry Küng nahm ihm die Entscheidung ab. Er lockte ihn mit dem Versprechen in sein Hotel, dass es dort

Aspirin, eine Kanne Kaffee, Heringsbrötchen und einen lukrativen Eilauftrag für ihn gab.

Kaum eine Stunde später fand Friedrich sich bei seinem Kumpel in Wittdün ein. Sie regelten gerade die Details, als sie gestört wurden. Da stand der vermeintliche Privatdetektiv Arne von gestern Abend wieder vor ihm. Dieser miese Typ war ein Bulle! – Wenn er sich nur daran erinnern könnte, was genau er ihm gestern Abend im Seeräuber erzählt hatte!

Zum Glück wollte der Kommissar nur Harry sprechen. Er selbst hatte das Restaurant verlassen und sich sofort auf den Weg gemacht, um seinen Auftrag zu erfüllen, der einen Ausflug aufs Festland erforderte.

Die nächste Fähre nach Dagebüll fuhr zu spät für sein Vorhaben, also hatte er den Adler nach Sylt genommen, war mit dem Bus von Hörnum nach Westerland, von dort mit dem Regionalzug nach Niebüll und weiter mit dem Bus nach Leck gefahren. In der beschaulichen Kleinstadt war alles nach Plan verlaufen. Erleichtert, wenn auch nicht ohne innere Anspannung, hatte er die Rückfahrt angetreten, diesmal auf direktem Weg über Dagebüll nach Wittdün.

Kaum hatte der Regionalzug ihn auf der Mole in Dagebüll ausgespuckt, entdeckte er voller Schrecken Kuno, der neben seinem Wagen stand und darauf wartete, auf die Fähre gelassen zu werden. Zum Glück blickte Kuno in eine andere Richtung und schenkte dem ankommenden Zug keine Beachtung.

In der Deckung einer kleinen Gruppe älterer Herrschaften, Mitglieder einer Senioren-Gymnastikgruppe, wie er erfuhr, schlich der Reporter sich auf das Schiff. Den Kommissar ließ er nicht aus den Augen. Der parkte seinen Wagen in der zweiten Fahrspur von links, holte seinen Rucksack aus dem Kofferraum und begab sich auf das Sonnendeck.

Während der gesamten Überfahrt hielt Friedrich sich in einem versteckten Winkel auf dem Zwischendeck auf, bis die

Fähre auf Wittdün zufuhr. Als die Radfahrer und Fußgänger, die das Schiff vor den Autos verlassen durften, sich am Bugvisier versammelten, schloss Friedrich sich in der Toilette ein. Auf dem Klodeckel sitzend, wollte er hier ausharren, bis er davon ausgehen konnte, einer unliebsamen Begegnung mit dem Hauptkommissar zu entgehen.

Die Spülung der Toilette nebenan wurde betätigt, die Tür geöffnet. Ein Mann sprach ein paar Worte, ein kleiner Junge mit piepsiger Stimme erwiderte etwas. Friedrich hörte Wasser ins Waschbecken plätschern. Ein Papierhandtuch-Automat ratterte dreimal, viermal.

»Hier, trockne dir die Hände ab«, sagte die sonore Stimme des Mannes.

»Papa, da ist noch jemand drin«, quengelte die Kinderstimme.

Friedrich hielt die Luft an.

»Egal, Sascha«, sagte der Vater. »Beeil dich. Mama wartet im Auto auf uns.«

»Kommt der Mann a-hauch?«, war das Letzte, was Friedrich hörte. Dann schlug die Tür des Toilettenvorraums zu.

Der Inselreporter verharrte noch eine Viertelstunde in seinem Versteck. Eile bestand nicht, denn die Fähre blieb über Nacht im Wittdüner Hafen liegen. Als Friedrich sicher war, dass alle Autofahrer, Radler und Fußgänger sich über den Fähranleger in die Hauptstraße ergossen hatten und unterwegs zu ihren Domizilen waren, schloss er die Toilettentür auf und stiefelte mit Unschuldsmiene an Land. Sollte ihn ein Hafenarbeiter oder ein Mitarbeiter des Reinigungsteams fragen, warum er so lange auf der Fähre geblieben war, hätte er eine ganz profane Antwort parat: Durchfall. Doch niemand fragte ihn.

Zu Fuß eilte Friedrich die wenigen hundert Meter zur Strandrose, wo Harry Küng ihn erwartete.

3

»Heute Abend gehe ich fremd.« Bele klang wie ein trotziges Kind. Ilka, die mit ihr zusammen in der Wohnküche zu Mittag aß, hielt beim Kauen inne und legte irritiert das Besteck nieder. »Um achtzehn Uhr treffe ich mich mit Gerco Storm, einem der Norddorfer Strandkorbvermieter«, verkündete Bele.

»Und das lässt Jasper zu?« Ilka spielte die Verwunderte, auch wenn sie nicht ernsthaft davon ausging, dass es sich um ein Treffen handelte, bei dem Bele einen neuen Flirt beginnen wollte.

»Was bleibt ihm anderes übrig?«, fragte Bele. Sie schob ihren Teller zur Seite, stellte die Dessertschälchen auf Ilkas und ihren eigenen Platz und langte nach der Schüssel mit der Roten Grütze, die hinter ihr auf der Anrichte stand. »Außerdem hat er es nicht besser verdient.«

»Aha?«, sagte Ilka amüsiert und zog die Augenbrauen hoch. »Was hat er sich denn zuschulden kommen lassen?«

»Er lässt mich ganz schön hängen. Seit Sonntagmorgen haben wir uns nicht mehr gesehen und inzwischen frage ich mich, ober er sich überhaupt noch an mich erinnert.« Beles Stimme hatte einen schnippischen Ton angenommen.

»In seiner jetzigen Situation ist ihm vermutlich einfach nicht nach einem Rendezvous zumute«, sagte Ilka und fragte sich im selben Moment, wie sie überhaupt auf die Idee kam, Jasper zu verteidigen.

»Stimmt schon«, sagte Bele. Sie schnitt einen Bissen Rinderbraten ab und drückte das Messer dabei so fest auf, dass es quietschend über den Teller schrammte. »Aber wenn er was von mir will, fragt er ja auch nicht, ob ich gerade andere Sorgen habe.«

»Verstehe.« Ilka zog es vor, nicht weiter auf das Thema einzugehen. »Und nun triffst du dich also mit diesem Strandkorbvermieter. Einfach nur so, oder hat das einen bestimmten Grund?«

Bele kaute und schluckte hinunter. Dann nahm sie das Glas mit dem leichten Landwein und prostete Ilka zu. »Du weißt doch, ich bin auf der Suche nach einem Grundstück, auf dem ich eine Gärtnerei betreiben kann. Gercos Familie gehören Ländereien auf Amrum, die für mich interessant sein könnten. Meine Nachbarin Frau Gerdsen, du hast sie ja kennengelernt, hat mich darauf aufmerksam gemacht, dass die Familie Storm ein Stück Land verpachten möchte, das zwischen Norddorf und Nebel liegt. Es hat genau die Größe, die ich suche, und wäre ideal für meine Zwecke.«

»Besitzt nicht auch Jasper viel Land auf Amrum?«

»Doch, natürlich, aber es gehört ihm und seiner Frau. Kannst du dir vorstellen, dass Göntje Erikson einwilligt, mir Land zu verpachten, wenn sie erfährt, dass ihr Gatte in absehbarer Zeit meiner sein wird?«

»Das dürfte schwierig sein«, stimmte Ilka zu, die allerdings genauso skeptisch war, ob Jasper Beles Heiratspläne teilte. Soweit sie die Lage beurteilen konnte, hielt er sich mit einem klaren Bekenntnis zu Bele beharrlich zurück. »Es ist sicher besser, das Land von einem Menschen zu pachten, zu dem man nicht in einer heiklen Beziehung steht.«

»Heikel ist wohl nicht das richtige Wort«, meinte Bele etwas pikiert. »Ungeklärt, das wäre der passendere Begriff. Vorübergehend ungeklärt, mit Aussicht auf baldige Entscheidung«, fügte sie energisch hinzu.

Ilka wiegte den Kopf hin und her. »Okay, also ungeklärt.«

»Darf ich dich denn heute Nachmittag alleine lassen, während ich mit Gerco verhandele?«

Ilka warf den Kopf lachend nach hinten. »Das darfst du, ich bin ja schon groß. Ich werde eine ausgiebige Strandwanderung machen. Großartig verlaufen kann man sich ja nicht auf dieser Insel, selbst dann nicht, wenn man sich noch nicht auskennt.«

»Prima. Und heute Abend lassen wir auf der Terrasse die Korken knallen und feiern meinen baldigen beruflichen Neubeginn auf Amrum!«

* * *

Ilka verstaute Getränke, Brote und ein Strandtuch in ihrem Rucksack. Sie hatte sich vorgenommen, am Wasser entlang bis nach Norddorf zu wandern und von dort mit dem Bus nach Wittdün zurückzufahren.

Ihr Ausflug begann auf der Promenade, die an der Südseite des Ortes oberhalb der Dünen verlief. Kurz bevor sie das Ende des mit Steinplatten belegten Weges erreichte, setzte sie sich auf die Holzbank einer kleinen Aussichtsplattform. Ihr Blick schweifte über den breiten Sandstrand, der von unzähligen hüfthohen, mit Strandhafer bewachsenen Dünen übersät war. Aus der Entfernung wirkten sie fast wie eine große Gruppe Riesenschildkröten, die über den Strand wanderten. Als sie das Licht und die Weite auf sich wirken ließ, verstand sie, dass Bele diese Umgebung brauchte, um mit dem bedrückenden Leben an Ebbes Seite abschließen zu können.

Während Ilka ein Ausflugsschiff beobachtete, das mit Kurs auf Sylt weit hinten über das in der Sonne glitzernde Meer zog, streifte sie ihre Turnschuhe ab und knotete sie an ihren Rucksack. Vorsichtig, um sich keinen Splitter in den Fuß zu treten, lief sie den Bohlenweg hinab zum Strand. Der schwache Westwind erzeugte nur leichte Wellen. Ilka krempelte die Hosenbeine hoch und watete durch das Wasser. Kaum eine Menschenseele begegnete ihr auf dem endlos erscheinenden Weg in den Norden der Insel. Auch die Strandabschnitte von Süddorf und Nebel wirkten vereinsamt. Möwen und andere Vogelarten beobachteten Ilka neugierig, ohne sich von ihrer Anwesenheit irritieren zu lassen.

Als die Wanderung ihrem Ende zuging und Ilka die ersten Strandkörbe von Norddorf erblickte, beschloss sie, sich in einem der Körbe auszuruhen und etwas zu essen. Kaum hatte sie ihr Schinkenbrot aus dem Rucksack geholt, wurde sie von Möwen umkreist. Einige flatterten aufgeregt über ihrem Strandkorb hin und her, zwei setzten sich auf das Dach und wieder andere stolzierten vor ihren Füßen auf und ab in der Hoffnung, ein paar Krümel zu erhaschen.

»Moin moin«, übertönte plötzlich eine gut gelaunt klingende Männerstimme das bettelnde Gekreische. »Romantisches Picknick am Strand?« Der Mann, dem die Stimme gehörte, baute sich neben dem Strandkorb auf, die eine Hand gegen das Dach, die andere in die Hüfte gestützt, und beugte sich zu ihr hinab.

Die Möwen gingen auf Abstand und beäugten die Lage.

Von der schräg stehenden Sonne geblendet, konnte Ilka das Gesicht kaum erkennen. Vor dem wolkenlosen Himmel zeichnete sich lediglich ein strohblonder Bürstenschnitt ab. Sonnenstrahlen leuchteten zwischen den Haaren hindurch, was den überdimensional großen, breitschultrigen Mann wie eine Comicfigur erscheinen ließ.

»Wenn man die Gesellschaft eines Dutzends Möwen als romantisch bezeichnen will«, erwiderte sie betont schroff.

»Das hier«, der Mann klopfte lässig gegen das Korbgeflecht, »ist der Strandkorb meines Freundes. Üblicherweise kostet es ein paar Euro, wenn man es sich darin bequem machen will«, schnarrte seine Stimme. »Aber für dich machen wir eine Ausnahme.«

»Ich kann mich auch neben den Korb setzen«, konterte Ilka. Sie hatte nicht vor, diesem Mann, der nicht zu merken schien, dass sie auf seine Anwesenheit gern verzichtet hätte, Geld zu geben.

»Ich habe einen besseren Vorschlag: Du bleibst sitzen und ich leiste dir Gesellschaft. Dann bist du nicht so einsam. Ist ja keine Menschenseele mehr hier.« Er wies mit einer ausholenden Geste über den Strand.

»Ich bin nicht einsam, nur alleine, und ich fühle mich sehr wohl dabei«, blockte sie ab. »Ich brauche keine Gesellschaft.«

»Sicher?«, fragte er und beugte sich weiter zu ihr hinunter, sodass sein Körper einen Schatten auf Ilkas Gesicht warf und sie seine kantigen Gesichtszüge erkennen konnte.

Sie stutzte einen Augenblick. An wen erinnerte sie dieser Mann? Wo hatte sie ihn schon einmal gesehen? – Egal. Sie war glücklich verheiratet, und sie war nicht nach Amrum gekommen, um sich mit einem anderen Mann zu vergnügen. Sie packte ihr Schinkenbrot ein, schob die Wasserflasche in den Rucksack, wünschte dem Bürstenschnitt einen guten Tag und ging davon.

»Ich will doch nur spielen!«, rief er ihr nach.

»Ich nicht!«, rief sie zurück und schickte ein »Blödmann, kindischer« hinterher, das der Wind verschluckte. Als sie sich ein gutes Stück weiter noch einmal umblickte, sah sie, wie der Mann wie ein ausgelassener Junge mit den Möwen Fangen spielte. Er hörte damit auf, als zwei Frauen an der Wasserkante entlangspazierten. Ilka beobachtete, wie er sie ansprach und sich ihnen anschloss. Der hat wohl niemanden zu Hause, der sich mit ihm beschäftigt und ihm die Langeweile vertreibt, dachte sie.

Am Strandübergang angekommen, ließ Ilka sich in einem Korb an den Ständen der Strandkorbvermieter nieder, die sich bereits in den Feierabend verabschiedet hatten, und setzte das unterbrochene Picknick fort. Über der Armlehne des Strandkorbs war eine Kunststoffhalterung angebracht, die mit Flyern bestückt war. ›Informationen für unsere Gäste‹ stand auf der Titelseite. Sie nahm einen der Prospekte und blätterte ihn auf. Die Norddorfer Strandkorbvermieter und die Windsurf-Schulen stellten sich vor. Auf einem der Porträtfotos, die dazu abgebildet waren, erkannte sie den Mann, der ihr gerade so gerne Gesellschaft geleistet hätte. Ungläubig las sie seinen Namen: Jasper Erikson.

Ein Blitz durchfuhr Ilka. Was für ein Mistkerl!, dachte sie. Sind ihm zwei Frauen nicht genug?

Und dann … Dieses großflächige, kantige Gesicht mit den hervorstehenden Wangenknochen. Das ausgeprägte Kinn mit dem tiefen Grübchen. Die tiefblauen, schmal geschnittenen Augen und die borstigen weizenblonden Haare. Der Mann sah aus wie – Yannick, der Sohn von Bele und Ebbe!

Ilka wollte es nicht glauben. Sie zerriss den Flyer mit einem Ratsch, knüllte die Schnipsel zusammen und stopfte sie in die Halterung. Wie vor den Kopf gestoßen ging sie zur Haltestelle bei der Kurverwaltung, wo der Bus nach Wittdün schon auf sie wartete.

Sie ließ sich auf einen Platz in der letzten Reihe fallen, verschränkte die Arme und stierte nach draußen, ohne etwas wahrzunehmen, als der Bus sie durch Norddorf kutschierte. Warum hatte Bele ihr das Geheimnis um den Vater ihres Sohnes nie verraten? Und wie sollte sie ihre Freundin vor genau diesem Hallodri warnen, der Frauen am Strand aufsammelte wie andere Leute Muscheln? Bele würde ihr kaum glauben, wenn sie versuchte, sie von Jaspers Jagdgelüsten zu überzeugen.

Der Bus hielt an der Haltestelle in Nebel. Noch ein paar Minuten, dann würde sie in Wittdün ankommen. Sicher war Bele inzwischen wieder zu Hause. Sie würde ihr sagen, dass sie nach der anstrengenden Wanderung erst ausgiebig duschen wollte, bevor sie den Abend gemeinsam auf der Terrasse ausklingen lassen konnten. Sie brauchte noch ein wenig Zeit, um den Schock zu verdauen, den der heutige Ausflug ihr beschert hatte.

* * *

Friedrich Fliegenfischer saß an seinem Schreibtisch und kaute auf einem Bleistift herum, dessen Bissspuren dokumentierten, dass der Reporter häufig schwer nachzudenken hatte. Vor dem Fenster seiner Dichterstube zogen schwere, dunkelgraue Wolken vorbei. Sie hingen so tief, dass sie an den Wipfeln der Kiefern hinter dem Garten hängen zu bleiben drohten. Ähnlich düster wie dort oben am Himmel sah es in Friedrichs Gedankenwelt aus.

Was hatte er diesem Detektiv, der in Wahrheit Kommissar war, am Dienstagabend im Seeräuber bloß erzählt? Von Annika hatte er gesprochen. Von mehreren Frauen, die Jasper ihm ausgespannt hatte. Und von dem Attentat. Richtig: Dann hatte dieser hinterhältige Feigling mit dem schrägen James-Bond-Lächeln ihm den Mordanschlag unterjubeln wollen. Er hatte die Tat als Racheakt eines gekränkten Mannes ausgelegt, der hatte zusehen müssen, wie seine letzte große Liebe ihm durch Jaspers Schürzenjägerei genommen wurde. Geschickt, geschickt, Herr Kommissar!

In die Stille, die in der Dichterstube herrschte, mischte sich ein dumpfes Klingeln. Wo war sein Handy wieder abgeblieben? Friedrich klopfte suchend auf die Taschen seiner Jeansjacke, hob einen Stapel Notizblätter vom Schreibtisch hoch und fand das Telefon schließlich nach dem siebten Klingelton auf dem Sofa unter einer Zeitschrift.

»Moin, Gunnar«, sagte Friedrich. Dann lauschte er eine Weile. Mit jedem Satz, den er hörte, entspannten sich seine Gesichtszüge ein bisschen mehr, bis der verkniffene Blick einem Siegerlächeln gewichen war.

»Danke!«, sagte er, legte das Handy beiseite und warf die Fäuste in die Luft. Was sein Informant ihm gerade mitgeteilt hatte, war die Sensation! Friedrich sah zwei Eichhörnchen zu, die in den Bäumen herumturnten. Im Geiste stellte er dabei die Fakten für den Artikel zusammen, den er gleich schreiben würde.

Der Leiter der Steuerfahndung, die Amrum vor Wochen heimgesucht hat, ist zufällig der Ehemann einer gewissen Bele D.-D. Die wiederum ist seit anderthalb Jahren das Liebchen des Surflehrers Jasper E. Der steht nicht nur im Mittelpunkt der Steuerfahndung, sondern wäre kürzlich beinahe das Opfer eines Mordanschlags geworden.

Wenn das nicht nach einem Finanzbeamten riecht, der sich in Wildwestmanier an seinem Nebenbuhler rächen will! Doch leider tappen die Kommissare bis heute im Dunkeln. Oder haben sie etwa Angst, als Nestbeschmutzer der Beamtenkollegen in der Steuerbehörde zu gelten, und schließen lieber beide Augen, während der Steuerfahnder sein Unwesen treibt?

Friedrich warf einen Blick auf die Uhr. Es war schon spät, aber immer noch früh genug, um einen Artikel zu schreiben, der morgen auf dem Frühstückstisch der Zeitungsabonnenten liegen würde.

Er rief in der Redaktion an und bat darum, ihm einen Platz für einen Zwanzigzeiler in der Spalte mit dem Titel ›Brandaktuell‹ auf der ersten Seite freizuschaufeln; in der nächsten halben Stunde würde er den Beitrag liefern.

»Okay«, sagte der Redaktionsleiter, der wusste, dass er sich auf die verkaufsfördernde Wirkung von Friedrich Fliegenfischers eiligen Meldungen stets verlassen konnte.

Friedrich genehmigte sich einen Whisky. Noch ein Blick in die dunklen Wolkenberge, dann hämmerte er auf seine Tastatur ein, als würde er für seine Tippgeschwindigkeit bezahlt. Er grinste diabolisch. Was er enthüllte, würde diesen jungen Kommissar ziemlich dumm dastehen lassen. Bedauerlich, dass auch Kuno dabei nicht gut wegkam und dass sich ein weiterer Schlag für Göntje nicht vermeiden ließ. Doch wie immer konnte er auf Sentimentalitäten keine Rücksicht nehmen.

* * *

Ilka stieg aus dem Bus und ging langsam zu Beles Haus. Als sie die Tür mit dem Schlüssel öffnete, den Bele ihr für die Dauer ihres Aufenthalts auf Amrum überlassen hatte, schwebte Bele aus dem Wohnzimmer auf sie zu. »Was für ein toller Tag!«, rief sie und breitete die Arme aus.

»Ja«, bestätigte Ilka, die Bele kaum ins Gesicht sehen mochte. »Ihr seid euch also einig geworden, Gerco und du?«

»Und wie! Unsere Verhandlungen liefen völlig unkompliziert. Und wie war dein Ausflug?«

Ilka hatte sich gebückt und tat so, als sei sie mit dem Lösen eines hoffnungslos verknoteten Schnürsenkels beschäftigt. »Schön, aber auch anstrengend. Ich gehe erst mal unter die Dusche, so durchgeschwitzt, wie ich bin.«

»Mach das. Und dann wird gefeiert! Hast du Hunger? Ich mache uns etwas zu essen.«

»Nein, danke. Ich habe unterwegs gegessen.« Ilka huschte die Treppe hinauf und flüchtete sich ins Bad.

Nachdem sie geduscht und die Haare geföhnt hatte, hörte sie Bele unten in der Küche ein Lied summen. Gläser und

Teller klirrten. Zwischendurch knisterte es. Bele öffnete Tüten mit Salzgebäck und schüttete die Knabbereien in Schälchen, die sie laut klappernd auf ein Tablett stellte. Bele hörte nicht auf zu summen und zu singen, als sie das Tablett durch den Flur auf die Terrasse trug.

Und nun?, dachte Ilka. Ich muss ihr sagen, dass Jasper ein unverbesserlicher Schürzenjäger ist. Aber dies ist wohl nicht der passende Zeitpunkt. Besser, ich warte bis morgen.

In jeder Hand einen gefüllten Champagnerkelch, drehte Bele sich vorsichtig im Kreis, als Ilka die Küche betrat. Sie drückte ihrer Freundin ein Glas in die Hand. »Zum Wohl, meine Liebste. Lass uns auf die Terrasse gehen. Meine Güte, deine Augen! Du musst sehr müde sein.«

»Ja«, sagte Ilka, folgte Bele nach draußen und setzte sich in einen Gartenstuhl. »Ich bin die ganze Westküste entlangmarschiert. So viel Bewegung an der Nordseeluft, das war wohl ein bisschen zu viel für mich. Ich bin das nicht gewohnt.«

»Macht nichts. Du musst ja heute Nacht nicht mehr tanzen gehen.« Bele strich sich die Haare aus dem Gesicht. »Ach, Ilka, du ahnst nicht, was für ein charmanter Mann das ist, dieser Gerco Storm«, schwärmte sie. »Das hätte ich nie für möglich gehalten. Ein Mann, der sich den ganzen Tag am Meer aufhält und bei Wind und Wetter draußen ist, der müsste doch so rau sein wie die See bei Windstärke zwölf. So wie Jasper. Dabei ist er feinfühlig und warmherzig. Angenehm wie eine leichte Sommerbrise.«

»Bele!« Ilka spürte ein nervöses Kribbeln am ganzen Körper. »Nun mach mal einen Punkt. Du redest wie ein verliebter Teenie!«

Bele riss die Augen auf.

Ilka bemerkte Beles Irritation und riss sich zusammen. »Entschuldige bitte, das war nicht böse gemeint. Ich dachte nur: Du hast einen Ehemann zu Hause in Leck, der dir zurzeit reichlich Magenschmerzen verursacht. Du hast einen Geliebten in deinem zweiten Zuhause auf Amrum. Auch der macht dir gerade keine große Freude. Willst du jetzt wirklich noch einen dritten Mann in deinem Leben unterbringen?« Fast hätte sie die zynische Bemerkung hinterhergeschickt: Dann würde Jasper ja wirklich gut zu dir passen.

»Ich glaube, du nimmst mein Treffen mit Gerco zu ernst«, protestierte Bele.

»Es geht nicht um dein Treffen mit diesem Mann«, erklärte Ilka. »Mir wird schwindelig, wenn ich dich vor meinem geistigen Auge zwischen drei Männern hin und her springen sehe.«

»Ich springe doch nicht zwischen drei Männern hin und her! Meine Ehe mit Ebbe wird in absehbarer Zeit mit der Scheidung enden. Gerco ist mein Geschäftspartner, mehr nicht. Aber ich darf ihn doch wohl sympathisch finden. Jasper ist immer noch der Mann meiner Träume, und auch wenn wir zurzeit so etwas wie …«, Bele rieb mit einer Hand über die Armlehne, »wie eine situationsbedingte Beziehungspause haben, bleibt er das auch.«

»Solange aus deinen Träumen kein Albtraum wird«, rutschte es Ilka heraus.

Doch Bele war derart in ihre Gedanken vertieft, dass Ilkas Äußerung an ihr vorbeizog. Unbeirrt fuhr sie fort: »Ich lebe seit einer halben Ewigkeit mit einem Mann zusammen, der so gefühlsbetont ist wie eine Schlagbohrmaschine. Ist es da verwunderlich, dass meine Seele aufgeht wie ein Hefekloß, wenn ich einem so einfühlsamen Mann wie Gerco begegne?«

»Vermisst du denn diese Einfühlsamkeit bei Jasper?«, fragte Ilka bewusst provokant.

Bele ließ einen Schluck Champagner langsam die Kehle hinuntergleiten. Sie drehte den Kelch am Stiel hin und her und sah in den Garten hinaus. »Jasper … Jasper ist auf seine eigene

Weise einfühlsam. Er ist durch und durch ein harter Kerl. Aber er hat auch seine weichen Seiten. Man muss ihn nur lang genug kennen, um sie zu entdecken.«

Ilka stützte sich mit dem Ellenbogen auf eine Armlehne, faltete die Hände zusammen und schlug die Beine übereinander. »Dafür wirst du ja sicher noch genügend Gelegenheit haben, wenn du ganz nach Amrum gezogen bist.«

Bele sah Ilka skeptisch an. So kritisch hatte sie ihre Freundin noch nie erlebt. »Hast du ein Problem damit, dass ich einen neuen Mann habe?«

Ilka seufzte tief. »Nein, Bele. Damit habe ich kein Problem. Aber du merkst doch selbst, dass deine Gefühle für ihn in den letzten Tagen ganz schön ins Wanken geraten sind, oder?«

Ilka sah, wie Beles Augen sich mit Tränen füllten. Bele zuckte mit den Schultern und es schien so, als wollte sie etwas sagen. Doch dann stand sie abrupt auf, ging in die Küche und holte die Champagnerflasche aus dem Kühlschrank. Als sie auf die Terrasse zurückkehrte, hielt Ilka ihre Hand übers Glas und sagte: »Danke, für mich bitte nicht mehr.«

»Was soll ich denn tun?«, fragte Bele, während sie sich selbst nachschenkte.

»Vielleicht einfach noch mal über die Beziehung nachdenken?«, fragte Ilka zaghaft und überlegte, ob jetzt der passende Moment wäre, Bele über ihre Begegnung mit Jasper aufzuklären.

Bele beobachtete angestrengt die Champagnerperlen in ihrem Glas. Dann schüttelte sie energisch den Kopf. »Was gibt es da nachzudenken?«

Am Klang ihrer Stimme hörte Ilka, dass Bele sich die Antwort auf diese Frage sehr wohl selbst hätte geben können. Sie hielt sich die Hände an die Schläfen. »Bitte sei mir nicht böse, Bele«, sagte sie resigniert, »ich glaub, ich muss ins Bett. Der Schampus hat mich umgehauen. Nach einem anstrengenden

Tag wirkt Alkohol bei mir wie eine Packung Schlaftabletten. Lass uns morgen weiterreden, okay?«

* * *

Gustav war frühzeitig losgefahren. Eine Viertelstunde vor der verabredeten Zeit erreichte er den Ort, in dem die Telefonzelle stand, in der Boris ihn heute Abend anrufen wollte. Seinen Wagen parkte er weit von der Kabine entfernt. Ein kleiner Spaziergang würde seinen hochgeschnellten Puls beruhigen. Die Kapuze über den Kopf gezogen, vermied er es, nach rechts oder links zu blicken. Er hielt die Augen stur auf die Gehwegplatten gerichtet und versuchte, an nichts zu denken.

Wie schäbig diese Steinplatten waren. Trostlos grau, mit festgetretenen Kaugummis übersät.

Manche Platten hatten Risse, bei anderen stand eine Kante hoch. Stolperfallen überall. Zertretene Zigarettenstummel in den Fugen. Hundekot.

Gustav erreichte die Telefonzelle und öffnete die Tür. Muffiger Geruch schlug ihm entgegen. Er hatte die Tür noch nicht ganz zugezogen, da klingelte es schon. Verstohlen sah er sich um. War Boris etwa in der Nähe, konnte er ihn beobachten? – Er meldete sich mit dem Codewort.

Boris lachte sein tiefes, vermaledeites Lachen. »Na, mein Freund?«

»Wie sieht es aus?«, stieß Gustav hervor. In seiner Brust hämmerte es.

»Morgen früh wird es passieren.«

Ein Klirren drang an Gustavs Ohr. Es klang wie Eis in einem Whiskyglas, das geschwenkt wurde. »Morgen früh also«, flüsterte er. Er krümmte sich und hielt eine Hand vor den Mund, um gegen die Übelkeit anzukämpfen, die ihn überkam. Dann atmete er tief durch. »Um wie viel Uhr?«

»Kann ich nicht genau sagen. Irgendwann am Morgen. Es hängt davon ab, wann Jasper sich an der Stelle aufhält, an der es passieren wird.«

Gustav hatte kaum noch die Kraft, seine Gedanken in Worte zu fassen. »Und – wo und wie?«, fragte er zaghaft.

»Mehr verrate ich jetzt nicht. Nur, dass es diesmal gelingen wird.«

»Okay.« Gustav spielte mit der Telefonschnur. »Okay.« Er schluckte.

Boris legte auf.

DONNERSTAG

1

Als Ilka an diesem Morgen erwachte, schien die Sonne durch die geblümten Vorhänge und das Geräusch von klapperndem Geschirr tönte durchs Haus. Während sie sich frisch machte und ankleidete, versuchte sie, passende Worte zu finden, um Bele behutsam vor einer erneuten Enttäuschung in Sachen Partnerschaft zu warnen. Noch als sie die Treppe hinunterging, grübelte sie, welches der beiden Themen, die ihr auf der Seele lagen, sie zuerst ansprechen sollte: Jaspers Jagdambitionen oder Yannicks frappierende Ähnlichkeit mit dem Amrumer.

»Ausgeschlafen?« Bele stand im Flur und verfolgte Stufe für Stufe, wie Ilka herabschritt. Sie begutachtete das ernste Gesicht ihrer Freundin. »Nein«, stellte sie fest, ohne Ilkas Antwort abzuwarten, »nicht ausgeschlafen. War die Matratze zu hart, das Meer zu laut, oder hast du schlecht geträumt?«

»Nichts von all dem«, wich Ilka aus und versuchte ein Lächeln. »Ich habe Muskelkater von der Strandwanderung.« Sie zog die Schultern zusammen und rieb sich die Hände. »Ist der Kaffee schon fertig?«

Bele legte ihr die Hand auf den Rücken und schob sie sanft in die Küche. »Es steht alles parat. Komm, jetzt frühstücken wir ganz gemütlich. Guck mal, wie die Sonne scheint. Übers Wochenende soll es so bleiben. Da können die Surflehrer, Strandkorbvermieter und Hoteliers auf unserer Insel noch mal ein gutes Geschäft mit ein paar späten Gästen machen.«

»Auf unserer Insel? Du fühlst dich schon sehr zugehörig.«

»Absolut! Amrum ist jetzt mein Zuhause, hier gehöre ich hin. Und wenn ich erst mit Jasper verheiratet bin, fragt niemand mehr, woher ich ursprünglich komme.«

Damit hatte Bele ihrer Freundin das Stichwort gegeben. »Warum bist du dir eigentlich so sicher, mit Jasper den richtigen Mann für dein neues Leben gefunden zu haben?«

Ein Schatten huschte über Beles Gesicht. Sie drehte Ilka den Rücken zu und machte sich am Küchenschrank zu schaffen, füllte eine Zuckerdose und stellte sie auf den Tisch, obwohl weder Ilka noch sie den Tee mit Zucker tranken. Dann blickte sie zu der Fähre hinüber, die sich zwischen Hooge und Langeneß hindurchschob. Als Ilka schon nicht mehr mit einer Antwort auf ihre Frage rechnete, sagte Bele leichthin: »Warum sollte ich daran zweifeln? Ich lass einfach mein Bauchgefühl sprechen, und das sagt mir: Jasper ist der Mann, mit dem ich leben will.«

»Ist er das wirklich? Auch nachdem er dich in den letzten Tagen so alleingelassen hat?«

Bele verzog den Mund, antwortete aber nicht.

»Du hast dich schon einmal getäuscht«, fuhr Ilka fort. »Denk nur daran, wie Ebbe war, als ihr euch kennengelernt habt, und wie er sich gewandelt hat. Du weißt nicht, wie Jasper sich entwickelt.«

»Wie Jasper sich entwickelt!«, platzte es aus Bele heraus. »Ebbe war noch keine zwanzig, als wir uns kennenlernten. In dem Alter stehen einem die großen Entwicklungsschritte noch bevor. Jasper dagegen ist reife fünfzig Jahre alt!«

»Hört man mit fünfzig auf, sich zu verändern?«, fragte Ilka provokant.

»Natürlich nicht. Aber die Richtung hat man doch gefunden. In der Lebensmitte macht man keine große Kehrtwendung mehr.«

»Wie man an dir sieht.«

»Warum diese Ironie?«, fragte Bele. »Ich mache keine Kehrtwendung. Ich suche mir ein neues Lebensumfeld mit Menschen, die mir erlauben, so zu sein, wie ich wirklich bin.«

»Du kennst Jasper nur als Urlaubsliebe«, insistierte Ilka. »Wenn du ständig hier lebst, könnte eure Beziehung sich in eine ganz andere Richtung entwickeln.«

»Wir sind beide alltagserprobt«, widersprach Bele. »Wir werden schon damit umgehen können, wenn unser gemeinsames Leben zur Gewohnheit wird. Ist ja nicht unsere erste Beziehung.«

Ilka gab sich einen Ruck. »Was ist, wenn Jasper dir nicht treu bleibt?«

Beles Gesicht verdüsterte sich. »Wie kommst du denn auf die Idee?«

»Er hat ja auf der Insel nicht den besten Ruf«, posaunte Ilka aus, ohne zu wissen, ob diese Behauptung stimmte.

»Ach, dieses Inselgeschwätz«, ereiferte Bele sich. »Das ignoriere ich. Ich bin sicher, Jasper und ich werden das sein, was mit Ebbe nicht möglich war: ein richtig glückliches, unbeschwertes Paar! Vielleicht werden wir sogar noch ein Kind haben.«

»Bele, du bist Mitte vierzig!«, stöhnte Ilka auf.

»Ein Alter, in dem eine Frau heutzutage durchaus noch einmal schwanger werden kann.«

Ilka wagte einen allerletzten Versuch. »Was ist, wenn dein Seenotrettungsschiff, wie du ihn kürzlich nanntest, in Wirklichkeit ein Vergnügungsdampfer ist, der nur losgefahren ist, um Party zu machen und sein eigenes Ego zu feiern?«

»Ilka, du bist eine gnadenlose Spielverderberin!« Wieder vermied Bele es, Ilka anzusehen, und an dem verschlossenen Gesichtsausdruck las Ilka die große Unsicherheit ihrer Freundin ab.

Es ist sinnlos, sie verdrängt es vor sich selbst, dachte Ilka und gab auf. »Ach, Bele, vielleicht habe ich einfach nur Angst um dich.«

»Angst um mich?«

»Ja. Davor, dass du hier nicht glücklich wirst.«

Endlich suchte Bele wieder Blickkontakt zu Ilka. Sie ließ den Löffel sinken, mit dem sie gerade die Schale eines hart gekochten Eis aufschlug, und zeigte auf sich selbst. »Ich? Ich soll auf dieser Insel nicht glücklich werden?« Ungläubig schüttelte sie den Kopf.

Ilka griff nach Beles Hand. »Vergiss es, Bele. Doch, du wirst hier glücklich werden. Ganz bestimmt.«

Bele lächelte zufrieden. Doch Ilka spürte, wie der zweite Igel, der sich gestern in ihren Magen geschlichen hatte, sich entrollte. »Bele«, sagte sie mit zaghafter Stimme, »ich muss dich etwas fragen. Etwas sehr Persönliches.«

»Nur zu!«

»Mir ist gestern ein Flyer mit Informationen für die Gäste in die Hände gefallen …«

»Und?«

»Es war ein Foto von Jasper darin.«

Bele wurde bleich. Sie hob den Kopf und blickte Ilka mit halb geschlossenen Augen an. Sie ahnte wahrscheinlich, was jetzt kommen würde.

»Jasper sieht genauso aus wie Yannick«, fuhr Ilka fort, während sie sich darauf konzentrierte, ein Ei zu pellen. »Oder umgekehrt: Yannick sieht aus wie eine jüngere Ausgabe von Jasper.«

Bele schluckte. »Dann weißt du ja jetzt alles.«

»Alles!«, stieß Ilka hervor. »Ist es passiert, als du auf Amrum warst, während Ebbe die Fortbildung in Berlin hatte?«

»Wann denn sonst?«

»Weiß Ebbe, dass er nicht Yannicks Vater ist?« Ilka kam sich selbst vor wie eine Polizeibeamtin bei einem Verhör.

»Nein.« Energisch zerdrückte Bele Butterflocken auf einer Brötchenhälfte.

Ilka stützte das Kinn in die Hände. »Ist ihm denn nie aufgefallen, dass Yannick weder ihm noch dir ähnlich sieht?«

Bele stöhnte. »Ebbe fallen Zahlen auf, die nicht stimmen«, erklärte sie schmallippig. »Ob ein Gesicht ihm ähnlich sieht oder seinem Nachbarn oder wem auch immer, darüber macht er sich keine Gedanken. Auch dann nicht, wenn es sich um seine eigenen Kinder handelt.«

»Weiß Yannick denn, wer sein leiblicher Vater ist?«

»Die Frage erübrigt sich wohl«, raunte Bele und biss in ihr Brötchen.

»Und Jasper?«, fragte Ilka schließlich. »Hast du ihn darüber informiert, dass du einen Sohn mit ihm hast?«

»Überraschung!«, schallte es plötzlich dreistimmig durch das weit geöffnete Fenster in die Wohnküche hinein. Bele und Ilka fuhren zusammen. Nach einer Schrecksekunde sahen sie staunend aus dem Fenster. Yannick, Mimi und Mia betraten der Reihe nach den Vorgarten, blieben vor dem Fenster stehen und winkten hinein. »Hier wohnst du also, wenn du nicht zu Hause bist!«, rief Yannick und stieß einen bewundernden Pfiff aus, während Mimi sagte: »Nicht schlecht.«

»Das ist wirklich eine Überraschung!«, rief Bele und strahlte Ilka an. Sie konnte kaum glauben, dass die drei sich überwunden hatten, ihre Mutter auf dieser Insel, die sie für unendlich langweilig hielten, zu besuchen. Sie stand auf, um den dreien die Tür zu öffnen, und drückte sie der Reihe nach an sich. »Wie kommt es, dass ihr nicht in der Schule seid?«, fragte sie, an Mimi und Mia gewandt.

»Wasserrohrbruch«, antwortete Mia. »Gestern Nachmittag stand das ganze Erdgeschoss unter Wasser. Bis Dienstag haben wir frei, vielleicht sogar bis Mittwoch. Und weil Yannicks Praktikum erst im Oktober beginnt, hat Papa gesagt, es muss nicht sein, dass wir alle drei zu Hause rumhängen. Wir sollten doch die Zeit nutzen, uns dein Inseldomizil anzusehen. Also haben wir die Fähre um kurz nach sieben genommen und gedacht, wir kommen bestimmt genau zum Frühstück an.«

»Neun Uhr fünfzehn«, sagte Yannick mit zufriedenem Blick auf die Küchenuhr, die über dem Herd hing. »Die Fähre war zehn Minuten schneller als geplant. Wir hatten ablaufendes Wasser und Rückenwind.« Er grinste, als hätte er höchstpersönlich die Naturgewalten für diesen Ausflug passend eingerichtet.

»Toll, dass ihr euch endlich aufraffen konntet!«, rief Bele aus. »Ihr habt Glück, dass ich einen ganzen Sack voll Brötchen im Tiefkühlschrank habe. Aufschnitt und Marmelade dürften auch noch für eure hungrigen Mägen reichen. Ich backe schnell die Brötchen auf. Geschirr und Besteck findet ihr in dem Schrank da vorne.«

»Nach dem Frühstück machen wir eine Wanderung um die Odde«, schlug Yannick vor.

»Über das, was wir heute unternehmen wollen, lasst uns später nachdenken.« Einen Familienausflug, der an den Surfschulen vorbeiführte und eine Begegnung mit Jasper unausweichlich machte, wollte Bele zum jetzigen Zeitpunkt vermeiden. Demnächst in Leck würde sie die drei an einem ruhigen Abend, wenn Ebbe einmal nicht zu Hause war, auf die anstehenden familiären Änderungen vorbereiten. Es wurde Zeit, diesen Schritt zu gehen. Vor allem Yannick würde sie über das aufklären müssen, was sich in Zukunft nicht mehr geheim halten ließe. Er würde Zeit brauchen, das zu verdauen. Auch Ebbe musste dann die Wahrheit erfahren. Noch hatte sie Angst davor. Sie befürchtete, dass es ihm doch nicht so gleichgültig sein würde, nicht Yannicks Vater zu sein.

Bele holte Zettel und Stift und bat ihre Kinder mit an den Tisch. »Bevor wir über Ausflüge nachdenken«, sagte sie und sah die drei der Reihe nach an, »werde ich gleich einen Großeinkauf machen. Sonst werft ihr mir am Ende noch vor, ich hätte euch an der frischen Nordseeluft verhungern lassen. Also, was habt ihr denn für Wünsche?«

* * *

Barfuß, mit Shorts und einem leichten Sweatshirt bekleidet, stand Jasper an der Wasserkante, mit dem Rücken zum Meer, und ließ seinen Blick über den Dünenrand schweifen, der sich vor dem wolkenfreien Himmel scharf abzeichnete. Frühestens in einer Stunde würden die ersten Surfschüler kommen. Dann hatte das Wasser den richtigen Stand für den Anfängerkurs. Seine beiden Surflehrer-Kollegen ließen sich noch nicht blicken. Sie erschienen meist erst kurz vor dem Unterrichtsbeginn. Nur zwei Hundebesitzer liefen in einiger Entfernung Richtung Norden am Wasser entlang, und hundert, zweihundert Meter weiter südlich kümmerten sich die Strandkorbvermieter um ihre Körbe, drehten sie mit der Rückseite zum Wind und fegten den Sand von den Sitzen.

Er genoss diese Zeit, in der es an dem endlos weit erscheinenden Strand so einsam war. Bis sein Kurs begann, würde er es sich mit Kaffee und Brötchen auf der Terrasse vor seinem Strandbüro gemütlich machen und sich daran freuen, dass die Welt ihm gehörte.

Gegen die Sonne anblinzelnd, die über den Dünen stand, lief er auf das Holzgebäude zu, in dem seine Windsurfschule untergebracht war. Da bemerkte er, wie ein Kopf hinter einer Düne hervorlugte und schnell wieder verschwand. Es ärgerte ihn jedes Mal maßlos, wenn ein Urlauber das Schild mit dem Hinweis auf den Dünenschutz missachtete und meinte, es mache nichts, wenn er dieses eine Mal durch die Dünen liefe. Wenn jeder so dächte …

Jasper überlegte kurz, ob er den Dünenkamm hinaufklettern und den Mann zurückpfeifen sollte. Doch er hatte keine

Lust, ihm hinterherzujagen wie ein Fuchs dem Hasen und dabei auch noch selbst gegen das Verbot zu verstoßen, das mehrere Hundert Meter breite Naturschutzgebiet, das sich hinter der Dünenkette erstreckte, zu betreten.

Kurz vor seinem Strandbüro blieb Jasper stehen und drehte sich einmal um die eigene Achse. Der Wind wehte das Tuten einer Schiffssirene Richtung Strand. Jasper wandte sich zum Meer und beobachtete einen Ausflugsdampfer, der um die Odde tuckerte.

Plötzlich wurde ein langer Schatten auf den Sand neben ihm geworfen. Ein Kopf, Schultern, ein Oberkörper. Bedrohlich schob sich ein erschreckend langer Arm aus dem Schatten heraus. Jasper drehte sich um. Die Sonne blendete ihn, und doch konnte er erkennen, was den Schatten warf: ein Mann, der halb vom Dünenkamm verdeckt wurde. In der Hand hielt er eine Pistole, die in der Sonne funkelte.

Adrenalin schoss durch Jaspers Körper. Als hätte er Sprungfedern in den Knien, sprintete er die gut siebzig Meter zurück zur Wasserkante, sprang mit riesigen Sätzen über die Priele und tiefen Löcher, die die Flut im feuchten Sand hinterlassen hatte. Noch bevor er das Wasser erreichte, hörte er einen Schuss, und eine Kugel sauste an ihm vorbei. Er hechtete in das flache Meer und robbte unter der Wasseroberfläche über den Schlick. Zweimal, dreimal kam er wieder hervor und holte Luft, um wie ein Delfin wieder hineinzuspringen, Richtung Horizont, weg vom Strand. Er erreichte tiefere Gefilde, tauchte ab und schwamm weiter hinaus.

Als seine Lunge unerbittlich nach Luft verlangte und er sicher war, sich weit genug entfernt zu haben, traute er sich, wieder aufzutauchen. Der leichte Wellengang verhinderte in rhythmischen Abständen seine Sicht auf den Strand, gab ihm aber auch die Sicherheit, dass der Attentäter ihn nicht so leicht erneut ins Visier nehmen konnte. Wie weit konnte eine Pistolenkugel fliegen? Zweihundert Meter? Dreihundert? Konnte man auf die Entfernung noch treffen? Er wusste es nicht.

Jasper sah die Strandkorbvermieter, die hinter ihren Körben Deckung gesucht hatten. Er trat im Wasser auf der Stelle und wartete, was geschehen würde.

* * *

Gerco holte sein Handy hervor und wählte die 112. In hastigen, geflüsterten Sätzen schilderte er dem Mann in der Einsatzzentrale in Husum, was geschehen war.

»Bleiben Sie, wo Sie sind«, sagte der Mann. »Polizei ist gleich da.«

Es war still geworden. Doch auch ohne diese Anweisung hätte Gerco sich nicht aus seiner Deckung hervorgetraut. Unsicher, mit eingezogenem Kopf, blickte er sich um. Die zwei Männer, die vorhin mit ihren Golden Retrievern zum Wasser hinuntergegangen waren, hatten den Hundestrand weit oben im Norden erreicht. Sie warfen Stöcke ins Meer, denen die Hunde hinterhersprangen. Von der Schießerei hatten sie offenbar nichts mitbekommen; der Nordwestwind hatte den Hall der Schüsse davongeweht. Ungefähr achtzig, hundert Meter von ihm entfernt hockten zwei seiner Kollegen hinter Strandkörben nah an der Wasserkante. Sie zuckten mit den Schultern. Er gab ihnen Zeichen, sich nicht aus ihren Verstecken fortzubewegen.

Wo war der Schütze? Würde er gleich den Strand hinunterlaufen und auf ihn und die anderen Männer schießen? Hatte er sie auf die Entfernung überhaupt bemerkt? Oder war er schon auf der Flucht? Hielt er sich in dem weiten, einsam daliegenden Naturschutzgebiet versteckt? Dann säße er in der Falle, denn das Gebiet war von drei Seiten vom Meer umgeben. Lief er Richtung Süden, an der Dünenkette entlang, um dann durch Wald nach Norddorf, Nebel oder Wittdün zu entkommen? Oder würde er etwa den Wattweg nach Föhr nehmen? Das wohl kaum; im offenen Watt würde man ihn sofort entdecken. Außerdem: Das Wasser stand viel zu hoch, um zu Fuß nach Föhr gelangen zu können.

Gerco lauschte. Der durchdringende Klang von Polizeisirenen näherte sich.

2

Harry Küng saß an seinem Schreibtisch in der Strandrose. Die Sekretärin hatte ihm die zusammengefaltete Tageszeitung auf den Tisch gelegt. Beim Überfliegen der ersten Seite fielen Küngs Augen auf die Überschrift von Friedrich Fliegenfischers Artikel über die Verflechtungen zwischen Jasper, der Neu-Amrumerin Bele und dem Steuerfahnder Ebbe Drews. Küng las den Text mit wachsendem Entsetzen. – Das konnte nicht wahr sein!

Er riss die Titelseite heraus, knüllte das Papier mit beiden Händen zusammen, holte weit aus und warf es gegen die Fensterscheibe. Als hätte er erwartet, dass das Glas zu Bruch ginge, beobachtete er mit großen Augen, wie die Papierkugel von der Scheibe abprallte und über den Laminatboden zu ihm zurückkullerte.

Im nächsten Moment fegte er den Behälter mit Kugelschreibern, Bleistiften und Brieföffner vom Tisch. Dem Scheppern, das diese Aktion begleitete, folgte ein unüberhörbarer Lärm, als Küng mit Wucht gegen den metallenen Papierkorb trat und ihn gegen die Seitenwand des Schreibtischs donnerte.

»Idiot!«, brüllte er und hämmerte mit den Fäusten auf den Tisch.

Verschreckt riss seine Sekretärin die Tür auf. »Sie haben gerufen?«, fragte sie zaghaft.

»Habe ich *Sie* gerufen?«, brüllte er sie an.

Sie errötete und zog die Tür wieder zu.

Hektisch griff Küng zum Telefonhörer und wählte Friedrich Fliegenfischers Nummer.

»Hi, Harry«, meldete der Reporter sich.

Der Hoteldirektor hörte ein selbstgefälliges Grinsen aus Friedrichs Tonfall heraus. Dieser gedankenlose Schreiberling war wohl auch noch stolz auf das, was er verzapft hatte.

»Was hast du dir dabei gedacht?«, zischte er.

»Wieso? War doch schlau.«

»Schlau? Der größte Schwachsinn war das!«

»Das kannst du nicht beurteilen«, meinte Friedrich. »Du bist nicht auf dem aktuellen Stand.« Er zögerte. Dann räumte er ein: »Mir ist kürzlich ein kleines Malheur passiert.«

»Ein Malheur?«, fragte Küng.

»Ich hatte am Dienstag eine, sagen wir mal, etwas unglückliche Begegnung mit dem jungen Kommissar im Seeräuber. Ich hatte so zwei, drei Bierchen intus und wir sind zufällig ins Gespräch gekommen. Ich wusste nicht, wer das ist, und hab ihm vielleicht ein bisschen zu viel erzählt.«

»Soll das heißen, du hast im Suff Geheimnisse ausposaunt?« Harry Küng bebte innerlich.

»So würde ich das nicht ausdrücken. Ich war schon noch Herr meiner Sinne. Ich hab nur nicht durchschaut, dass der Typ ein Bulle ist. Ich hab ihm erzählt, dass unser Inselmacho mir ein paar Frauen ausgespannt hat. Und auf einmal versucht der Typ, mich aufs Glatteis zu führen. Und gestern Morgen erfahre ich dann, dass er bei der Kripo ist. Kannst du dir vorstellen, was für ein Gefühl das ist? Du erzählst jemandem ganz im Vertrauen deine private Story – und im Handumdrehen wird dir ein Mordmotiv daraus gestrickt? Da war ich doch regelrecht gezwungen, den Verdacht auf einen anderen zu lenken. Und der Steuerfritze passt doch. Oder hätte ich mir etwa einen von uns Amrumern aussuchen sollen?«

»Niemanden hättest du dir aussuchen sollen! Hörst du? Niemanden!«, brüllte Küng und schlug mit der flachen Hand auf den Tisch. Dann hob er drohend den Zeigefinger, auch wenn Friedrich das nicht sehen konnte: »Du hältst ab sofort die Klappe, wenn es um Jasper geht! Mit deinem Geschwafel bringst du mich noch in Teufels Küche.«

Friedrich schwieg einen Augenblick. Dann stellte er nüchtern fest: »Ich glaub, du hast mich angelogen. Du weißt, was gespielt wird und wer der Auftraggeber ist.«

»Gar nichts weiß ich!«, erwiderte Küng schroff und knallte den Hörer auf die Gabel.

Vielleicht war es doch keine so gute Idee gewesen, Friedrich ein schönes Märchen aufzutischen, um ihn zu ein paar Handlangerdiensten zu überreden.

* * *

»Warum sagt mir das keiner?«, brüllte Kuno. Er faltete die Zeitung zusammen und schlug sie auf den Schreibtisch wie eine Fliegenklatsche. »Warum muss ich das aus der Zeitung erfahren? Warum weiß ausgerechnet dieser Inselschnüffler wieder mehr als wir von der Kripo?«

Arne hatte hinter seinem Bildschirm Deckung gesucht. »Was weiß unser Starreporter denn, was wir nicht wissen?«, fragte er und lugte vorsichtig mit einem Auge hinter dem Monitor hervor.

»Die Geliebte von Jasper Erikson ist die Ehefrau des Steuerfahnders Ebbe Drews.«

»Is nich' wahr!« Arne schüttelte den Kopf. »Die heißt doch Dierksen!«

»Bele D.-D. Hier nachzulesen! Eine dieser Doppelnamenfrauen.« Kuno stand auf und stellte sich neben Arne. Unter lautem Rascheln faltete er die Zeitung wieder auseinander, hielt sie seinem Kollegen hin und wies mit dem Finger auf den abgekürzten Nachnamen. »Das dürfte für Drews-Dierksen stehen.«

Arne zog die Augenbrauen zusammen. Sein Gesicht wirkte fast ein bisschen beleidigt. »Warum hat die mir das nicht gesagt?«

Kuno stemmte eine Hand in die Hüfte. »Den Ausweis hast du dir nicht zeigen lassen?«

»Ach, jetzt bin ich schuld, was?« Arne trommelte mit den Fingern beider Hände auf der Schreibtischplatte herum.

»Mann!« Kuno wandte sich ab und raufte sich die Haare. Dann drehte er sich wieder zu Arne um, der auf seinem Bürostuhl ganz klein geworden war und ihn stumm anblickte. »Nu lass uns nicht streiten«, sagte Kuno schließlich. »Komm, jetzt statten wir diesem Klugscheißer von Reporter erst mal einen Überraschungsbesuch ab. Der ist nämlich schon ein ganzes Stück weiter als wir. Er weiß, wer der Täter ist.« Kuno hob die Zeitung hoch und wedelte damit aufgebracht hin und her.

»Interessant. Wer ist es denn?«

»Ebbe Drews natürlich. Wer denn sonst?« Kuno reichte Arne das Blatt wieder hinüber. Der vertiefte sich in Friedrich Fliegenfischers Artikel.

Kuno nahm in der Zeit ein Telefongespräch entgegen. Während er dem Anrufer lauschte, verlor sein Gesicht deutlich an Farbe. Mit knappen Worten reagierte er auf das, was ihm mitgeteilt wurde. Dann knallte er den Hörer auf.

»Wer war das?«, fragte Arne.

»Die Einsatzzentrale. Der Besuch bei Fliegenfischer muss warten. Wir müssen sofort nach Norddorf. Attentat auf Jasper. Diesmal mit einer Schusswaffe, direkt vor seiner Surfschule.«

* * *

Als zwei Polizeiwagen und ein Rettungswagen am Strandübergang auftauchten, fand Jasper den Mut, zurückzuschwimmen. Seine Zähne klapperten vor Kälte und das Wasser lief ihm aus den Kleidern, als er über den Sand torkelte. Sanitäter legten ihm Decken um die Schultern und führten ihn, begleitet von zwei bewaffneten Polizisten, ins Strandrestaurant.

»Wir sind gleich bei dir«, rief Kuno ihm hinterher. Dann gingen er und Arne zu Gerco und seinen Kollegen, die sich am Strandübergang versammelt hatten und aufgeregt diskutierend zu den Kommissaren hinüberblickten. »Jetzt erzählt mal«, forderte Kuno die Männer auf. »Was ist passiert?«

Gerco rieb sich mit beiden Händen übers Gesicht. Mit zitternder Stimme erzählte er: »Ich war da hinten.« Er zeigte Richtung Süden. »Auf einmal höre ich Schüsse. Ich guck hoch und sehe, wie Jasper ins Wasser läuft, als wär der Teufel hinter ihm her. Ich hab erst gar nicht begriffen, was los war. Dann hab ich da oben auf der Düne einen Mann gesehen. Der hat mit 'nem Schießeisen auf Jasper gezielt.«

»Wie sah der Mann aus?«, fragte Kuno, der auf einem kleinen Block notierte, was Gerco berichtete, und dabei unwillkürlich an Friedrich Fliegenfischer denken musste.

»Der Typ war viel zu weit weg, erkennen konnte ich den nicht. Nur, dass es ein Mann war, ein bisschen untersetzt, mit kurzen dunklen Haaren, glaube ich. Oder habt ihr mehr gesehen?« Gerco blickte in die Runde. Die anderen Strandkorbvermieter schüttelten den Kopf.

»Habt ihr mitbekommen, wohin er gelaufen ist?«, fragte Kuno.

»Nee«, sagte Gerco und auch die anderen verneinten. »Wir haben uns hinter den Körben versteckt. Wusste ja keiner, ob der Spinner zum Strand runterläuft und wild drauflos schießt.«

»Also, ehrlich«, sagte der Mann, der neben Gerco stand, »ich hab Schiss gehabt. Da ballert einer herum wie im wilden

Westen, und wir sind die perfekten Zielscheiben. Mit nix als den lächerlichen Körben um uns rum.«

»Stimmt«, gab ein anderer zu. »Ist doch so: Wenn der auf uns gezielt hätte – unsere Körbe hätten keine einzige Kugel abgehalten.« Er griff sich mit der Hand ans Kinn.

Gerco nickte und scharrte mit einer Fußspitze über den Boden. »Scheißsituation war das.«

»Und jetzt?«, rief einer der Männer Kuno zu. »Was macht ihr jetzt? Wollt ihr mit zwei Mann 'nen Killer jagen?«

»Sechs Polizisten suchen gerade das Gelände ab«, sagte Kuno, »von hier bis zur Ostküste. Mehr Leute hab ich im Moment nicht. Ein halbes Dutzend haben wir gerade noch angefordert. Die werden nachher mit dem Helikopter eingeflogen.«

Kunos Handy klingelte. Der Kommissar nahm das Gespräch an und hörte eine Weile zu. »Verstanden«, sagte er dann und steckte das Handy weg. »Das habe ich befürchtet«, sagte er zu den Männern. »Die Kollegen haben in der Düne hinter Jaspers Surfschule Fußspuren entdeckt, die bis da vorne führen.« Er zeigte auf den Strunwai. »Da verlieren sie sich. Vermutlich ist er über den asphaltierten Dünenweg Richtung Süden geflüchtet. Wenn wir Pech haben, mit dem Fahrrad.«

»Das glaubt uns keiner«, sagte Arne, schlug sich vor die Stirn und drehte sich im Kreis. »Ein Killer mit 'nem Fahrrad als Fluchtfahrzeug.«

Kuno sah ihn genervt an. »Amrum ist 'ne andere Welt«, wies er Arne zurecht. »Mit dem Fahrrad fällt hier niemand auf, mit 'nem Porsche oder Motorrad dagegen sofort.«

Dann wandte er sich wieder der gesamten Mannschaft zu. »Wir riegeln jetzt alle Fluchtwege von der Insel ab. Den Fährhafen, den Yachthafen und natürlich auch den Wattwanderweg.«

»Den Wattwanderweg?«, fragte Arne.

»Klar. Wenn der Typ sich für besonders schlau hält, versucht er es als Tourist bei einem unserer Wattwanderführer.

Dann marschiert er seelenruhig in der Gruppe rüber nach Föhr, während wir auf Amrum herumwuseln wie kleine Kinder am Ostersonntag in Omas Garten.«

»Wäre aber ganz schön leichtsinnig von ihm«, meinte Arne.

»Eben deshalb. Der geht doch davon aus, dass wir ihm so viel Leichtsinn nicht zutrauen. Manchmal ist der dümmste Weg der beste.«

Dem hatte Arne nichts hinzuzufügen.

* * *

Kuno trommelte das Küchen- und das Servicepersonal des Strandrestaurants zusammen.

»Hat einer von euch den Mann weglaufen oder wegradeln sehen?«

Betretenes Kopfschütteln. »Vor zehn machen wir doch gar nicht auf«, sprach einer der Mitarbeiter für die gesamte Belegschaft. »Wir sind selbst erst hergekommen, als ihr mit den Polizeiwagen angerast seid.«

»Na, klasse«, sagte Kuno und schniefte. »Dann schmeiß ich jetzt ’ne Runde Rührei mit Krabben. Ich glaube, wir brauchen jetzt alle ’ne Stärkung.«

Kuno und Arne setzten sich zu Jasper an den Tisch.

»Ich hab dir doch gesagt, der gibt keine Ruhe«, knurrte Kuno Jasper an.

Doch der war zu erschöpft, um abzuwinken. Der Notarzt versorgte eine Wunde, die Jasper sich an der Schläfe zugezogen hatte, als er, blind vor Angst, kopfüber ins seichte Wasser gesprungen und an einer großen Muschel vorbeigeschrammt war, die aus dem Meeresboden herausragte.

Dankbar nahm er von den Strandkorbvermietern trockene Kleidungsstücke entgegen, die sie als Reserve in ihren Rucksäcken mitführten: ein T-Shirt, einen warmen Pullover und

Shorts. Er zog sich auf der Toilette um und setzte sich, wieder in Decken gehüllt, an einen Tisch, wo Kuno und Arne ihn erwarteten. Die Kellnerin brachte ihnen Kaffee, Tee und eine Schale mit Keksen und Schokolade. »Die Krabben brauchen noch einen Moment«, sagte sie.

»Okay – solange ihr sie nicht erst noch zum Pulen nach Marokko fliegen müsst …«, meinte Kuno.

Jasper hing auf seinem Stuhl wie ein implodierter Leuchtturm und wärmte sich die Hände an einem Kaffeebecher. »Nehmt diesen verdammten Steuerfahnder doch endlich fest!«, jammerte er. »Der meint es ernst. Der bringt mich noch um!«

Kunos Augen durchbohrten den Surflehrer. »Es ist genau vier Tage her, da habe ich dir Polizeischutz angeboten. Den wolltest du nicht. Ich habe dich gefragt, ob du einen Verdacht hast, wer der Täter ist. Du bist mir mit einem Naturschützer gekommen, einem unbekannten Spinner, der was gegen Autos auf den Inseln hat.«

Jasper hob beide Hände und winkte ab.

»Welchen Grund hat Ebbe Drews, dir nach dem Leben zu trachten?«, fragte Kuno. »Ist es nur der, dass du ihm gerade die Frau ausspannst, oder gibt es weitere Motive, aus denen ihr euch bekriegt? Natürlich hast du ihn am Dienstag besucht und dich mit ihm geprügelt. Deshalb warst du ohne Vorankündigung spurlos verschwunden. Ich war am Mittwoch bei ihm und hab sein Veilchen bewundert.«

Jasper stierte auf den Tisch. Seine Finger kneteten eine Kerze, die neben dem Teller mit den Keksen gestanden hatte. Seine Kiefer mahlten unaufhörlich. Schließlich stellte er die Kerze vor Kuno ab, griff in die Keksschale und riss eins der bunt verpackten Schokoladentäfelchen auf. So hatte er noch ein paar Sekunden Zeit zum Nachdenken, bis sein Mund wieder leer war.

»Wir müssen jetzt tatsächlich davon ausgehen, dass jemand einen Killer auf dich angesetzt hat«, resümierte Kuno. »Einen, der nicht aufgibt, bis er sein Ziel erreicht hat. Hat Ebbe Drews einen Grund, so etwas zu tun?«

Jasper kaute. Er hielt seinen Kaffeebecher umklammert und hob ihn in kurzen Abständen leicht an, um ihn wieder auf den Tisch zurückzuhämmern.

Arne nahm ihm den Becher aus den Händen. »Nun rede schon!«, forderte er ihn auf.

Jasper schluckte hinunter. »Der Kerl hat Fotos manipuliert.«

»Bitte einmal die ausführliche Version. Und zwar langsam, zum Mitschreiben«, bat Arne. »Um was für Fotos geht es konkret? Wer hat sie gemacht? Zu welchem Zweck wurden sie aufgenommen? Von wem wurden sie manipuliert, auf welche Weise und aus welchem Grund?«

»Fotos von unseren Surfbrettern«, sagte Jasper, immer noch mundfaul. Dann entschloss er sich endlich dazu, die Kommissare über das aufzuklären, was er wusste. »Die Herren von der Steuerfahndung haben sich richtig was einfallen lassen. Die haben einen Hubschrauber gechartert, haben sich gemütlich am Strand vorbeifliegen lassen und Fotos gemacht, als wir unseren Surfunterricht abhielten. Anhand der Fotos haben sie all die Bretter auseinanderdividiert, mit denen die Surfschüler auf dem Meer unterwegs waren.«

»Wieso das?«, fragte Arne.

»Jede der drei Surfschulen hat ihren Bereich im Wasser. Aber wir können nicht vermeiden, dass Schüler des einen Lehrers in den Bereich eines anderen abdriften. Deshalb hat jede Schule Surfbretter und Segel in einer bestimmten Farbe, und wir haben schön deutlich unsere Namen und fortlaufende Nummern auf jedes Brett lackiert. Die Steuerfahnder haben gezählt, wie viele Bretter jeder Schule auf dem Meer waren. Dann haben sie die Einnahmen jeder Surfschule zusammengezählt, auf die Saison hochgerechnet und ihre Schätzung mit unseren

Einkommensangaben verglichen.« Jasper sah Kuno und Arne an. »So weit alles klar?« Er machte eine Kunstpause.

»Jo«, sagte Arne, und als ob er Jasper in Sachen Frauen Konkurrenz machen wollte, schmachtete er die Kellnerin an, die gerade das Rührei servierte. Statt auf seinen Flirtversuch einzugehen, nahm sie ein paar Schokoladentäfelchen aus der Keksschale und legte sie ihm wortlos neben den Teller. Kuno schüttelte darüber leicht den Kopf.

Jasper fuhr aufgebracht mit seinem Bericht fort: »Die Zahlen, die der Steuerfahnder mir vorgelegt hat, konnten vorne und hinten nicht stimmen. Mein Anwalt hat sich die Unterlagen genau angesehen. Er hatte gleich einen Verdacht. Völlig zu Recht, wie sich zeigte. Wenn man genau hinsah, konnte man nämlich auf allen Aufnahmen erkennen, dass manche meiner Bretter sich gleich zweimal auf dem Meer befanden. Versteht ihr: zwei Surfbretter der Windsurfschule Erikson mit ein und derselben Nummer zur selben Zeit an zwei verschiedenen Stellen auf dem Meer. Komisch, was?«

»Die Fotos sind also manipuliert worden«, stellte Kuno fest.

»Sag ich doch! Mein Anwalt hat einen Grafikexperten eingeschaltet. Der hat herausgefunden, dass auf jedem Foto einige Surfbretter kopiert und an anderer Stelle eingefügt worden sind. Mit bloßem Auge kann man das nicht erkennen, und wenn man die Bilder mit einem Bildbearbeitungsprogramm vergrößert, sind sie so verpixelt, dass es nicht gleich auffällt. Aber ein Experte kann die Manipulation trotzdem nachweisen. Dieser Beamtenheini soll sich bloß nicht einbilden, er könnte mich reinlegen!«

»Für diese Beamtenbeleidigung gibt es eine Verwarnung«, rief Arne dazwischen.

»Steck sie dir sonst wohin«, konterte Jasper.

»Ruhe!«, rief Kuno die beiden zur Ordnung. »Jasper, du weißt, warum Ebbe Drews es auf dich abgesehen hat.«

»Der Kerl muss das mit Bele irgendwie spitzgekriegt haben«, vermutete Jasper. »Er hat also jemanden hierher geschickt, der mich ausspioniert. Gerco Storm hat mir im Sommer erzählt, dass ein Typ, als Urlauber getarnt, hierhergekommen ist und sich für mich und meine Frauen interessiert hat. Speziell für Bele.« Jasper rieb sich das Gesicht und guckte ratlos über den Tisch.

»Davon haben wir auch gehört«, sagte Kuno. »Aber wo liegt der Ursprung dieser Aktion? Und wie erklärst du dir die Mordversuche? Ebbe Drews weiß doch sicher schon länger, dass du mit seiner Frau zusammen bist. Wenn er es wirklich war, was hat ihn ausgerechnet jetzt dazu veranlasst, diese beiden Anschläge auf dich zu verüben?«

Jasper blickte stur geradeaus und schaukelte auf seinem Stuhl vor und zurück.

»Nun rede schon«, maulte Arne ihn an. Er hasste diese Geheimnistuerei von Leuten, die sich in irgendwelche krummen Sachen verstrickt hatten und selbst dann nicht mit der Sprache herausrückten, wenn sie in Lebensgefahr waren.

Jasper streckte den Rücken durch, legte die Hände flach auf den Tisch und sah die Kommissare an. »Ich habe Ebbe Drews bedroht«, gestand er. »Als mein Anwalt mir vor ein paar Wochen mitgeteilt hat, dass die Fotos manipuliert worden sind, bin ich nach Leck gefahren und habe diesem Saubüddel gesagt, dass ich ihn anzeigen werde, wegen Fälschung von Beweismaterial. Was er gemacht hat, ist doch strafbar?« Jasper erwartete die Zustimmung der Kommissare. »Er hat Unterlagen gefälscht, um mich als einen Steuersünder dastehen zu lassen, der ich nicht bin. Der Mann kriegt richtig Probleme, wenn rauskommt, dass er so 'n Schiet gebaut hat. Als er gemerkt hat, dass ich es ernst meine, muss er kalte Füße gekriegt haben.«

»Und darum hat er dir einen Killer auf den Hals gehetzt«, schloss Arne.

»Sieht so aus.«

Kuno war noch nicht ganz überzeugt, auch wenn er zugeben musste, dass es sich logisch anhörte, was Jasper erzählte.

»Am letzten Dienstag«, fuhr Jasper fort, »bin ich noch einmal zu Drews gefahren. Ich habe ihm gesagt, dass mein Anwalt beweisen kann, was für eine Sauerei er sich geleistet hat, und dass wir ihn vor Gericht bringen werden. Wegen der Manipulation des angeblichen Beweismaterials, aber auch wegen des Mordversuchs. Ich hab ihm einen Deal vorgeschlagen. Ich hab ihm gesagt, wenn er die Anzeige zurückzieht, meinen Ruf in der Öffentlichkeit wiederherstellt und dem Staatsanwalt sagt, dass alles ein Irrtum war, dann zeigen wir ihn nicht an. Gut, ich wollte noch ein bisschen Schadenersatz für meine alte Kiste, die er in die Luft gesprengt hat. Ansonsten kann er sich schon mal auf ein gemütliches Plätzchen im Knast einstimmen, hab ich ihm gesagt. Daraufhin muss er in Panik geraten sein und hat zum zweiten Mal zugeschlagen. Der gibt keine Ruhe, bis ich tot bin.«

»Die Platzwunde an der Stirn hat er also tatsächlich dir zu verdanken«, stellte Kuno fest. »Die hast du ihm am Dienstag zur Begrüßung verpasst.«

»Der kann froh sein, dass er mit einer Platzwunde davongekommen ist! Hätte auch schlimmer ausgehen können. Zuerst hat dieser Hänfling doch tatsächlich versucht, sich zu wehren …«

»Wie man sieht«, kommentierte Kuno.

»… aber das hab ich ihm ganz schnell abtrainiert.«

»Was sagt Bele Drews-Dierksen zu der Sache?«, fragte Arne. »Ist sie auch der Meinung, dass ihr Mann hinter den Anschlägen steckt?«

»Bele! Die Frau ist so naiv. Die ahnt noch nicht einmal, dass ihr Mann über uns Bescheid weiß.«

Arne sah ihn erstaunt an. »Das glaubst du doch nicht im Ernst?«

»Doch. Fragt sie nur. Die blendet die Möglichkeit, dass ihr Mann und ich voneinander wissen, völlig aus.«

»Sie muss doch inzwischen erfahren haben, dass ihr Mann gegen dich ermittelt. Hat sie sich dazu nie geäußert?«, vergewisserte Arne sich.

»Mit keinem Wort. Ich glaube, sie will das alles nicht wahrhaben. Ich rede mit ihr auch kaum darüber, ich will sie nicht in Verlegenheit bringen. Was kann sie dazu, dass ihr Mann sich den falschen Beruf ausgesucht hat?«

»Hast du nicht von Anfang an gewusst, mit wessen Frau du es zu tun hast?«, fragte Kuno ungläubig.

»Wenn ich mich in eine Frau vergucke, frage ich sie dann erst mal, ob ihr Mann zufällig Steuerfahnder und für meinen Wohnort zuständig ist?«

»Moment«, mischte Arne sich ein, »ganz so abwegig ist Kunos Frage nicht. Wenn man sich mit einem Menschen einlässt, will man doch mehr über sein Privatleben wissen. Ich vermute, Bele Drews-Dierksen hat dir nicht verheimlicht, dass sie verheiratet ist. Fragt man da nicht interessehalber nach, was der Gatte von Beruf ist?«

»Man vielleicht. Ich aber nicht. Was geht der Typ mich an?«

»Und wann und wie ist dir dann klargeworden«, fragte Arne, »dass die Frau mit dem Doppelnamen die Gattin deines Steuerfahnders ist?«

Jasper druckste herum. »Mein Anwalt hat das zufällig herausgefunden. Kurz nach der Steuerfahndung. Der hat seine Quellen.«

»Okay«, sagte Kuno. »Ein Motiv hat er also, dieser Drews. Und zwar das klassischste, das er sich aussuchen konnte: Eifersucht. Aber wir haben nichts in der Hand, womit wir ihm auch nur einen der Anschläge nachweisen könnten. Eine Festnahme ist also derzeit nicht möglich. Ich werde allerdings sofort veranlassen, dass seine Telefonleitungen überwacht und seine

Computer beschlagnahmt werden, der private zu Hause und der, den er im Finanzamt nutzt. Eins kann jedenfalls als sicher gelten: Wenn Ebbe Drews hinter den Attentaten steckt, hat er nicht allein agiert. Er muss hier auf der Insel Helfer haben.« Kuno sah in die Runde. »Dir sollte jetzt endlich klar sein, Jasper, wie ernst die Bedrohung ist. Ich verordne dir Hausarrest, bis wir die Täter gefasst haben.«

Jasper wollte protestieren, doch Kuno ließ ihn nicht zu Wort kommen. »Ich fordere ein paar Kollegen von der uniformierten Polizei an, die dein Haus rund um die Uhr im Auge behalten sollen. Allein deren Präsenz dürfte schon dafür sorgen, dass der Attentäter sich nicht so nah an dein Grundstück herantraut.«

»Und die Surfschule? Was mach ich mit der?«

»Du hast eine Tochter, die Surflehrerin ist und die dich – nicht zum ersten Mal – würdig vertreten wird. Was hast du denn gemacht, als du zu Ebbe Drews nach Leck gefahren bist?«

»Das war nur ein Tag, das war kein Problem für Maren. Könnt ihr mir sagen, wie lange ich mich jetzt verstecken muss? Soll meine Tochter während der Zeit ihr Leben umkrempeln?«

Kuno nahm einen Bierdeckel in die Hand und knickte ihn. »Wenn du dich weiter so leichtsinnig als Zielscheibe mitten in die Landschaft stellst, wird deine Tochter bald den ganzen Sommer über da draußen stehen und Surfschüler unterrichten müssen, und zwar Jahr für Jahr. Und du kannst ihr von Wolke 87 aus dabei zugucken.«

Widerwillig ließ Jasper sich von Kuno und Arne zu seinem Haus fahren. »Die paar Schritte bis zur Haustür laufen kann ich alleine. Dafür brauche ich keine Babysitter«, sagte er mit kindlichem Trotz, als der Wagen vor dem Gartenzaun anhielt.

»Okay«, willigte Arne ein. »Wir warten aber, bis du drin bist und die Tür abgeschlossen hast.«

Die Kommissare beobachteten, wie Jasper ins Haus trottete und die Tür hinter sich schloss. Durch die kleine Glasscheibe in der Eingangstür konnten sie verfolgen, wie er ganz gegen seine Gewohnheit den Schlüssel von innen ins Schloss steckte und umdrehte.

»Und jetzt nehmen wir uns diesen Schreiberling vor«, beschied Kuno.

* * *

Boris saß im Gartencafé der Strandrose und genoss die Mittagssonne. Sein Handy lag zwischen Espressotasse und Aschenbecher. Er hatte es lautlos gestellt. In den letzten anderthalb Stunden hatte es immer wieder vibriert, und mit jedem Mal klang das Rattern des Geräts auf der Tischplatte klagender. Ein Blick auf das Display hatte Boris gleich beim ersten Surren überzeugt, dass er diese Anrufe besser ignorierte.

Er guckte über den Rand der Zeitung, die er mit auf die Terrasse genommen hatte. Seine Augen scannten die Umgebung ab. Seit zehn Minuten hatte Gustav es nicht mehr bei ihm versucht. Boris wusste, dass sein Auftraggeber, sollte er so leichtsinnig sein, sich auf den Weg nach Amrum zu machen, erstens die Insel nicht vor dem späten Nachmittag erreichen konnte und zweitens keine Ahnung hatte, wie der Mann, der in Wahrheit gar nicht Boris hieß, aussah. Dennoch machte ihn die Ruhe, die nun von seinem Handy ausging, nervös.

Harry Küng trat auf die Terrasse. Er grüßte die wenigen Gäste, die an den Tischen saßen, und blieb wie zufällig neben Boris stehen.

»Gustav will dich sprechen«, raunte er.

»Sag ihm, ich sei abgereist«, antwortete Boris, von seiner Zeitung verdeckt. »Plötzlich und unerwartet und mit unbekanntem Ziel.« Er blätterte ein paar Seiten um, landete auf der

Kulturseite und versank in einem Artikel über den filmischen Werdegang der Brigitte Bardot.

Harry stieß einen kaum hörbaren Fluch aus und verschwand ins Haus.

Fünf Minuten später faltete Boris die Zeitung zusammen, trank den letzten Schluck Espresso, steckte sein Handy in die Hosentasche und verließ die Terrasse.

3

Wenn es, wie in diesem Augenblick, unerwartet an seiner Haustür klingelte, schlug Friedrich Fliegenfischers Herz Purzelbäume. Denn das Klingeln bedeutete Besuch, und Besuch bedeutete, dass ihm neue Informationen zugetragen wurden. Der Inselreporter sprang die morsche, hölzerne Wendeltreppe hinunter. Mit einem erwartungsfrohen Lächeln riss er die Tür weit auf. Ein zweifaches »Moin« schlug ihm entgegen.

»Gestatten?«, sagte Kuno und trat ins Haus, gefolgt von Arne. Friedrich machte ein langes Gesicht und zuckte gespielt gleichgültig mit den Schultern. Er bat die beiden die Treppe hinauf und führte sie in seine Dichterstube. Die Kommissare nahmen auf einem roten Zweisitzer Platz, der gegenüber dem Schreibtisch stand. Einen Couchtisch gab es nicht. Stattdessen waren rechts und links neben den Armlehnen Regalbretter an der Wand angebracht, auf denen man ein Glas oder eine Tasse abstellen konnte. Friedrich drehte seinen Bürostuhl zu Kuno und Arne um und setzte sich ebenfalls hin. Es war so eng in dem Raum, dass seine Knie die seiner Besucher fast berührten.

»Kaffee oder Bier?«, fragte der Reporter.

»Wasser«, antwortete Kuno.

»Hab ich nicht. Nur Leitungswasser.«

»Aus alten, bleihaltigen Rohren?«, fragte Kuno und rümpfte die Nase.

»Cola geht auch«, stieg Arne in die Getränkebestellung ein.

Friedrich ging in die Küche und kehrte mit einer Literflasche Cola zurück. Es zischte, als er den Schraubverschluss öffnete, und das aufschäumende Getränk lief den Flaschenhals hinunter. Er wischte seine Hand am Hosenbein ab, nahm drei Gläser von einem Regal neben dem Schreibtisch und schenkte sie voll.

»Was gibt's?«, fragte er dann erwartungsvoll.

»Mit deinem Artikel von heute Morgen hast du richtig tief in die Kloschüssel gegriffen«, fing Arne an.

»Och …« Friedrich tat, als verstünde er nicht, worum es ging.

»Du hast Insiderwissen«, erklärte Kuno. »Damit wendet man sich an die Polizei, statt es völlig unbedacht in der Öffentlichkeit zu verbreiten.«

»Och …«, wiederholte der sonst so wortgewandte Friedrich. Er trank ein paar Schlucke, stellte das Glas auf dem Schreibtisch ab und schniefte. Seine rechte Hand bewegte sich ratlos hin und her, als suchte er in der Luft nach den Worten, die sich in seinem Kopf gerade nicht finden ließen. »Ich dachte, ich bring mal ein paar Hintergrundinformationen raus. Die Kripo, ich meine: die Polizei ganz allgemein … Ich will euch beiden ja nicht ans Bein pinkeln, aber von der Polizei selbst kam ja bisher nichts. Die Leute wollen doch mal wissen, warum hier eine Bombe hochgegangen ist. Das verschreckt schließlich auch unsere Urlauber.«

Kuno setzte sich aufrecht hin und starrte Friedrich direkt in die Augen. »Du hast einen Verdacht gegen eine konkrete Person öffentlich gemacht, und so ziemlich jeder in unserer Region kann sich an den Fingern einer Hand ausrechnen, um wen es sich handelt. Ist dir gar nicht bewusst, was du damit anrichten kannst?«

Friedrich schwieg sich dazu aus.

»Hast du den Verdacht auf Ebbe Drews gelenkt, weil du konkrete Informationen darüber hast, dass er der Täter ist?«, hakte

Kuno nach. »Wenn ja, spuck sie aus. Jetzt sofort. Andernfalls müssen wir davon ausgehen, dass du selbst in der Sache drinsteckst und der Artikel dazu dienen sollte, von dir abzulenken.«

Friedrich sprang auf, stellte sich neben seinen Stuhl, um den größtmöglichen Abstand zu den Kommissaren herzustellen, und hob abwehrend die Hände. »Nee, also, diese Nummer hat dein Kollege schon am Dienstagabend im Seeräuber versucht. Aber mir könnt ihr das nicht anhängen. Ich hab mit der Sache nichts zu tun!«

Friedrich lehnte sich zwar gerne mal weit aus dem Fenster, aber er wusste selbst, wie schnell er die Nerven verlor, wenn er in die Defensive geriet. So wie jetzt gerade. Das ließ ihn unsicher werden. Ohne hinzusehen, suchte er nach dem Cola-Glas, das schräg hinter ihm auf dem Schreibtisch stand. Seine Hand zitterte, als er das Getränk zum Mund führte. Er sog die Coke in großen glucksenden Schlucken in sich hinein.

Kuno stand auf und stellte sich dicht vor Friedrich. Der versuchte zurückzuweichen, was aufgrund der Enge im Raum nicht gelingen konnte. Er landete mit dem Hosenboden auf der Schreibtischplatte und warf dabei ein uraltes Fläschchen Tipp-Ex mit verblichenem Etikett um, das neben dem Bildschirm gestanden hatte. Das Fläschchen rollte zu Boden. Arne hob es auf und hielt es Friedrich hin.

»Delete-Taste kaputt?«, fragte er.

Kuno schüttelte mal wieder den Kopf. »Arne!« Dann sah er auf den Reporter hinab. Friedrich griff nach einer Zigarettenpackung.

»Nikotinfreie Zone«, belehrte der Kommissar ihn und nahm ihm das halb leere, zerbeulte Päckchen aus der Hand. »Das hier ist zwar keine offizielle Vernehmung, aber auch keine Party. Konzentrier dich bitte auf unsere Fragen.«

»Ich hab mit dem Attentat nichts zu tun!«, schrie Friedrich, der beim Blick in Kunos Augen langsam die Nerven verlor. »Ich bin doch kein Mörder! Warum sollte ich Jasper denn umbringen wollen?«

»Ein Motiv wüsste ich schon«, meinte Arne, der sich seinem Gesichtsausdruck nach köstlich zu amüsieren schien. »Was hast du mir kürzlich von den Frauen erzählt, die er dir vor der Nase weggeschnappt hat? Zuletzt eine, die deine allerletzte große Karrierechance hätte werden können?«

»Aber deshalb bringe ich den Mann doch nicht um!«

Die Kommissare schwiegen. Friedrich fühlte sich in die Enge getrieben. Er spürte einen Druck, der ihm die Luft zu nehmen drohte. Die Augen auf Kuno gerichtet, als wolle er eine giftige Schlange hypnotisieren, lehnte er sich weit zurück und öffnete das kleine Rundbogenfenster in der Gaube hinter dem Schreibtisch.

»Entweder du spuckst jetzt aus, was du weißt«, sagte Kuno, »oder du packst deine Zahnbürste ein und ich führe dich dem Haftrichter vor.«

Diese Worte wirkten. Fliegenfischer ergab sich. »Mir wird die Sache zu heiß. Mit den Attentaten hab ich nichts zu tun. Wirklich nicht. Aber ich glaube, ich bin durch einen blöden Zufall in eine Sache hineingeraten, die damit zusammenhängt. Ich wollte das nicht! Ehrlich nicht!«, versicherte er und schien ernsthaft verzweifelt.

»Dann rede jetzt mit uns«, forderte Kuno den Journalisten in väterlichem Ton auf. »Du steckst ziemlich tief drin, ob du es wahrhaben willst oder nicht. Dieses Gespräch ist deine einzige Chance, ein paar Pluspunkte zu sammeln, die dir vor Gericht nützen können.«

»Ihr müsst in der Strandrose suchen«, sagte Friedrich kleinlaut. »Da wohnt seit ein paar Tagen ein Typ, halb Russe, halb Deutscher. Er nennt sich Boris. Das ist aber nicht sein richtiger Name. Wie er wirklich heißt, weiß ich nicht. Er ist ein Kumpel von Harry Küng. Der kennt ihn von früher.«

»Von früher?«, fragte Arne.

»Ja, von früher. Harry hat schon in der ganzen Welt gearbeitet. Er war in Italien, in Rom und Palermo. In Bangkok, Kapstadt und Chicago. Zuletzt in Russland. In Moskau hat er Boris kennengelernt. Boris lebt heute in Hamburg. Es heißt, er sei eine Kiezgröße. Er hat immer noch beste Beziehungen nach Moskau. Macht Geschäfte mit Frauen, Drogen, Waffen – was gerade so ansteht.«

»Und was hat Boris mit Jasper zu tun?«

»Viel mehr kann ich euch nicht erzählen. Nur, dass Harry diesen Boris geholt hat, damit der hier einen Auftrag für einen von Harrys Freunden erledigt, der auf dem Festland lebt.« Friedrich sah Kuno mit großen Augen an. »Um irgendwelche geheimnisvollen Handelsgeschäfte sollte es da gehen. So hat Harry mir das verkauft. Aber ich glaube, er hat mich reingelegt. In Wirklichkeit ging es um ganz was anderes. Ich hab aber nie weiter nachgefragt.«

»Dabei bist du doch sonst so neugierig«, sagte Kuno.

»Jetzt mal der Reihe nach«, sagte Arne. »Wie bist du selbst an Harry Küng geraten? Ihr versteht euch ja ganz gut, glaube ich.«

»Ich hab ihn kennengelernt, kurz nachdem er nach Amrum gekommen ist und die Strandrose übernommen hat. Er hat mich angerufen und gefragt, ob ich mal ein Interview mit ihm für die Inselzeitung machen kann. Ich bin zu ihm ins Hotel gefahren und wir haben uns auf Anhieb gut verstanden. Er hat mich danach öfter in sein Restaurant eingeladen und wir haben uns angefreundet. Ich hab ab und zu über das Hotel geschrieben und die Artikel in den Reiseteilen größerer Zeitungen platziert. Harry hat sich im Gegenzug immer großzügig gezeigt.«

»Was heißt das?«, wollte Arne wissen. »Hat er dir Geld dafür gezahlt, dass du über ihn und das Hotel schreibst?«

»Ja, er hat mir so eine Art Erfolgsprämie gezahlt, die nicht viel niedriger war als das Honorar, das ich von den Zeitungen bekomme. Als Anreiz dafür, dass ich weiter über das Hotel schreibe. Die Übernachtungszahlen sind durch meine Berichte ganz ordentlich gestiegen.« Friedrich grinste stolz.

»Und was habt ihr drei – Harry Küng, dieser Boris und du – miteinander zu tun?«

Friedrich druckste herum. »Harry wusste, dass ich ab und zu aufs Festland fahre, um für Reportagen zu recherchieren. Eines Tages hat er mich gefragt, ob ich demnächst mal wieder rüberfahre. Er hätte eine kleine Bitte, einen Auftrag, und er würde mich natürlich auch dafür bezahlen. Gut bezahlen. Besser als für die Artikel.«

»Worin bestand der Auftrag?«, fragte Kuno, der nun die Befragung übernahm.

»Ich sollte einen Briefumschlag aus einem Bahnhofsschließfach in Leck holen. Der Schlüssel war in einer Kneipe hinterlegt. Ich sollte dem Wirt ein Codewort nennen, dann würde er ihn mir aushändigen. Hat auch funktioniert. Dann hab ich den Umschlag geholt und Harry gebracht.«

»Wer hat den Umschlag im Schließfach hinterlegt?«

»Weiß ich nicht. Wirklich keine Ahnung.«

»Was war in dem Umschlag?«

»Der Inhalt war für Boris bestimmt.«

»Der Inhalt war für Boris bestimmt. Ich fass es nicht!« Kuno kniff die Augen zusammen und blinzelte Friedrich an. »Was war drin? Ein Märchenbuch vielleicht?«

»Es war Geld drin«, gestand der Reporter.

»Geld für Boris.«

Friedrich nickte.

»Und du hast einen Teil davon abbekommen.«

»Ja.«

»Wie viel?«

»Fünf Prozent.«

»Wie viel hat Küng bekommen?«

»Weiß ich nicht.«

»Wie viel?«

»Ich glaube, zehn Prozent.«

»Und wie war das beim zweiten Anschlag? Hast du wieder den Geldboten gespielt?«

Friedrich blickte betreten zu Boden und deutete ein Nicken an.

»Okay. Wohnt Boris noch in der Strandrose?«

»Heute Morgen war er noch da«, sagte Friedrich. »Er sitzt den ganzen Tag im Hotel. Entweder in seinem Zimmer oder im Restaurant.«

»Woran erkennen wir diesen Boris? Wie sieht er aus?«, fragte Arne.

Friedrich überlegte kurz. »Er sieht aus wie tausend andere, die hier herumlaufen. Mittelgroß, kräftig. Jeans, Sweatshirt oder Pulli, immer dunkelblau. Anfang, Mitte fünfzig. Grau melierte Haare. Einen Vollbart hat er, Ringellöckchen, ungefähr zwei, drei Zentimeter lang.«

Kuno und Arne verständigten sich mit einem Blick. »Bevor du auf die Idee kommst, deinen Freund Harry zu warnen und der wiederum Boris informiert, setzen wir dich jetzt bei unseren Kollegen auf dem Polizeirevier ab. Da kannst du deine Aussage zu Protokoll geben. Wir überraschen in der Zeit den werten Herrn Hoteldirektor mit einem kleinen Besuch.«

* * *

Arne übersah geflissentlich das Verkehrsschild am Ortseingang von Wittdün, das ihm den Beginn der 30-Kilometer-Zone anzeigte. Da Kuno neben ihm auf dem Beifahrersitz seinen flotten Fahrstil auch hundert Meter nach dem Passieren des

Geschwindigkeitszeichens noch nicht kommentiert hatte, sah er keinen Anlass, vom Gaspedal herunterzugehen. Sein Chef hatte es offensichtlich genauso eilig wie er selbst.

Der Streifenwagen, den sie zur Verstärkung hinzugerufen hatten, blieb dicht hinter ihnen. Auch die uniformierten Kollegen sahen anscheinend in diesem Fall großzügig über das Tempolimit hinweg, und das, obwohl weder Blaulicht noch Martinshorn eingeschaltet war. Die Befürchtung war zu groß, dass sich die Information über die herannahende Polizei schneller herumsprach, als die Beamten ihr Ziel erreichen konnten.

Es war später Mittag. Die Straßen waren menschenleer und bis zum Ende der langen Hauptstraße war kein fahrendes Auto zu sehen. Wie nach Drehbuch, dachte Arne. High Noon vor der Nordseeküste. Der Kommissar fuhr an den Wagen vorbei, die am Straßenrand parkten, überholte den einzigen Radfahrer weit und breit und bog mit solchem Schwung in die Querstraße ein, die zur Strandrose führte, dass der Wagen sich bedenklich zur Seite neigte. Im Rückspiegel sah er, dass auch der Streifenwagen kurz schlingerte.

In immer noch schnittigem Tempo lenkte er den Wagen auf den Hotelparkplatz. Beinahe hätte er einen kleinen Pudel mit weißem Fell und rosa Haarspange überfahren, der an langer Leine aus der Eingangstür sprang. Im letzten Moment zog die Besitzerin das Tier zurück, hob es auf den Arm und warf Arne mit gespitzten Lippen einen empörten Blick zu.

Die Kollegen aus dem Streifenwagen bauten sich vor dem Hoteleingang auf. Mit angespannten Gesichtern, ohne ein Wort zu sagen, behielten sie die Umgebung im Blick.

In einem Schritt nahmen Kuno und Arne die drei Stufen zum Foyer. Die junge Rezeptionistin zeigte ihr eingeübtes Empfangsdamengesicht. Die Kripobeamten ließen sich davon nicht beeindrucken. Als sie in den Flur stürmten, der zu den

Büroräumen führte, hörten sie das Mädchen fragen: »Die Herren wünschen?«

Arne lief vorweg, auf das Büro des Hoteldirektors zu. Kuno folgte ihm so dicht, dass er ihm zweimal in die Hacken trat und beide ins Stolpern gerieten. Vor der geschlossenen Tür des Büros von Harry Küng prallte Kuno auf Arne, der heftig stöhnte und sich mit einer Hand die Rippen hielt, während er mit der anderen die Klinke hinunterdrückte und die Tür aufstieß. Bevor Küng begriff, was geschah, hatten die Kommissare sich breitbeinig vor seinem Schreibtisch aufgebaut. Der Direktor sah sie an, als befürchtete er, dass gleich die Colts gezogen würden. Ergeben hob er die Hände.

»Von wegen Probleme mit der Technik!«, maulte Arne Küng an. »Das war eine saubere Arbeit, die Sie da abgeliefert haben. Kompliment! Mit Ihrem Talent hätten Sie als Cutter zum Film gehen sollen. Nur schade, dass wir durch Ihre Manipulation nicht in den Genuss gelangen, Ihren Freund Boris in Aktion zu sehen.«

»Äh, die Herren? Ich verstehe nicht …«

Kuno trat einen Schritt vor. Am liebsten hätte er den Mann an seinem feinen Anzugkragen aus dem ledernen Bürostuhl gehievt, ihn gegen die Wand gedrückt und die Stunden, die auf der Videoaufzeichnung fehlten, aus ihm herausgeschüttelt. Es kostete ihn viel Mühe, souverän zu bleiben. »Jetzt verraten Sie uns doch bitte: Wo befindet sich Ihr Freund Boris?«

»Ich kenne keinen Boris.« Harry Küngs Gesicht fing an zu glänzen. Auf seiner Oberlippe bildeten sich feine Schweißperlen. Er zog ein Taschentuch aus seinem Jackett und tupfte sich das Gesicht ab. »Es ist noch sommerlich warm in unseren Räumlichkeiten.«

Kuno beugte sich zu Küng vor. »Ich finde es angenehm kühl hier drinnen. Aber an Ihrer Stelle käme ich jetzt auch mächtig ins Schwitzen. Wenn wir dem Besitzer des Hotels erzählen, welche Kiezgrößen Sie zu Ihren Freunden zählen und in diesem Haus beherbergen, dürfte Ihre glänzende Karriere auf unserer Insel bald beendet sein.«

Auf Arnes Stirn zeigte sich eine steile Falte. »Wem gehört dieses Hotel eigentlich?«, fragte er. Er sah erst Harry Küng an, dann Kuno, der mit den Achseln zuckte.

Küng wandte sich ab, rollte seinen Bürostuhl zurück und schien etwas zu suchen. Er zog eine Schublade auf und schob sie wieder zu, dann eine weitere, schüttelte den Kopf, legte die Hand an den Mund und gab sich ratlos.

Arne wurde ungeduldig. »Haben Sie meine Frage gehört?«

»Ja. Ach, bitte entschuldigen Sie meine Unhöflichkeit, darf ich Ihnen einen Kaffee anbieten?«

»Danke. Die Antwort auf meine Frage reicht fürs Erste.«

»Wem das Hotel gehört? Äh, den Eriksons.«

»Den Eriksons?«, vergewisserte Kuno sich.

»Den Eriksons.«

»Der gesamten Familie Erikson?«

»N-nicht ganz. Jörn, es gehört Jörn Erikson. Sein Großvater hat es ihm vermacht. Sie wissen ja, wie wohlhabend die Familie ist. Die Großeltern haben vor Jahren einige ihrer Immobilien auf die Nachkommen überschrieben.«

»Jörn Erikson hat Sie also eingestellt?«, fragte Kuno.

»Sozusagen, ja.«

»Sozusagen oder ja?«

»Ja.«

»Dann kennen Sie ihn sozusagen höchstpersönlich?«

»Ja.« Küng nickte irritiert.

»Stehen Sie in ständigem Kontakt mit ihm?«

»Ich stehe … Ich stand … Also, wenn sich etwas ergibt, was ich nicht allein entscheiden kann, dann rufe ich ihn an.«

»Was wäre das zum Beispiel?«, hakte Kuno nach. »Ich meine, Jörn ist im Gegensatz zu Ihnen kein Hotelier. Er besitzt eine

Kfz-Werkstatt, wie Ihnen bekannt sein dürfte. Was gibt es mit ihm zu besprechen, was Sie als Hotelfachmann nicht besser entscheiden könnten als er?«

»Puhhh, tja. Also, da gibt es tatsächlich nicht viele Dinge. Ab und zu reden wir mal miteinander darüber, wie das Hotel sich so entwickelt.«

»Wann hatten Sie zum letzten Mal Kontakt mit Jörn Erikson?«

»Das kann ich jetzt wirklich nicht sagen. Ich rede tagtäglich mit so vielen Leuten …«

Mit einem Mal schallten durch das geöffnete Fenster Rufe von draußen herein: »Boris? – Boris! Stehen bleiben oder wir schießen!«

Küng sackte sichtlich in sich zusammen.

Die Kommissare schwangen sich über die Fensterbank ins Freie und rannten an der Hausseite entlang über den Rasen. Noch bevor sie den Vorplatz des Hotels erreichten, hörten sie, wie der eine ihrer Kollegen, die vor dem Eingang gewacht hatten, einen Warnschuss abgab. Kurz darauf hallte ein metallenes Scheppern durch die Straße, eine Frau schrie auf, und eine Männerstimme fluchte in einer fremden Sprache.

Mit gezückten Pistolen liefen die Beamten auf einen Mann um die fünfzig mit gelocktem, grau meliertem Bart zu, der mit schmerzverzerrtem Gesicht auf der Straße lag und sich das linke Bein hielt.

Der eine der beiden uniformierten Polizisten rief einen Krankenwagen, während der andere Kuno und Arne aufklärte: Der Mann, dessen Aussehen auf die Beschreibung des geheimnisvollen Boris passte, war mitsamt seiner Reisetasche einige Meter von den Polizisten entfernt über das Grundstück spaziert. Er musste das Hotel durch eine Terrassentür verlassen haben oder aus einem Fenster im ersten Stock gesprungen sein. Aufgefallen war er außer durch sein Aussehen vor allem durch das Bemühen, sich im Schutz der Rhododendren, die vereinzelt im Garten standen, vom Grundstück des Hotels zu schleichen. Als die Beamten seinen Namen riefen, hatte er die Tasche fallen lassen, war losgerannt und hatte eine Radfahrerin umgerannt, die in dem Moment aus der Querstraße gekommen war.

Der andere Polizist versuchte mittlerweile vergeblich, sich mit Boris zu verständigen. Ein kreidebleicher Harry Küng trat aus dem Haus. »Der spricht nur russisch«, rief er so laut, dass Boris es hören und ihm spätestens jetzt klar sein musste, nichts als Russisch verstehen zu dürfen. »Was ist denn passiert?«, fragte Küng die Beamten und setzte eine gründlich misslungene Unschuldsmiene auf.

»Das wissen Sie besser als wir«, sagte Kuno. »Wir nehmen Sie jetzt mit aufs Polizeirevier. Da dürfen Sie uns die ganze Geschichte erzählen.«

* * *

All das, was Friedrich Fliegenfischer den Kommissaren vorhin in seiner Dichterstube gestanden hatte, hatte er den Beamten auf der Polizeiwache in der letzten Stunde fein säuberlich in den Computer diktiert. Nachdem er das ausgedruckte Protokoll unterschrieben hatte, wurde er unter Auflagen nach Hause entlassen. Er war gerade erst gegangen, als Kuno und Arne mit dem Hoteldirektor in ihrer Mitte eintrafen.

Harry Küng blieb stur. Entweder war er wirklich so unbeteiligt, wie er sich gab, oder er hatte deutlich bessere Nerven als Friedrich Fliegenfischer. Unerschütterlich berief er sich darauf, nicht zu wissen, wovon die Rede war. »Eltern haften für ihre Kinder, aber Hoteldirektoren haften nicht für ihre Gäste«, belehrte er die Kommissare. Er habe sich während seiner Zeit in Moskau ein wenig mit Igor angefreundet, dem Mann, den sie aus ihm unerklärlichen Gründen Boris nannten. Vor Kurzem habe er ihn nach Amrum eingeladen, damit er Deutschland von seiner schönsten Seite kennenlernen konnte. Schließlich sei Amrum ein Geheimtipp, der den Moskauer Reisebüros leider gänzlich unbekannt sei. Was Igor hier treibe, außer sich zu erholen, sei aber ganz allein dessen Sache.

Kuno und Arne mussten schwer an sich halten, als Küng ihnen diese Geschichte auftischte.

»Sie wissen aber, dass Ihr Freund Igor-Boris in Hamburg lebt«, merkte Kuno an. »Das wurde uns heute aus zuverlässiger Quelle zugetragen.«

Küng gab sich verwundert. »In Hamburg? Ich sagte doch, ich kenne ihn aus meiner Moskauer Zeit, und er hat sich mit einer Moskauer Adresse bei uns angemeldet. Ich kommuniziere gewöhnlich per Mail mit ihm. Woher soll ich wissen, dass er seinen Wohnsitz verlegt hat? Wenn das überhaupt der Wahrheit entspricht. Vielleicht wollen Sie mir nur eine Falle stellen.« Küng zupfte an seinen Manschetten und blickte nervös von einem Kommissar zum anderen. »So, und ohne meinen Anwalt sage ich jetzt gar nichts mehr. Ich lasse mir doch von Ihnen nichts unterjubeln.«

Kuno sprang auf, und Arne befürchtete schon, dass er sich auf Küng stürzen würde. »Wir kriegen Sie noch dran, verlassen Sie sich drauf!«, fuhr der Hauptkommissar den Hoteldirektor an. Wie eine Waffe zielte sein Zeigefinger auf den Mann, der auf seinem Stuhl unwillkürlich ein paar Zentimeter tiefer rutschte.

Da immer noch die entscheidenden Beweise fehlten, mussten die Kommissare auch Küng zähneknirschend wieder auf freien Fuß setzen. Genau wie Fliegenfischer erhielt der Hotelmanager die Auflage, die Insel nicht ohne Erlaubnis der Polizei zu verlassen.

Kuno veranlasste, dass die Telefone und Mailkonten der beiden Verdächtigen überwacht wurden. Auf die Naivität von

Küng und Fliegenfischer durfte er allerdings nicht vertrauen. Die Herren würden eins und eins zusammenzählen und diese Kommunikationswege nur noch mit Bedacht nutzen.

Der Mann, der sich Boris nannte, tatsächlich aber Igor hieß und nicht in Moskau, sondern in Hamburg lebte, wie seine Ausweispapiere verrieten, wurde mit dem Rettungshubschrauber ins nächstgelegene Krankenhaus nach Föhr geflogen, wo sein verletztes Knie operiert werden musste. Kuno ordnete die Verhaftung wegen dringenden Verdachts der Mittäterschaft bei zwei Mordanschlägen an.

»Dieser Igor-Boris dürfte also das ausführende Organ gewesen sein, Harry Küng der Kontaktvermittler und Friedrich Fliegenfischer der naive Wasserträger«, resümierte Arne, als er und Kuno wieder unter sich waren. »Aber wer ist nun der Auftraggeber? Ist es wirklich Ebbe Drews, oder steckt Jörn Erikson dahinter?«

Kuno kratzte sich am Kinn. »Ebbe Drews hat ein astreines Motiv, aber wir wissen nicht, ob er mit Boris in Kontakt steht. Jörn dagegen hat eine nachweisbare geschäftliche Verbindung zu Harry Küng. Über ihn könnte er den Russen kennengelernt haben, was wir allerdings auch erst beweisen müssten. Doch was für einen Grund sollte der Junge haben? Er spricht seit Jahren kaum noch mit seinem Vater. Kann Funkstille eine Explosion hervorrufen?«

»Eher nicht. Es sei denn, Jörn hat eine alte Rechnung mit Jasper offen, die er aus irgendwelchen Gründen jetzt begleichen will.«

»Das ist natürlich nicht ganz auszuschließen. Aber du hast gesehen, wie viel Angst Jasper seit dem zweiten Anschlag hat. Wenn er jetzt richtig Zoff mit Jörn hätte, so heftig, dass es für ihn lebensgefährlich werden könnte, hätte er uns etwas davon erzählt.«

»Also tippst du auf Ebbe Drews.«

Kuno hob ratlos die Hände. »Einer muss es ja gewesen sein«, seufzte er. »Ich bete Tag und Nacht, dass wir den Auftraggeber finden, bevor er sich einen anderen Killer sucht, der zu Ende bringt, was Boris nicht geschafft hat. Die Auswertung der Daten auf Ebbe Drews' Computern wird uns hoffentlich ein Stück weiterbringen. Vor allem die Internetprotokolle: Welche Websites hat er in den letzten Wochen aufgerufen? Wonach hat er gegoogelt? Hat er sich in einschlägigen Foren über Handybomben oder Sprengstoff informiert? Hat er vielleicht sogar Kontakt zu einem Killer gesucht? All diese Dinge. Ich habe den IT-Leuten gesagt, sie sollen auf die Tube drücken, und hoffe, wir bekommen morgen früh die ersten Informationen. Wir lassen auch die Telefonprotokolle von Ebbe Drews und Jörn Erikson auswerten. Würde mich zwar wundern, wenn die uns irgendeinen brauchbaren Hinweis liefern, aber die Hoffnung stirbt bekanntlich zuletzt.«

»Klar«, bestätigte Arne. »Und du weißt ja: Jeder Täter macht irgendwann einen Fehler, mit dem er sich verrät.«

»Und wenn es nur der ist, einem Polizisten gegenüber auf seinen Decknamen zu reagieren«, sagte Kuno und schmunzelte.

4

Am Nachmittag, als Yannick, Mimi und Mia sich am Strand von Wittdün vergnügten, hatte Bele endlich den ersehnten Anruf von Jasper erhalten. Sie hatte erwartet, ihn bald treffen zu können. Das Telefonat war jedoch völlig anders verlaufen als erhofft. Mit wenigen Worten hatte Jasper ihr von dem zweiten Anschlag berichtet. Sie war völlig geschockt und wollte genau wissen, was vorgefallen war, wie es Jasper ging und ob er verletzt war. Verzweifelt hatte sie ihn gefragt, ob er sich denn wirklich nicht erklären könne, wer es auf ihn abgesehen habe. Doch Jasper war unzugänglich gewesen wie die Grabkammer eines ägyptischen Pharaos.

Unruhig ging Bele im Garten auf und ab, wo Ilka unter der Kastanie auf einer Liege einen Mittagsschlaf hielt. Sie erklärte sich Jaspers Verhalten mit dem Schock, unter dem er stand, fand aber keinen Trost darin. Es war nicht mehr zu leugnen, dass er ihr aus dem Weg ging. Ilkas Warnungen der letzten Tage hallten immer lauter in ihr nach, und sie fragte sich nun selbst: War das noch der Jasper, mit dem sie ihr Leben verbringen wollte, oder sollte ihr Traum sich tatsächlich in einen Albtraum verwandeln? Gedankenverloren blieb sie vor den Rosenstauden stehen. Beim Versuch, verwelkte Blätter abzupflücken, stach sie sich an den Dornen. Hastig zog sie die Hand zurück und leckte den Blutstropfen ab, der aus ihrem Finger quoll.

Als Ilka wieder erwachte und von der Schreckensnachricht erfuhr, erklärte sie sich bereit, den Küchendienst zu übernehmen, um Bele zu entlasten. Vorausschauend sorgte sie dafür, dass sie und ihre Freundin an diesem Abend alleine waren. Yannick, Mimi und Mia musste sie nicht lange überreden, den Abend auf einer Strandparty zu verbringen – vor Mitternacht würden die drei nicht zurückkehren.

»Hoffentlich finden sie den Attentäter bald«, meinte Bele, als Ilka sich nach dem Essen mit zwei Gläsern und einer Flasche Weißwein zu ihr setzte. »Solange sie den nicht haben, wird Jasper sich nicht mehr frei bewegen können.«

»Weißt du, manchmal denke ich, das ist alles nur ein großer Irrtum«, überlegte Ilka. »Sonst hätte Jasper doch nicht gleich zwei Attentate überlebt. Möglicherweise will ihm nur jemand einen Schrecken einjagen. Könnte es sein, dass er mit irgendwelchen Inselbewohnern im Streit liegt, von denen du nichts weißt?«

Bele schüttelte ratlos den Kopf. »Jasper kann ein ziemlich harter Brocken sein. Ich kann mir vorstellen, dass er bei manch einem aneckt. Aber es geht mir einfach nicht in den Kopf, dass jemand ihn wirklich umbringen will.«

»Wie steht es denn mit Jaspers Frau? Die weiß doch sicher von eurer Beziehung? Will sie ihm möglicherweise einen Schuss vor den Bug verpassen?«

»Göntje!«, schnaubte Bele. »Ich glaube nicht, dass sie überhaupt noch die Beziehungen zählt, die ihr Mann im Laufe der Jahre hatte. Jasper war ja in früheren Jahren kein Kostverächter.«

Was ist er denn heute?, hätte Ilka fast gefragt. War Bele wirklich so naiv? Wut stieg in ihr auf. Was richtete Jasper nicht alles an mit seiner unstillbaren Gier nach Frauen! Wenn er nur nicht eines Tages auch Bele wehtun würde! Ilka schluckte ihre Gedanken hinunter; Bele hatte genug Sorgen, sie wollte sie jetzt nicht auch noch mit diesen Befürchtungen belasten. »Wenn Göntje aber merkt, dass es diesmal ernster ist?«, fuhr sie fort. »Was verliert die Frau nicht alles, wenn sie Jasper verliert!«

»Und ich?«, brauste Bele auf. »Wer fragt danach, wie viel Lebensfreude mir in all den Jahren mit Ebbe entgangen ist?«

»Du hast mich falsch verstanden, Bele. Ich mache dir keinen Vorwurf. Aber es könnte doch sein, dass Göntje Erikson nicht zusehen will, wie ihr Mann sie verlässt, um am anderen Ende der Insel mit einer anderen Frau zusammenzuleben.«

»Hm, du meinst, sie wäre womöglich lieber Witwe als geschieden?«

»So ungefähr. Aber vielleicht habe ich nur zu viele Krimis gelesen und denke zu düster. Vielleicht wurden die Attentate von jemandem verübt, auf den niemand kommt, nicht einmal Jasper selbst. Überlassen wir das Grübeln lieber der Polizei.« Ilka griff nach ihrem Weinglas und nippte daran.

Eine Weile lauschten die beiden Frauen schweigend der Musik. Beles Züge entspannten sich, und ihre Augen hellten sich auf. »Lass uns doch Pläne für morgen machen. Mimi und Mia würden sich wahnsinnig gern die Orte auf Amrum ansehen. Du weißt ja, wie Mädchen in dem Alter sind. Die interessieren sich mehr für die Geschäfte als für die Natur. Magst du mit ihnen eine Shoppingtour unternehmen? Ich leihe dir mein Auto. Falls ihr tatsächlich etwas in den paar Modeläden findet, die es auf der Insel gibt, habt ihr es bequemer, wenn ihr mit dem Wagen unterwegs seid statt mit dem Fahrrad.«

»Das ist eine gute Idee! Vielleicht finde ich ja auch etwas Hübsches für mich. Zu Hause habe ich selten die Zeit, in Ruhe einkaufen zu gehen.«

»Prima. Ich werde den Vormittag mit Yannick verbringen. Mein angehender Naturschützer und Abenteurer will unbedingt um die Odde wandern. Danach bleibe ich dann gleich in Norddorf. Ich habe nämlich Termine mit einigen

Restaurantbesitzern im Ort, die sich in Zukunft von mir mit Biogemüse beliefern lassen wollen. Und am späteren Nachmittag treffe ich mich mit Gerco beim Notar, um den Pachtvertrag zu unterschreiben. Yannick wird den Weg zurück nach Wittdün dann auch alleine finden.«

»Dann wünsche ich dir, dass Jasper dir und deinem Sohn morgen nicht durch einen dummen Zufall über den Weg läuft, wenn ihr euch in seinem Revier im Norden der Insel herumtreibt.«

»Keine Angst. Jasper hat polizeiliche Order, sein Haus nicht zu verlassen.«

»Lässt der Mann sich etwas befehlen?«, fragte Ilka erstaunt.

FREITAG

1

Kuno, der früher aufgestanden war als üblich, stand in der Teeküche gegenüber seinem Büro und goss sich einen grünen Muntermachertee auf, als das Telefon schrillte. Noch anderthalb Minuten ziehen lassen, prägte er sich ein, als er den Hörer abnahm und sich meldete. Er behielt den Sekundenzeiger der Wanduhr im Blick, während er dem Kollegen von der Kripo in Leck zuhörte. Was der zu berichten hatte, ließ ihn seinen Tee augenblicklich vergessen.

Auf dem privaten PC von Ebbe Drews hatten die Computerspezialisten der KTU Fotos gefunden. Sie waren von einer auf Amrum installierten Webcam aufgenommen worden. Die Kamera war auf die Obere Wandelbahn gerichtet, den Fußweg, der oberhalb der Dünen an der Seeseite von Wittdün entlangführte. Über einen Zeitraum von mehreren Minuten hatte sie eine Reihe von Fotos übertragen, die eine Frau in Begleitung eines Mannes zeigten.

Bei der mittelgroßen Frau handelte es sich zweifelsfrei um Bele Drews-Dierksen. Sie trug ein hellgrünes bedrucktes Sweatshirt. Vergrößerte man die Aufnahmen, wurde die über zwei Zeilen laufende Aufschrift *Beles Gärtnerei* erkennbar. Darunter war die stilisierte Sonnenblume mit dem leicht gebogenen Stiel aufgebracht, die Bele einst als Logo für ihr Unternehmen hatte entwerfen lassen. Der auffällig hochgewachsene Mann mit dem strohblonden Bürstenschnitt trug ebenfalls ein Sweatshirt, ein senfgelbes, verziert mit einem grünen Surfbrett und einem weißen Segel – unverkennbar die Farben von Jasper Eriksons Surfschule.

Die Fotos waren an einem Abend aufgenommen worden, als die Promenade einsam dalag und Bele und Jasper sich offenbar unbeobachtet fühlten. Auf einigen Fotos hielten die beiden sich an den Händen, auf anderen hatte er den Arm um ihre Schulter gelegt. Auf einem weiteren Bild hatte Jasper sich zu Bele hinabgebeugt und gab ihr einen Kuss.

»Die Webcam hat die beiden in flagranti erwischt, wenn ich das mal so ausdrücken darf«, meinte Kunos Kollege im Kommissariat in Leck. »Die Bilder der Webcam hat Herr Drews zuerst auf seinem heimischen PC gespeichert. Später hat er sie in ein Verzeichnis mit privaten Dateien auf seinem Computer im Finanzamt kopiert. Es scheint so, als wollte er immer Zugriff darauf haben. Hat vermutlich masochistische Züge, der Ärmste.«

Kuno konnte über diese witzig gemeinte Bemerkung nicht lachen; die Situation spitzte sich viel zu sehr zu. »Ich muss so schnell wie möglich mit Ebbe Drews sprechen«, informierte er seinen Kripokollegen. »Sie sollten dabei sein. Ich fahre sofort los; die nächste Fähre dürfte ich gerade noch erwischen. Gegen halb zwölf bin ich im Finanzamt Leck. Treffen wir uns am Eingang?«

»Ja, ich warte dort auf Sie.«

Kuno verspürte tausend Ameisen in der Magengegend, als er zum Hafen nach Wittdün fuhr. Ein Gefühl, das sich immer in ihm breitmachte, wenn ihn eine düstere Vorahnung überkam.

* * *

Mimi und Mia schliefen noch und Yannick war im Badezimmer, als Bele und Ilka sich in der Wohnküche zum Frühstück trafen.

»Für deine Kinder war es eine kurze Nacht«, meinte Ilka. »Die Mädchen sollen ruhig ausschlafen. Wenn sie gefrühstückt haben, beginnen wir unsere Shoppingtour in Wittdün, danach fahren wir nach Nebel und anschließend nach Norddorf. Ich lade die beiden zum Kaffee und zum Abendessen ein. Um unsere Verpflegung brauchst du dich also heute nicht zu kümmern.«

»Danke, Ilka, lieb von dir! Wie ich Yannick kenne, wird er sich heute Abend eine Thunfischpizza in den Ofen schieben, und für unterwegs haben wir Proviant dabei. Ah, da bist du ja schon!«

Yannick kam im Sportdress, den Rucksack in der Hand, die Treppe herunter, setzte sich an den Frühstückstisch und langte nach einem Brötchen, während Bele ihm Kaffee einschenkte. Trotz der kurzen Nacht wirkte er ausgeruht und bestens gelaunt. Als Bele ihn nach dem Grund seiner ungewöhnlich guten Stimmung fragte, strahlte er sie an.

»Nette Mädchen gibt es hier.«

Bele und Ilka warfen sich einen vielsagenden Blick zu. Bele konnte sich einen Seitenhieb nicht verkneifen. »Also doch keine so uninteressante und öde Insel?«

»Zumindest nicht, was die Mädels betrifft«, erklärte Yannick, der heute ungeheuer erwachsen wirkte. Er verschlang sein Frühstück und schmierte sich zwei weitere Brötchen, die er zusammen mit einer Flasche Mineralwasser in den Rucksack steckte. »Dann mal los!«

»Okay«, sagte Bele. »Wir fahren zu dem Fahrradparkplatz an der Wattseite hinter dem Deich von Norddorf. Von da aus ist es nicht ganz so weit und nicht so furchtbar anstrengend zu laufen wie an der Seeseite. Außerdem ist der Blick aufs Wattenmeer bezaubernd.«

»Wie du meinst«, sagte Yannick. »Was Amrum betrifft, vertraue ich dir blind.« Er zwinkerte seiner Mutter zu.

Auf dem Radweg bis in Höhe des Leuchtturms hatten sie Gegenwind und mussten kräftig in die Pedale treten. Bele hoffte, dass der Wind im Tagesverlauf nicht drehte. Nach dieser anstrengenden Tour würde es guttun, sich am Abend, nach ihrem Treffen mit Gerco, vom Rückenwind schieben zu lassen.

Gefolgt von Yannick, bog Bele rechts in den Uasterstigh ein. Sie radelten durch das verschlafene Süddorf mit seinen gepflegten Ferienhäusern, an der Amrumer Schule vorbei und durch die Fußgängerzone von Nebel. Am Ende des alten Fischerdorfes bogen sie links in den Meeskwai ein, kurz darauf rechts in den Waasterstigh, der sie über den hügeligen Inselrücken führte. An der höchsten Stelle angekommen, blieb Bele wie immer stehen und ließ sich von der Aussicht in den Bann ziehen. Die Luft war so klar, dass sich weit hinten, zwischen der Amrumer Odde und der Insel Föhr, ein Stück von Sylt deutlich abzeichnete.

»Sieh dir das an«, rief sie Yannick mit leuchtenden Augen zu, »heute ist Drei-Insel-Wetter!« Sie war erstaunt zu sehen, dass auch ihr Sohn, den sonst nur Länder auf anderen Kontinenten reizten, sich vom Anblick dieser Insellandschaft in den Bann ziehen ließ.

Auf dem Weg durch Norddorf mussten sie zu Beles Erleichterung nicht am Haus der Eriksons vorbei. Jasper wohnte im Westen des Ortes, in der Nähe der Dünen.

Vorsichtig ließen sie ihre Räder den schmalen, steilen Ual Saarepswai hinunterrollen. Ein Auto kam ihnen entgegen. Da ein Wagen auf seiner Straßenseite parkte, musste der Fahrer halten und den Radlern Vorfahrt gewähren. Bele sah sich nach Yannick um, der abgebremst hatte, um sich die gepflegten, heimelig in den Hang gebauten Reetdachhäuser anzusehen. Er folgte ihr in einigem Abstand.

Als sie den wartenden Wagen passierte, nahm Bele auf dem Fahrersitz eine junge Frau wahr, die mit todernstem Gesicht darauf wartete, dass die Straße frei wurde und sie ihre Fahrt fortsetzen konnte. »Nun komm, Yannick, gib Gas«, rief sie ihrem Sohn zu, »du hältst den Verkehr auf.«

Auch wenn sie Jasper in seinem Haus wusste, fiel Bele ein Stein vom Herzen, als sie Norddorf hinter sich ließen. Den Fahrradparkplatz, von dem aus sie zur Odde wandern wollten, hatten sie bald erreicht. Nun konnte sie den Weg zum nördlichsten Zipfel Amrums unbeschwert genießen. Jasper würde ihnen hier und heute ganz sicher nicht begegnen.

* * *

Kunos Magengrummeln ließ auf dem gesamten Weg von Nebel nach Leck nicht nach. Selbst das Rührei mit Schinken, das er sich auf der Fähre genehmigte, konnte sein ungutes Gefühl nicht beschwichtigen. Wenn er nicht im Dienst gewesen wäre und noch hätte Auto fahren müssen, hätte er sich zur Beruhigung einen Kräuterschnaps spendiert. So musste er sich mit einem stillen Wasser begnügen. Das jedoch hatte keinerlei positive Auswirkung auf sein unruhiges Bauchgefühl.

Kurz bevor die Fähre in Dagebüll anlegte, begab er sich auf das Autodeck. Mit klammen Fingern suchte er im Autoradio nach einem Sender, der ihn ein wenig ablenken würde. Dann endlich hob sich das Bugvisier und er ließ seinen Wagen über die Fährbrücke rumpeln. Während der Fahrt nach Leck konzentrierte er sich darauf, wie er das Gespräch mit Ebbe Drews am besten anfangen sollte.

Die Zeit verging wie im Flug, und als er die Ortsgrenze passierte, hatte er immer noch keine Gesprächsstrategie gefunden, die den schwierigen, verschlossenen Verdächtigen schnell zu einem Geständnis hätte bewegen können. Auch wenn er es ungern zugab: Er verspürte Mitleid mit Drews, den das Schicksal nicht mit den Charaktereigenschaften eines Siegers ausgestattet hatte und der – offensichtlich in der

Hoffnung, seine Ehe zu retten – alles, wirklich alles riskiert und verloren hatte.

Vor dem Finanzamt standen zwei Männer in Jeans und Sportschuhen. Der eine trug ein T-Shirt und eine braune Lederjacke, der andere ein schwarzes Sweatshirt. Beide blickten mit ernsten Gesichtern seinem Wagen entgegen. Das mussten die Kollegen sein. Kuno parkte am Straßenrand, ging auf die beiden zu und zeigte ihnen seinen Dienstausweis. Er hatte richtig geraten; die Männer zückten ihre Ausweise und stellten sich vor.

»Gehen wir rein?«, fragte Kuno. Seine Kollegen machten den Anschein, sich nicht von der Stelle bewegen zu wollen.

Nach einer Weile betretenen Schweigens sagte der eine: »Wir kommen zu spät.«

»Ist Drews etwa geflüchtet?«, fragte Kuno.

»So kann man es auch bezeichnen«, meinte der andere.

»Rede doch nicht so daher«, herrschte der in T-Shirt und Lederjacke ihn an. Dann klärte er Kuno auf: »Gestern hat Ebbe Drews sich für einen Tag krankgemeldet. Als er heute Morgen nicht zum Dienst erschien und auch nicht ans Telefon ging, hat sein Kollege Manfred Lennert die Polizei alarmiert.« Der Kripobeamte verzog das Gesicht. »Drews hat sich das Leben genommen – Schlaftabletten«, sagte er und zuckte mit den Achseln.

Kuno ließ die rechte Faust in die linke Hand sausen und fluchte. Ich hab's geahnt, dachte er, ich hab's geahnt. Warum haben wir das nicht verhindert? »Wir hätten ihn gestern schon festnehmen sollen«, sagte er. Sein Blick glitt an den Kollegen vorbei.

»Die Beweislage hätte nicht gereicht«, tröstete ihn der Gesprächigere der beiden Männer. »Sie wissen doch: Fotos allein überführen in so einem Fall keinen Täter.«

»Gibt es einen Abschiedsbrief?«, fragte Kuno und dachte: Überflüssig, zu fragen. Es gibt immer einen Abschiedsbrief. »Hat er ein Geständnis abgelegt?«

»Abschiedsbrief ja, Geständnis nein«, sagte der eine Kripobeamte. Der andere hielt Kuno die Kopie eines handgeschriebenen Briefes hin. Kuno nahm ihn und las.

An Bele
Ich verliere alles. Dich, mein Zuhause, meinen Beruf, meine Zukunft. Mir bleibt nichts als der Tod.
Du hintergehst mich mit Jasper Erikson. Wie lange schon? Wie lange?
Mein Sohn ist sein Sohn. Meine Frau wird seine Frau.
Ich wollte mich wehren und bin gescheitert. Jetzt soll ich zusehen, wie ihr mir alles nehmt?
Das kann ich nicht. Ich kann nur noch eins: sterben.

Kuno schluckte und gab seinem Kollegen das Schreiben zurück.

»Manfred Lennert erwartet uns«, sagte der Beamte in der braunen Lederjacke.

Schweigend gingen die drei Männer ins Haus.

Manfred Lennert saß teilnahmslos in seinem Büro. Er stierte auf den Bildschirm. Die Finger beider Hände spielten mit einem Bleistift, als ob sie Zigarettenpapier um eine zurechtgezupfte Tabakrolle wickelten. Er wirkte, als hätte er eine unüberwindbare Mauer um sich herum aufgebaut. Er grüßte verhalten, als die Kripobeamten den Raum betraten. Dabei sah er sie kaum an. Stumm rückte er mit seinem Bürostuhl etwas vom Schreibtisch ab, drehte sich zur Seite und wies auf einen Stuhl, der an der Wand stand. Kuno nahm darauf Platz; seine Kollegen lehnten sich gegen die Schreibtischkante. Die Kripobeamten warteten, bis Manfred von selbst zu reden begann.

Zögerlich erzählte er: »Es war bloß ein Zufall. Ein saudummer Zufall. Ebbe ist nie auf Amrum gewesen. Die Insel hat ihn einfach nicht interessiert. Aber er wollte wissen, was seine Frau daran so fasziniert, dass sie immer wieder hinfährt. Deshalb hat er im Internet nach Websites gesucht, die ihm einen Eindruck von Amrum verschaffen würden. Da hat er diese Webcam gefunden.« Manfred stieß ein bitteres Lachen aus. »Wenn die beiden doch einfach nur da gestanden hätten!« Wütend sah er die Polizisten an. »Aber …«

»Die beiden haben sicher nicht gewusst, dass sie im Blickfeld einer Webcam waren«, versuchte Kuno, den Finanzbeamten zu beschwichtigen.

»Ja, ist denn das überhaupt erlaubt?«, brauste Manfred auf. »Ist es erlaubt, ohne jede Vorwarnung Fotos von Leuten zu machen und in alle Welt zu übertragen?«

Die Frage konnte Kuno ihm nicht beantworten; mit diesen neuen Medien und dem, was sie durften, kannte er sich nicht aus. »Wie hat Ebbe Drews reagiert?«, fragte er.

Manfred stockte. »Er … Er wollte wissen, was da läuft. Darum hat er … Er hat mich gebeten, an einem Wochenende hinzufahren und seine Frau und diesen Surflehrer zu beobachten. Ich sollte Fotos von dem Mann machen. Ebbe wollte wissen, wie sein Nebenbuhler aussieht. Er wollte sein Gesicht sehen, seine Ausstrahlung. Er wollte verstehen, was Bele an ihm findet.« Manfred schwieg betreten.

»Sie sind also hingefahren und haben nachgeforscht.« Kuno bemühte sich, die Aktion sachlich darzustellen, damit Manfred sich nicht schuldig fühlte. Er befürchtete, dass Gewissensbisse Lennerts Bereitwilligkeit, die Hintergründe der Tat aufzuklären, schmälern würden.

»Ja. Und dann kam alles viel schlimmer, als Ebbe es sich jemals hätte ausmalen können. Dieser Jasper Erikson sieht nämlich aus wie sein Sohn. Haargenau so wie sein Sohn. Da hat Ebbe nachgerechnet, und alles hat gepasst.« Manfred sah Kuno aufgebracht an. »Wenn man so lange auf Nachwuchs gehofft hat, dann fragt man doch nicht nach, von wem das Kind gezeugt wurde, oder? Da denkt man doch: Endlich kommt unser lang ersehnter Sohn!«

Kuno konnte Manfred Lennerts Wut verstehen, genauso wie er Ebbe Drews verstand. Doch auch wenn der mutmaßliche Attentäter nun tot war, musste er als Kriminalkommissar seine Fragen stellen, um die Tat aufzuklären. »Wie hat Herr Drews reagiert, als ihm klar wurde, dass nicht er der leibliche Vater des Jungen ist?«

»Er hat gesagt: Den mach ich fertig! Er wollte Jasper Erikson in den Knast bringen, koste es, was es wolle. Also hat er die Steuerfahndung in die Wege geleitet. Er war sich vollkommen sicher, dass der Mann nicht all seine Einnahmen versteuert hat. Wir haben aufwendige Recherchen durchgeführt, die mutmaßlichen Tageseinnahmen geschätzt und aufs Jahr hochgerechnet.« Manfred sah Kuno schuldbewusst an.

»Und?«, fragte der Kommissar. »Was ist dabei herausgekommen?«

Manfred rutschte unangenehm berührt auf seinem Stuhl hin und her. »Nichts! Jasper Erikson hat keine Steuern hinterzogen. Die Differenz zwischen unserer Schätzung und der versteuerten Summe war so gering, dass man daraus wirklich nicht schließen konnte, dass er seine Einnahmen nicht voll angegeben hätte.«

»Dann haben Sie einen Grafiker engagiert und ein paar Surfbretter kopiert«, sagte Kuno ihm auf den Kopf zu.

Manfred hob die Hände. »Ich nicht!«, rief er. »Das war Ebbes Idee! Ich habe ihn noch gewarnt. Man muss doch damit rechnen, dass so was rauskommt. Dann hat man ein Disziplinarverfahren am Hals und hat keine Chance mehr, irgendwo noch mal eine Stelle zu bekommen.«

»Was Herrn Drews letztlich wohl auch klar geworden ist«, warf einer der beiden Beamten aus Leck ein.

»Gestern Morgen«, fuhr Manfred mit leiser Stimme fort, »hat Ebbe mich angerufen und sich für den Tag entschuldigt.

Magenprobleme, hat er gesagt, aber heute wollte er sicher wieder hier sein. Ich hab ihm gute Besserung gewünscht.« Er schlug sich mit der flachen Hand vor die Stirn und brüllte plötzlich: »Ich Idiot! Ich kannte ihn doch gut genug. Ich hätte ahnen müssen, was er vorhat.«

»Wir alle hätten das ahnen müssen«, tröstete Kuno ihn. »Aber niemand rechnet wirklich mit so etwas.«

Die Kripobeamten beendeten die Unterredung mit Manfred. Sie überreichten ihm die Visitenkarte der Polizeiwache in Leck und baten ihn, am Montag vorbeizukommen und seine Aussage zu Protokoll zu geben.

»Danke für Ihre Unterstützung«, sagte Kuno und drückte Manfred die Hand. »Und – mein Beileid.«

Manfred nickte stumm, Tränen standen in seinen Augen. Kuno wandte sich schnell ab und folgte seinen Kollegen nach draußen. Vor dem Finanzamt verabschiedete er sich von den Männern, die ihm die Zusendung aller Berichte über den Fall versprachen. Auf der Rückfahrt zum Fährhafen informierte er Arne telefonisch über die dramatischen Ereignisse.

»Du meine Güte!«, rief Arne. »Wer hätte das geahnt!«

Eine Weile blieb es still zwischen den beiden Kommissaren. Arne wusste, dass solche Ereignisse Kuno näher gingen, als er zugeben wollte. Da er selbst Ebbe Drews nicht kennengelernt hatte, fiel es ihm leichter, den Suizid des Mannes mehr aus der Distanz zu sehen, so, wie sie es während der Ausbildung gelernt hatten. »Nicht zu dicht an euch rankommen lassen«, hatte der Dozent gesagt. »Sonst geht ihr an eurem Job kaputt.«

Arne räusperte sich. »Und nun?«, nahm er das Gespräch vorsichtig wieder auf. »Was meinst du: Sollen wir unsere Ermittlungen auf Jörn konzentrieren?«

»Hm, weiß nicht«, sagte Kuno. »Ich denk mal drüber nach.«

»Beschatten schadet doch nix«, sagte Arne. »Lieber zu vorsichtig sein, als ein Risiko einzugehen.«

»Okay«, sagte Kuno. »Also beschatten. Ich ruf die Kollegen in Leck gleich an und gebe ihnen Jörns Adresse durch.«

»Dann noch 'ne gute Fahrt«, sagte Arne.

»Jo, danke.«

Kuno drückte auf die rote Taste an der Freisprechanlage. Dann dachte er schweren Herzens daran, dass er Bele Drews-Dierksen heute Abend noch die Nachricht vom Selbstmord ihres Mannes überbringen musste.

2

»Das sollten wir feiern«, meinte Gerco, als Bele und er das Büro des Notars verließen. »Darf ich dich zum Essen einladen?«

Bele musste nicht lange überlegen. »Gute Idee!«

Das zweite Attentat auf Jasper, aber auch die seit Tagen so abweisende Haltung des Mannes, den sie zu lieben glaubte, belasteten sie schwer. Doch die Unterzeichnung des Pachtvertrages hatte ihre Stimmung gehoben, denn damit hatte sie den Grundstein für ihre geschäftliche Zukunft auf Amrum gelegt.

Gerco führte Bele in ein Fischrestaurant im Ortskern von Norddorf, das einem guten Freund von ihm gehörte. Er hatte einen Tisch in einem Erker reserviert, an dem sie sich in Ruhe unterhalten konnten.

»Du willst also wirklich ernst machen und auf Amrum neu anfangen«, stellte Gerco fest, nachdem er die Bestellung aufgegeben hatte.

»Ja«, sagte Bele entschlossen. »Das will ich. Und zwar so bald wie möglich.« Sie nahm die kunstvoll zusammengelegte Stoffserviette vom Teller und faltete sie auseinander. »Mich hält nichts mehr in Leck. Meine Kinder gehen bald aus dem Haus und dann lasse ich mich scheiden«, sagte sie.

»Oh je«, meinte er und sah sie mitleidig an. »Das habe ich auch hinter mir.«

»War es so schlimm?«

»Eine unschöne Angelegenheit«, erklärte Gerco. Er vermied es, Bele anzusehen, als er ihr seine Geschichte erzählte. »Ich bin dahintergekommen, dass meine Frau mich betrogen hat. Ich habe abends zu Hause auf die Kinder aufgepasst, wenn sie sich angeblich mit einer Freundin traf. In Wirklichkeit hat sie sich mit einem anderen Mann vergnügt. Die Freundin war natürlich eingeweiht und hat sie gedeckt.«

Bele wusste nicht, wie sie reagieren sollte. Sie konnte Gercos Enttäuschung über seine Exfrau verstehen. Doch ein Urteil über deren Verhalten durfte sie sich nicht erlauben. Gerco wusste mit Sicherheit, dass sie ein Verhältnis mit Jasper hatte, und er konnte sich denken, dass diese Beziehung, die nicht erst seit gestern bestand, sich hinter dem Rücken ihres Mannes abspielte. Wie er wohl darüber dachte? Sie tröstete sich mit dem Gedanken, dass er jetzt nicht mit ihr zusammensäße, wenn er sie für ihr Verhalten verurteilte.

»Du weißt von meiner Beziehung hier auf Amrum?«, fragte sie etwas umständlich.

»Ich weiß von Jasper und dir«, antwortete Gerco geradeheraus und sah ihr fest in die Augen. »Es steht mir nicht zu, mich da einzumischen, und das möchte ich auch gar nicht. Ich kann dir nur wünschen, dass du nicht auf die Nase fällst.«

Bele sah Gerco lange an. Er erwiderte ihren Blick. Da verstand sie. »Der Mann, mit dem deine Frau dich hintergangen hat … Das war Jasper, stimmt's?«

Gerco bestätigte das nicht, doch sein Blick war Antwort genug.

Bele dachte unwillkürlich an das Gespräch mit Ilka. Und wenn dein Seenotrettungsschiff in Wirklichkeit ein Vergnügungsdampfer ist? War sie wirklich so sicher, dass sie mit Jasper keinen Schiffbruch erleiden würde?

»Ist was?«, fragte Gerco.

Bele schüttelte den Kopf, war aber noch zu sehr mit ihren Gedanken beschäftigt, um etwas sagen zu können.

In die Stille hinein kündigte Beles Smartphone den Eingang einer SMS an. »'tschuldigung«, murmelte sie und holte das Telefon aus der Handtasche. Sie wurde blass, als sie die Nachricht las, die Jasper ihr geschickt hatte.

Sieht dein Mann so aus wie ich?

Nein, tippte sie hastig ein.

Dann ist dein Sohn mein Sohn, schrieb Jasper kurz darauf.

»Bitte entschuldige mich einen Moment«, sagte Bele mit heiserer Stimme zu Gerco. »Ich muss dringend telefonieren. Ich geh mal kurz nach draußen. Bin gleich wieder da.« Sie eilte aus dem Restaurant und rief Jasper an.

»Warum hast du es mir nie gesagt?«, schleuderte er ihr mit harter Stimme entgegen, noch bevor sie ein Wort sagen konnte.

»Ich erkläre es dir später«, antwortete sie. »Ich kann jetzt nicht lange reden. Ich …«

»Wie heißt unser Sohn?«

»Yannick. Aber woher weißt du überhaupt …«

»Meine Tochter hat mich heute Vormittag zum Arzt gefahren. Ihr seid uns im Ual Saarepswai entgegengekommen. Wir mussten warten, weil ein parkender Wagen uns den Weg versperrte. Ich weiß, du hast mich nicht gesehen. Aber ich habe euch gesehen.«

»Die Frau in dem Wagen war deine Tochter?«

»Das war meine Tochter. Und der Junge, der an mir vorbeigeradelt ist, war mein Sohn«, sagte Jasper gepresst. Dann schrie er heraus: »Und ich wusste bis heute nicht, dass ich diesen Sohn habe!« Er beendete das Gespräch ohne ein weiteres Wort.

Fassungslos starrte Bele auf das Smartphone. Erneut wählte sie seine Nummer, doch er verweigerte das Gespräch. Sie fühlte sich ausgesperrt. Ihr blieb vorerst keine Chance, Jasper die Umstände zu erklären. Zu ihm nach Hause konnte sie nicht.

Und solange der Täter nicht gefunden war und Jasper im Haus Schutz suchen musste, würde sie ihn weder am Strand noch an irgendeiner anderen öffentlich zugänglichen Stelle finden.

»Ich muss dich sprechen«, tippte sie ein. »Bitte ruf mich zurück. Sofort!« Sie wartete ein paar Augenblicke. Vergeblich. Völlig aufgelöst ging sie ins Restaurant zurück.

»Schlechte Nachrichten?«, fragte Gerco und sah sie besorgt an.

»Das kann man wohl sagen«, gab Bele zu. Sie wartete, bis der Kellner, der gerade an den Tisch trat, den Wein eingeschenkt hatte. »Aber kein Thema für diesen Abend«, beschloss sie dann und griff nach ihrem Glas. »Lass uns auf die Zukunft anstoßen. Ab jetzt kann es nur noch besser werden.«

Gerco lächelte ihr zu. »Das hoffe ich für dich.« Doch Beles Gesicht sagte ihm, dass etwas geschehen war, das sich nicht mit einem Glas Wein und einem guten Gespräch überwinden ließ.

* * *

Jasper war außer sich. Er hatte nicht nur einen Sohn, er hatte zwei Söhne, und dennoch hatte er keinen! Wie konnte Bele ihm das antun? Wie brachte sie es fertig, ihm diesen Jungen achtzehn Jahre lang zu verheimlichen? Ein Gefühl der Ohnmacht stieg in ihm auf. Zum Glück war er allein im Haus. Göntje war bei einer Freundin und Inken, seine jüngste Tochter, die noch im Elternhaus lebte, war zu ihrer Schwester Maren nach Süddorf gefahren. So konnte er all seinen Zorn über die Söhne, die das Schicksal ihm nicht gönnte, ungehört herausschreien. Er hämmerte mit den Fäusten auf den Tisch und brüllte: »Warum? Warum? Warum?«

Damals, als er die süße Juanita geheiratet hatte, träumte er davon, Kinder zu haben. Juanita war mit sechs Geschwistern aufgewachsen. Auch sie wünschte sich Nachwuchs. Aber nicht mit ihm, wie sich schnell zeigte. Die Kinder, vier Söhne und drei Töchter, hatte sie nun mit Giacomo, der immer noch sein Restaurant in Westerland betrieb.

Nach dem Desaster mit Juanita hätte er nicht wieder heiraten müssen, er liebte seine Freiheit. Aber Kinder wollte er immer noch. Und bevor sie ihm welche schenkte, wollte Göntje, die so geduldig auf ihn gewartet hatte, erst mal vor den Traualtar. Als er die Ehe mit Göntje schloss, hatte er von einem Sohn geträumt, der so sein würde wie er. Der all das konnte, was er konnte, und den die Frauen anhimmelten. Der wie ein Leuchtturm der Amrumer Gesellschaft war und weiterleuchtete, wenn er selbst eines Tages nicht mehr da sein würde. Er wollte einen Jungen, von dem alle sagten: »Guckt ihn euch an, er ist wie Jasper.«

Was war von dem Traum geblieben? Jörn wollte seit Jahren nichts mehr von ihm wissen. Von einem Tag auf den anderen hatte sein Sohn ihm die Schlüssel vor die Füße geworfen und das Elternhaus verlassen. Ohne irgendeine Erklärung. Jörn hatte ihn nur angesehen, mit Tränen in den Augen, hatte sich umgedreht und war gegangen.

Was hätte er darum gegeben, zu erfahren, was in seinem Sohn vorgegangen und warum es nicht möglich war, dass sie miteinander redeten und die Sache in Ordnung brachten!

Warum hatte Bele ihm nie von ihrem gemeinsamen Kind erzählt? Warum hatte sie ihm nicht die Chance gegeben, Yannick ein besserer Vater zu sein, als er es Jörn hatte sein können?

Ein schrilles Piepsen übertönte plötzlich das Rauschen in seinem Kopf, das all seinen Frust und die Grübeleien überlagerte; sein Handy meldete den Eingang einer SMS. Er warf einen Blick auf das Display. Die Nummer kannte er nicht. Er öffnete die Nachricht.

Top News: Drews ist tot. Suizid. – FF

Jasper ließ die Hand sinken. Er hatte das Gefühl, dass alles Blut aus seinem Körper wich. Ihm wurde schwindelig. Er ließ sich auf einen Stuhl fallen und stützte den Kopf in die Hand. Hatte er dem Mann zu viel Druck gemacht am Dienstag, als er ihm so deutlich Bescheid gesagt hatte? Sein Herz klopfte und ihm wurde heiß. Seine Gedanken rasten und spien Rechtfertigungen aus: Immerhin hatte Drews ihm mit den fingierten Unterlagen übel mitgespielt. Und dann die Attentate! Und das alles nur wegen Bele. Was konnte er dazu, dass Drews' Ehe in die Brüche ging? Das wäre auch ohne ihn passiert.

Das Handy lag vor Jasper auf dem Tisch. Immer und immer wieder las er die Nachricht. Aber stimmte das überhaupt, was da stand, oder hatte FF sich einen üblen Scherz erlaubt? Zuzutrauen wäre es ihm. Jasper nahm das Telefon auf und suchte mit zittrigen Fingern Kunos Nummer aus dem Speicher.

»Jasper? Was gibt's denn?«, fragte der Kommissar. Seine Stimme klang dumpf und schwer.

Jasper fühlte einen Kloß im Hals, als er mit einer Mischung aus Neugier und Ungläubigkeit fragte: »Stimmt das? Ebbe Drews ist tot?«

Kunos Stimme hörte sich plötzlich hellwach und hart an. »Woher weißt du das?«

»Es stimmt also.« Die Anspannung wich aus Jasper. Er ließ sich auf seinem Stuhl nach hinten fallen.

»Woher du das weißt, hab ich gefragt!« Kuno tobte. Jasper vernahm das Geräusch eines scharfen Bremsmanövers. Er kniff die Augen zusammen, zog den Kopf ein und war erleichtert, als das blecherne Geräusch eines Aufpralls, das er erwartet hatte, ausblieb.

»'ne SMS von Friedrich Fliegenfischer«, sagte Jasper kleinlaut. Langsam fuhr er mit einem Finger an der Tischkante hin und her.

»Verdammt, woher hat der das?«

»Was weiß ich? Der hat seine Kontakte doch überall.« Auf einmal spürte Jasper, dass er wieder richtig durchatmen konnte.

Der Mann, der ihn hatte vor Gericht bringen, der ihn sogar hatte umbringen wollen, war tot. Jasper fuhr sich mit der Hand übers Gesicht. »Wenn Drews sich umgebracht hat«, sagte er bedächtig, »dann ist der Fall ja geklärt. Dann kannst du jetzt deine Wachhunde von meinem Haus abziehen.«

»Gar nichts ist geklärt!«, sagte Kuno.

»Doch, natürlich! Der Attentäter liegt im Krankenhaus und der Auftraggeber so gut wie unter der Erde.«

»Ebbe Drews war nicht der Auftraggeber.« Kuno klang ziemlich genervt; er betonte jedes einzelne Wort. »Er war schon tot, als am Donnerstag auf dich geschossen wurde.«

Jasper stutzte einen Moment, hatte aber schnell die Lösung parat. »Ist doch klar: Drews hat den Killer bezahlt. Dann hat er kalte Füße gekriegt. Erst die Steuersache, dann die Attentate. Vielleicht hatte er auch Depressionen, so wie der drauf war, als ich bei ihm war. Dann hat er sich umgebracht und der Attentäter wusste nichts davon. Sonst hätte der sich bestimmt einfach mit dem Geld in der Tasche aus dem Staub gemacht.«

»Jetzt pass mal auf, Jasper«, sagte Kuno scharf, »ich komme gerade aus Leck zurück. Ich sitze auf der Fähre und wenn ich in Wittdün angekommen bin, muss ich Bele Drews-Dierksen mitteilen, welche Tragödie sich ereignet hat. Ich hab jetzt wirklich keinen Nerv, weiter mit dir zu diskutieren. Du bleibst, verdammt noch mal, in deinem Haus! Du rührst dich nicht von der Stelle, verstanden? Alles Weitere besprechen wir morgen.«

Kuno hatte aufgelegt. Jasper stöhnte auf. »Okay«, sagte er gedehnt zu der Wand gegenüber, warf das Handy auf den Tisch und tippte sich an die Stirn.

Er blieb auf seinem Stuhl hocken, stützte die Ellenbogen auf den Tisch, legte die Fingerkuppen gegeneinander und versuchte nachzudenken. Es gelang ihm nicht. Zu viele Gefühle auf einmal tobten in ihm. Sie ließen sich nicht beruhigen, nicht sortieren. Es gab nur einen Weg: Er musste hier raus! Ans

Meer! Laufen. Immer geradeaus, bis ans Ende der Welt. Sich vom Wind durchpusten lassen. Dann wäre der Kopf wieder frei.

Er guckte aus dem Fenster. Der Streifenwagen parkte in südlicher Fahrtrichtung. Er zog seine Joggingschuhe an, verließ das Haus durch die Terrassentür und kletterte über den Zaun an der Nordwestseite. In lockerem Tempo joggte er zum Dünenweg, der nicht weit von seinem Haus entfernt verlief und bis zum Strandübergang führte. Die Wunde an seiner Schläfe, die er sich gestern zugezogen hatte, schmerzte bei jedem Schritt, doch er verdrängte die Beschwerden. Das Verlangen, die frische, kühle Seeluft zu atmen und die Freiheit zu spüren, war stärker.

Niemand begegnete ihm. Auch der Strand lag um diese abendliche Stunde verlassen da. Jasper wandte sich in Richtung Amrumer Odde und lief los.

Wie Blitze schossen die Gedanken durch seinen Kopf. Göntje. Bele. Drews. Die Steuerintrige. Die Schlägerei in Leck. Jörns Anrufe. Die Explosion. Der Schuss. Die Angst. Die Wut. Die Wachhunde. Das Eingesperrtsein. Drews' Tod. Yannick – sein Sohn.

Jasper lief und lief und lief. Als er eine gute Strecke hinter sich gebracht hatte, spürte er, dass die Schläfe noch pochte, doch der Schmerz war verflogen. Langsam stieg die gewohnte Energie wieder in ihm auf, die ihm in all der Aufregung und dem Durcheinander der letzten Zeit abhandengekommen war. Schreck und Zweifel, Wut und Trauer lösten sich auf, das Gefühl von Freiheit und Unbeschwertheit kehrte zurück.

Kurz bevor er die Odde erreichte, machte er kehrt. Er blickte nach Sylt hinüber und musste schmunzeln. Sein Freund, der Leuchtturm von Hörnum, stand immer noch da. Den warf so leicht nichts um.

Ein kleines Ausflugsschiff fuhr auf den Hafen von Hörnum zu. Jasper dachte an seinen Großvater zurück, der Kapitän auf so einem Schiff gewesen war. Achtundneunzig Jahre war er alt geworden, und noch mit achtzig hatte er am Steuer gestanden. Jasper rechnete: Wenn ich hundert Jahre alt werde, dann hätte ich jetzt gerade erst die Hälfte meines Lebens hinter mir.

Zeit, noch mal was Neues anzufangen.

Wieder blickte er nach Sylt. Er dachte an Juanita und ihre Kinder. Das wär's, dachte er, noch einmal eine Juanita finden. Eine, die bei mir bleibt und ein halbes Dutzend Kinder mit mir hat. Jungs, die bei Wind und Wetter mit ihrem Vater über die Wellen reiten.

Er sog die würzige Luft ein. Die Euphorie, die ihn ergriffen hatte, ließ ihn leicht werden wie eine Feder. Er sprang den Bohlenweg hinauf. Als er den Strandübergang erreichte, sah er ein Mädchen.

Hübsch, aber viel zu jung für dich, sagte er zu sich selbst. Aber nimm es als Zeichen: Du wirst sie bald treffen, deine Juanita …

Übermütig lief er auf das Mädchen zu, das ihm nun den Rücken zuwandte.

* * *

Nach dem Essen bot Gerco Bele an, sie mit seinem Wagen nach Wittdün zu kutschieren; ihr Fahrrad konnte über Nacht in seinem Garten bleiben. »Eine gute Gelegenheit, sich morgen wiederzusehen«, hatte er mit einem Augenzwinkern gemeint.

Sie nahm sein Angebot gern an. Die vielen Sorgen um ihre Beziehung mit Jasper hatten ihr die Kraft genommen, an diesem Abend noch einmal über die ganze Insel zu radeln. Seit Stunden versuchte sie, einen Gedanken zu verdrängen: War sie gerade dabei, sich aus einem Sumpf zu retten, nur um in einem anderen zu versinken?

»Danke«, sagte sie, als sie Gerco die Hand zum Abschied gab. »Für alles.«

Als Gerco wieder in seinen Wagen stieg, kehrten Ilka und die Zwillinge von ihrer Tagestour zurück. Auch sie machten einen geschafften Eindruck. Kein Wunder, dachte Bele, die Einkaufstour, die Nordseeluft und all die neuen Eindrücke haben sie müde gemacht.

»Wie war euer Tag?«, fragte sie. »Habt ihr Hunger? Dann mache ich euch noch ein paar Schnittchen.«

»Nö«, antworteten die Zwillinge, und Ilka schüttelte den Kopf. »Wir haben in Norddorf Pizza gegessen.«

Kaum hatten sie das Haus betreten, in dem Yannick bereits auf sie wartete, machte Ilka den Mädchen ein Zeichen. In dem Moment klingelte Beles Handy. Ihr Herz setzte für einen Moment aus – hoffentlich Jasper. Doch er war es nicht, wie sie an der Nummer auf dem Display erkannte. In der Annahme, jemand habe sich verwählt, nahm sie das Gespräch entgegen.

»Guten Abend, Frau Dierksen. Hier spricht Kuno Knudsen von der Kripo Wattenmeer. Sind Sie im Haus? Ich muss Sie dringend sprechen und könnte in ein paar Minuten bei Ihnen sein.«

Bele überlegte kurz. Der Tonfall des Kommissars klang so bedrohlich ernst, dass sie sich nicht zu fragen traute, in welcher Angelegenheit er kommen wollte. »Ja«, sagte sie. »Wenn es wirklich so wichtig ist – ich erwarte Sie.«

* * *

Kuno befand sich auf dem Hafengelände in Wittdün, als er mit der Frau telefonierte, die noch nicht ahnte, dass sie seit einigen Stunden Witwe war. Auf dem kurzen Weg zu Bele Dierksens Haus war sein Kopf leer. Sein Herz schlug rasend schnell und seine Hand wog zentnerschwer, als er sie zur Türklingel hob.

Bele öffnete und bat ihn ins Wohnzimmer. Drei Jugendliche und eine Frau in Beles Alter saßen um einen großen Tisch herum. Niemand sprach ein Wort, als er den Raum betrat. »Meine Kinder und meine Freundin Ilka Bentien«, stellte Bele ihm die Anwesenden vor; mehr sagte sie nicht. Fünf Augenpaare hefteten sich auf sein Gesicht.

Kuno nahm die Eindrücke auf, die dieser kleine Kreis ihm vermittelte.

Bele Dierksen machte einen bekümmerten Eindruck. Ihre Augen blickten ernst und sie drehte nervös die Ringe an ihren Fingern im Kreis herum. Ihre Töchter und die Freundin wirkten, als hätten sie einen anstrengenden Tag hinter sich. Kuno registrierte die offensichtliche innere Verbundenheit der Mädchen, die unübersehbar eineiige Zwillinge waren. In dem Alter, in dem sie sich befanden, hatten Zwillinge doch eher das Bestreben, sich durch unterschiedliche Frisuren und Kleidung voneinander abzugrenzen. Diese beiden jedoch hatten genau den gleichen Haarschnitt und trugen die gleichen Kleidungsstücke.

Kunos Pulsschlag schlug schneller. Die Anwesenheit der Kinder machte ihm seine Aufgabe besonders schwer, auch wenn er hoffte, dass wenigstens Bele bei ihrer Freundin ein wenig Halt finden würde, wenn sie die Nachricht erhalten hatte, die er ihr übermitteln musste.

Bele bot ihm etwas zu trinken an. Er lehnte ab, bat sie, sich hinzusetzen, und nahm ihr gegenüber auf einem Sessel Platz. Nach vorn gebeugt, die Hände auf die Knie gestützt, berichtete er der Gruppe mit wenigen, wie eingeübt klingenden Sätzen, was sich im Haus der Familie Drews in Leck zugetragen hatte.

Das angespannte Schweigen, das bei seiner Ankunft im Raum geherrscht hatte, vermischte sich mit stummem Entsetzen und Unglauben. Alles Leben in diesem Haus schien zu erstarren. Kuno fehlten die Worte, die man jetzt vielleicht hätte sagen müssen.

Nach langen Augenblicken, in denen niemand zu atmen gewagt hatte, traten Ilka Tränen in die Augen. Die Zwillinge schienen nicht zu begreifen, was er ihnen gerade mitgeteilt hatte, und Yannicks Gesicht blieb wie versteinert.

Bele erhob sich, legte die Hände ineinander und blickte Kuno wortlos an. Sie zeigte keine Regung. Auch Kuno stand auf. Er fühlte sich hilflos. Mit gesenktem Kopf folgte er Bele zur Haustür. »Meine Kollegen aus Leck werden sich morgen mit Ihnen in Verbindung setzen« war alles, was er noch hervorbrachte.

Tragischer kann es kaum kommen, dachte er, als er zu seinem Wagen ging.

Doch er irrte.

Die Sirene eines Krankenwagens durchdrang die abendliche Stille über der Insel, als Kuno die Tür seines Kapitänshauses aufschloss. Kurz darauf mischte sich der Klingelton seines Diensthandys in das Knattern eines Rettungshubschraubers, der von Föhr kommend auf Norddorf zusteuerte.

»Ja?«, meldete Kuno sich kurz angebunden. Ihm war nicht danach, heute Abend noch mit irgendeiner Menschenseele zu sprechen. Ein Glas Bier, ein Fernsehfilm zum Berieseln und ganz viel Ruhe, das war alles, was er sich für den Übergang ins Wochenende wünschte.

»Jasper liegt schwer verletzt am Strand!« Es war unverkennbar Gerco Storms sonore Stimme, die ihm die Hiobsbotschaft überbrachte.

»Das ist nicht wahr!«

»Doch.«

»Wo genau?«

»Am Strandübergang von Norddorf. Ich hab ihn vorhin gefunden, als ich eine letzte Runde am Strand machen wollte. Die Rettung wusste aber schon Bescheid, als ich da anrief.«

»Wir kommen sofort. Ist Göntje informiert?«

»Noch nicht«, antwortete Gerco. »Ich rufe sie gleich an.«

Kuno benachrichtigte Arne, der gerade mit Anneke Brinks zusammensaß. Der entschuldigte sich bei seiner Wirtin, griff nach seiner Jacke und schwang sich auf den Beifahrersitz des Dienstwagens vor Annekes Gartenzaun, in dem Kuno bereits auf ihn wartete.

* * *

Als sie den Parkplatz vorm Strandübergang von Norddorf erreichten, war der Rettungshubschrauber längst gelandet. Notärzte und Sanitäter liefen oder knieten um Jasper herum, der bewusstlos dort lag, wo der Strunwai in den Sandstrand überging.

Einer der Sanitäter ging auf die Kommissare zu.

»Wie geht es ihm?«, fragte Kuno mit gedämpfter Stimme.

»Sieht nicht gut aus«, sagte der Mann leise. »Schädelverletzung, vermutlich Hirnblutungen. Er muss einen heftigen Schlag auf den Hinterkopf bekommen haben. Wahrscheinlich mit einer der Schaufeln, die hier überall herumstehen. Da vorne liegt eine, die haben wir direkt neben ihm gefunden. Es klebt Blut daran, das dürfte die Tatwaffe sein. Er ist dann vermutlich ohnmächtig geworden und sehr unglücklich auf dem Asphaltboden aufgeschlagen, direkt hier auf der Kante am Ende des Strunwai. Das hat ihm wohl den Rest gegeben. Der Mann ist kaum transportfähig. Wir werden aber versuchen, ihn in die Klinik nach Föhr zu fliegen. Wenn er nicht ganz schnell operiert wird, hat er keine Chance.«

»Dann hat sein Widersacher es also doch noch geschafft«, sagte Kuno bitter. Der Fall entwickelte sich für ihn zu einem Albtraum, der ihm immer neue Rätsel aufgab.

»Und an der Tatwaffe kleben natürlich die Fingerabdrücke von tausend Urlaubern.« Wütend kickte Arne eine Muschel, die ein Sammler auf dem Asphalt verloren haben musste, in die Dünen.

Der Sanitäter hob hilflos die Arme.

»Wer hat euch eigentlich informiert?«, fragte Kuno.

»Der Anruf war anonym«, sagte der Sanitäter und wandte sich wieder dem Verletzten zu.

Kuno winkte Gerco, der hinter dem Pulk aus Rettungskräften stand, zu sich heran. »Hast du mit Göntje gesprochen?«

»Hab ich. Sie kann es nicht fassen. Sie war bei einer Freundin, als ich sie erreichte.« Gerco deutete mit der Hand zu Jasper hinüber. »Sie versteht nicht, warum er das Haus überhaupt verlassen hat.«

»Das versteht wohl niemand«, sagte Kuno, drehte sich von ihm weg und fluchte leise.

»Er muss einen konkreten Anlass gehabt haben«, mutmaßte Arne. Er stand mit hochgezogenen Schultern da, die Hände in die Jackentaschen geschoben, und fröstelte, obwohl es nicht kalt war.

»Verdammt noch mal«, sagte Kuno mit verhaltener Stimme, »wo waren denn die Kollegen, die das Haus bewachen sollten? Komm, Arne, wir müssen zu Göntje.«

Wie betäubt fuhr Kuno den Strunwai entlang und kurvte durch das Ortszentrum bis zum Haus der Eriksons. Die beiden Kollegen, die er zu Jaspers Schutz dorthin beordert hatte, standen bedrückt neben dem Polizeiwagen.

»Ganze Arbeit, Jungs. Habt ihr toll gemacht. Hundert Prozent Aufmerksamkeit, das schützt Leben!«, höhnte Kuno, der vor Wut schäumte.

Der ältere der beiden Polizisten polterte zurück: »Wenn du einen Jasper Erikson beschützen willst, musst du vor jedes Mauseloch ein Dutzend Leute postieren, sonst entwischt er dir.«

»Wir stehen hier vorne vor der Haustür«, rechtfertigte der jüngere Beamte sich, »und der Mann ist durch die Hintertür. Was willst du da machen? Einem Menschen, der nicht beschützt werden will, kannst du nicht helfen.«

Dem hatte Kuno nichts entgegenzusetzen, was er aber in diesem Augenblick nicht zugeben wollte. Insgeheim machte er sich selbst die größten Vorwürfe. Er kannte Jasper gut genug; er hätte sich denken können, dass dieser Mann sich nicht tagelang einsperren ließ. Da half nicht einmal das Argument, dass die Maßnahme nötig war, um sein Leben zu retten.

Göntje, die die Kripobeamten hatte kommen hören, öffnete die Haustür und bat sie wortlos herein. Ihr glasiger Blick verriet, wie sie sich fühlte.

»Du warst bei einer Freundin?«, fragte Kuno.

»Ja, Göntje war bei mir«, vernahm er eine Frauenstimme aus dem Wohnzimmer. Die Frau trat in den Flur. »Ich habe sie nach Hause gefahren, nachdem Gerco sie angerufen hat. Ich bleibe heute Nacht bei ihr.«

»Schön.« Kuno wandte sich wieder Göntje zu, die die Beamten in die Wohnküche führte. Schweigend standen sie um den Küchentisch herum. Als wäre es das Wichtigste, was jetzt zu tun blieb, stellte Göntje eine Wasserflasche und Gläser auf den Tisch. Sie schenkte sich ein Glas voll und schluckte eine Tablette. Kuno registrierte, dass die Medikamentenpackung die Aufschrift ›Baldrian‹ trug.

»Hast du eine Ahnung, warum Jasper das Haus verlassen hat?«, wollte Kuno wissen.

»Nein.«

»Wir werden die Telefonprotokolle von eurem Festnetzanschluss und von Jaspers Handy überprüfen. Möglicherweise hat ihn jemand telefonisch in eine Falle gelockt.«

»Wer macht so etwas?«, rief Göntje anklagend.

Kuno zuckte mit den Schultern. »Weiß Jörn Bescheid?«, fragte er. Er gab sich Mühe, die Frage beiläufig zu stellen.

»Noch nicht, aber ich rufe ihn bald an. Ich will noch abwarten, was der Notarzt sagt. Er hat mir vorhin versichert, dass er durchklingelt, sobald er weiß, ob Jasper …«

Kuno nickte und drückte Göntje an sich.

* * *

Auf der Rückfahrt nach Nebel hörten die Kommissare die Fluggeräusche des Hubschraubers. Gerade erst war er in Richtung Föhr gestartet. Nun näherte sich das Knattern wieder. Der Helikopter hatte gedreht und setzte wieder zur Landung auf Amrum an. Kuno und Arne warfen sich unheilvolle Blicke zu.

Das Handy in der Freisprechanlage klingelte. Kuno ahnte, warum. Ein Kälteschauer durchzog seinen Körper, als er das Gespräch entgegennahm.

»Jasper Erikson ist tot«, dröhnte die Stimme des Notarztes, von Knattern und Rauschen begleitet, durch den Lautsprecher.

Kuno meinte, das Echo der Stimme hundertfach im Wagen widerhallen zu hören. »Verdammt!«, fluchte er und wendete, um Göntje zu informieren. Dann dachte er an Bele, die innerhalb weniger Stunden zwei Männer verloren hatte, und schlug mit der Faust aufs Lenkrad.

»Du musst Bele Dierksen nicht informieren«, sagte Arne, als hätte er erraten, was in Kuno vorging. »Sie gehörte nicht zur Familie Erikson und ihre Verbindung zu Jasper geht uns nichts an. Diese Todesnachricht müssen andere ihr überbringen. Auch du hast deine Grenzen.«

Kuno atmete auf und drückte seinem Kollegen dankbar den Arm.

Göntje war nicht erstaunt, als die Kommissare so bald wieder vor ihrer Haustür standen. »Ich wusste es«, sagte sie. »Von der ersten Sekunde an, als ich von dem Unglück hörte, wusste ich, dass dies Jaspers Ende sein wird.«

Kuno sah sie halb mitfühlend, halb fragend an.

Sie kniff die Augen zusammen und stieß mit kalter Stimme hervor: »War *sie* das? Hat *sie* ihn auf dem Gewissen?«

»Du meinst Bele Dierksen?«

»Genau die meine ich. Sie steht doch schon die ganze Zeit zwischen uns. Sie wollte Jasper besitzen. Aber einer wie er gehört niemandem. Darüber haben sie gestritten und deshalb hat sie ihn getötet. Glaubt mir, so war es.«

Arne kam Kuno zu Hilfe. »Der Fall ist zu komplex. Denken Sie an das Sprengstoffattentat und die Schüsse auf Ihren Mann. Noch wissen wir nicht, wie das alles miteinander zusammenhängt. Aber wir werden den Täter finden, das verspreche ich Ihnen.« Arne hoffte, der aufgebrachten Frau nicht zu viel versprochen zu haben.

»Gut«, sagte Göntje, der das Reden jetzt schwerfiel. »Lasst mich jetzt bitte alleine. Ich will Jörn anrufen. Er muss gleich morgen früh hierherkommen. Ich brauche ihn jetzt.«

Die Kommissare verließen das Haus und gingen zu ihrem Wagen zurück. Kurz bevor sie ihn erreichten, blieb Arne plötzlich stehen und hielt seinen Kollegen am Ärmel fest. »Eins habe ich über all den Dramen ganz vergessen, dir zu sagen: Als du heute Nachmittag in Leck warst, habe ich die Auswertung der Telefonprotokolle von Ebbe Drews und Jörn Erikson bekommen. Stell dir vor: Am Sonntagmorgen zwischen sieben Uhr und sieben Uhr dreißig hat Jörn Erikson dreimal versucht, seinen Vater zu erreichen. Dreimal ist die Mailbox angesprungen, aber Jörn hat keine Nachricht hinterlassen. Einen Tag später, am Montagabend, hat Jasper seinen Sohn zweimal zurückgerufen. Ein Gespräch ist zustande gekommen, es hat aber nur sehr kurz gedauert. Das zweite Gespräch wurde sofort, nachdem die Leitung stand, wieder beendet.«

Kuno stockte einen Moment. »Was schließen wir daraus?«, fragte er. »Wenn Jörn so selten Kontakt zu seinem Vater hat, wie er mir erzählt hat und wie auch Göntje bestätigt hat, warum ruft er dann ausgerechnet vor dem ersten Sprengstoffattentat an? War das purer Zufall, oder hattest du möglicherweise doch recht mit deiner Vermutung, dass Jörn in die Attentate verstrickt ist?«

»Wer käme sonst infrage? Guck dir die Jungs, mit denen wir zu tun hatten, doch an. Boris liegt mit einem kaputten Knie im Krankenhaus. Das Sprengstoffattentat und die Schüsse auf Jasper dürften mit höchster Sicherheit auf sein Konto gehen, erschlagen haben kann er den Mann aber logischerweise nicht. Friedrich Fliegenfischer hat viel zu viel Schiss, um eine solche Tat zu begehen. Und Harry Küng? Der ist zwar undurchsichtig, macht sich aber bestimmt nicht die Hände schmutzig.«

»Hm, da magst du recht haben. Dann bliebe also nur noch Jörn übrig. Doch bevor wir ihn zu Unrecht verdächtigen, müssen uns Friedrich Fliegenfischer und Harry Küng hieb- und stichfeste Alibis für den heutigen Abend liefern. Ich gebe mich nicht mit der bloßen Vermutung zufrieden, dass sie für eine solche Tat zu wenig Mumm haben.«

Die Kommissare stiegen ins Auto. Arne beäugte seinen Chef, während sie die Sicherheitsgurte anlegten. Kuno wirkte sehr nachdenklich. »Du hoffst immer noch, dass Jörn nicht der Täter ist?«, fragte Arne vorsichtig.

Kuno antwortete nicht sofort. Er fuhr los und konzentrierte sich voll auf den nicht vorhandenen Verkehr. Sie hatten Norddorf schon ein Stück weit hinter sich gelassen, als er zugab: »Es täte mir in der Seele weh, wenn Jörn diese Schuld auf sich geladen hätte. Wenn wir ihn einbuchten müssten. Der Junge würde seines Lebens nicht mehr froh.«

Arne rutschte tiefer in seinen Sitz, stützte den Ellenbogen auf die Armlehne und legte den Kopf in die Hand. »Und Bele Dierksen, was machen wir mit ihr?«, fragte er.

Kuno wiegte den Kopf hin und her. »Auch sie werden wir nach ihrem Alibi fragen müssen.«

* * *

In einem der Räume im ersten Stock von Friedrich Fliegenfischers Haus sahen die Kommissare Licht. Arne klingelte Sturm, doch Friedrich öffnete nicht. Kuno nahm ein paar Steinchen vom Boden auf, warf sie nacheinander gegen die Fensterscheibe und rief hinauf. Endlich riss der Reporter das Fenster auf und streckte den Kopf hinaus.

»Mach die Tür auf. Wir müssen dich sprechen«, rief Arne ihm zu.

Friedrich hatte sich einen Bademantel übergeworfen, bevor er in der Tür erschien. Die Kommissare traten in den Flur.

»Wo warst du in den letzten Stunden seit ungefähr neunzehn Uhr?«, fragte Kuno ohne Umschweife.

Friedrich blickte grinsend drein. »Ich brauche doch wohl kein Alibi?«

»Doch«, warf Arne ihm zu. »Jasper ist tot. Deshalb brauchst du eins.«

Friedrich erblasste augenblicklich, seine Mundwinkel zuckten. »Mein Alibi liegt in meinem Bett«, sagte er eilig und strich sich die Haare glatt. Er ging zum Treppenabsatz und rief: »Anja, kommst du bitte mal kurz runter?«

Wenig später erschien Anja. Die blutjunge Frau hatte sich in ein großes Badetuch gewickelt und lächelte Arne keck an.

»In welcher Beziehung stehen Sie zu Herrn Fliegenfischer?«, fragte Kuno.

Anja warf Friedrich einen Blick zu. Der gab ihr einen aufmunternden Klaps auf die nackte Schulter. »Wir haben uns gestern im Seeräuber kennengelernt«, erklärte sie den Beamten. »Heute haben wir uns da zum Abendessen getroffen. Anschließend sind wir hierher, haben einen Wein getrunken und dann …«

»Danke, das genügt«, unterbrach Kuno sie. »Bitte kommen Sie am Montag aufs Polizeirevier. Wir müssen Ihre Aussage zu Protokoll nehmen.«

Die Kommissare überließen Friedrich seiner neuen Eroberung und fuhren zu Harry Küng. Den fanden sie in geselligem Kreis an der Bar seines Restaurants vor. Die alkoholgeschwängerte Stimmung war sichtlich auf ihrem Höhepunkt angekommen.

»Wir stören hoffentlich nicht?«, fragte Kuno schlecht gelaunt.

»Was kann ich für Sie tun?«, säuselte Küng, der inmitten der elegant gekleideten Gäste ganz in seinem Element war.

»Seit wann ist diese Party im Gang?«

»Seit heute Nachmittag. Wir feiern den sechzigsten Geburtstag eines Stammgastes. Erst gab es großen Kaffeeklatsch, dann ein Abendbüfett, jetzt den Absacker … der eher ein Aufputscher ist, wie Sie sehen.«

»Sie waren die ganze Zeit dabei?«

»Selbstverständlich. Bei solch einer wichtigen Veranstaltung wache ich darüber, dass alles glatt läuft, und lasse es mir nicht nehmen, mit meinem lieben Gast auf dessen Wohl anzustoßen«, führte Küng gestelzt aus. »Warum fragen Sie?«

»Weil Jasper Erikson heute Abend ums Leben gekommen ist«, klärte Kuno ihn auf. »Durch Fremdeinwirkung«, ergänzte er.

Küng schüttelte ungläubig den Kopf. Er wollte etwas sagen, konnte die Kommissare aber nur mit offenem Mund anstarren.

Kuno und Arne drehten sich auf dem Absatz um. »Wenn Sie wieder nüchtern sind, lassen wir uns Ihr Alibi noch schriftlich geben!«, rief Arne dem Hoteldirektor beim Hinausgehen zu.

»Nun wird's eng für Jörn«, grummelte Kuno, als sie nach Nebel zurückfuhren.

»Sollen wir ihn noch heute Abend festnehmen lassen?«

Kuno grübelte. »Nein«, sagte er dann, »dann hätte er die ganze Nacht über Zeit zum Nachdenken und würde uns morgen irgendein Märchen auftischen. Wir überraschen ihn morgen früh bei Göntje. Ich gebe den Kollegen in Leck gleich Bescheid, dass sie ihn keine Sekunde aus den Augen lassen dürfen, bis er bei seiner Mutter ist und wir ebenfalls da eingetroffen sind.« Dann warf er Arne einen Seitenblick zu. »Und du meinst, wir sollten jetzt noch zu Frau Dierksen fahren?«

»Das bleibt uns wohl nicht erspart. Wenn Göntje Erikson recht haben sollte, was ja nicht ganz auszuschließen ist, und wir gehen ihrer Anschuldigung nicht nach, geraten wir in Teufels Küche.«

»Also muss ich ihr die Nachricht von Jaspers Tod doch selbst überbringen«, sagte Kuno kaum hörbar. »Mein Gott, die Frau hat den ersten Schock noch gar nicht überwunden, da kommen wir mit der nächsten Hiobsbotschaft und müssen sie im selben Atemzug auch noch nach ihrem Alibi fragen.«

»Wenn wir gleich hinfahren, haben wir's in einer halben Stunde hinter uns«, tröstete Arne ihn. »Du machst die ganze Nacht kein Auge zu, wenn du es aufschiebst. Es ist kurz vor zehn. In ein paar Minuten können wir bei ihr sein. Ich bin sicher, sie schläft noch nicht.«

* * *

Es war Schlag zehn Uhr, als Beles Handy noch einmal klingelte. Yannick, Mimi und Mia saßen zusammen mit Bele und Ilka im Wohnzimmer. Gemeinsam versuchten sie, das Unfassbare zu begreifen und das Schweigen zu ertragen.

Gerco entschuldigte sich für den späten Anruf. Er sprach nur zwei Sätze. Bele schossen die Tränen in die Augen. Sie flüsterte: »Danke, dass du mich benachrichtigt hast«, und beendete das Gespräch. Dann ließ sie sich auf das Sofa fallen und schlug die Hände vors Gesicht.

»Was ist passiert?«, fragte Ilka.

»Jasper ist tot«, schluchzte sie. »Jasper ist tot.«

»Nein!«, rief Ilka entsetzt. »Das kann nicht sein!« Sie sprang von ihrem Sessel auf, setzte sich neben Bele, schlang die Arme um ihre Schultern und drückte sie an sich.

Kurz darauf läutete es an der Haustür. Keine der Frauen rührte sich. Wieder und wieder klingelte und klopfte es, und sie vernahmen eine Stimme: »Kripo Wattenmeer, bitte öffnen Sie uns.«

Endlich erhob Ilka sich und schloss die Haustür auf.

»Dürfen wir kurz eintreten?«, fragte Kuno.

»Das passt jetzt wirklich gar nicht«, versuchte Ilka, die völlig aufgelöst wirkte, die Männer abzuwimmeln.

»Wir müssen Frau Dierksen dringend noch einmal sprechen«, beharrte Arne.

Ilka überlegte, was sie sagen sollte »Meine Freundin fühlt sich nicht in der Lage …«

Arne schob sie zur Seite. »Es tut uns wirklich leid, aber darauf können wir keine Rücksicht nehmen. Wir ermitteln in einem Mordfall.«

Plötzlich stand Bele vor ihnen. »Sie kommen wegen Jasper«, sagte sie tonlos.

»Sie wissen, was geschehen ist?«, fragte Kuno.

»Herr Storm hat mich informiert.«

»Frau Dierksen, ich muss Sie leider fragen, wo Sie sich heute Abend von circa neunzehn Uhr bis zu dem Zeitpunkt aufgehalten haben, als ich zu Ihnen kam, um Sie über den Tod Ihres Mannes zu unterrichten.«

»Das kann nicht Ihr Ernst sein«, hauchte Bele.

»Bitte machen Sie es sich selbst und uns nicht so schwer«, sagte Kuno müde. »Es ist eine reine Formsache. Wir müssen Ihnen diese Frage stellen.«

»Fragen Sie Gerco Storm«, sagte Bele und betete herunter: »Am Nachmittag hatten wir einen Notartermin in Norddorf.

Danach waren wir im Restaurant Tintenfisch. Anschließend hat Herr Storm mich nach Hause gefahren und gleich darauf kamen Sie.« Mit fassungslosem Blick fixierte sie Kuno: »Und nun ist auch noch mein Geliebter tot, und ich soll ihn ermordet haben?«

»Wie mein Kollege bereits sagte«, beschwichtigte Arne sie, »handelt es sich um eine reine Formsache. Wir bitten Sie um Verständnis und ...«, Arne räusperte sich, »wir möchten Ihnen unser aufrichtiges Beileid aussprechen.«

»Wenn Sie uns dann bitte wieder allein lassen würden«, komplimentierte Ilka die Kommissare hinaus. Schweigend gingen sie und Bele ins Wohnzimmer zurück und setzten sich wieder aufs Sofa. Bald darauf zogen Yannick, Mimi und Mia sich auf Yannicks Zimmer zurück.

»Um Ebbe kann ich nicht trauern«, meinte Bele nach langem Schweigen mit einer Stimme, die nicht ihr zu gehören schien. »Er war seit Jahren nicht mehr Teil meines Lebens, innerlich hatte ich ihn längst verlassen. Aber Jasper ...«

Ilka schien etwas sagen zu wollen. Dann aber griff sie mit einer heftigen Bewegung nach ihrem Wasserglas und trank es in einem Zug leer.

SAMSTAG

1

Wie ein Orkan fegte die Nachricht von Jaspers Tod über die Insel. Vor dem Haus der Eriksons versammelten sich unzählige Neugierige, Einheimische wie Urlauber. Niemand konnte begreifen, dass der Attentäter sein Ziel mit tödlichen Waffen, einer Bombe und einer Pistole, zweimal verfehlt hatte, um es beim dritten Versuch mithilfe einer simplen Schaufel zu erreichen. Überhaupt erschien es unfassbar, dass jemand diesem großen, kräftigen Mann, der sich immer so unbesiegbar gezeigt hatte, das Leben genommen hatte.

Jörn Erikson kam am frühen Morgen mit der ersten Fähre in Wittdün an. Göntjes Freundin erwartete ihn am Fähranleger und brachte ihn in sein Elternhaus.

Kuno und Arne erfuhren von ihren Kollegen, dass Jörn auf dem Weg zu Göntje war. Sie machten sich ebenfalls nach Norddorf auf und bahnten sich einen Weg durch die vielen Menschen in der schmalen Straße, in die immer mehr Sensationshungrige strömten. Der Hauptkommissar baute sich am Grundstück der Eriksons vor der Gartenpforte auf und bat die Menge, nach Hause zu gehen und die Familie in Ruhe trauern zu lassen. Unter Murren löste sich die Ansammlung auf.

Göntje öffnete die Tür nach dem zweiten Klingeln und bat die Kommissare in die Wohnküche. Die Tür zum Garten stand offen. Jörn saß mit dem Rücken zum Haus auf der Terrasse. Vor ihm stand eine Tasse Kaffee.

Kuno trat hinaus. »Warum hast du das getan?«, fragte er geradeheraus.

Jörn schrak zusammen. Er wandte sich Kuno zu, und schon im nächsten Augenblick rannte er los. Die Kommissare sprinteten hinter ihm her und fassten ihn an den Armen, als er über den Zaun am Ende des Gartens klettern wollte. Jörn wehrte sich nicht. Resigniert ließ er sich ins Haus führen. Kuno schloss die Terrassentür, drückte Jörn auf einen Stuhl am Esstisch und nahm mit Arne auf der gegenüberliegenden Seite Platz. Göntje setzte sich neben ihren Sohn und tätschelte seine Schulter. Ihre Blicke wanderten fragend zwischen Kuno, Arne und Jörn hin und her.

Plötzlich begriff sie, warum Jörn hatte flüchten wollen, und ihre Augen weiteten sich. Sie hob die Hände an den Mund und schrie vor Entsetzen auf. Während Arne angesichts dieses erbärmlich wirkenden mutmaßlichen Täters äußerlich ganz gelassen blieb, fing Kunos Herz an zu rasen. Der Hauptkommissar kannte die Familie Erikson zu lange, um das Gespräch, das ihm und Jörn nun bevorstand, emotionslos führen zu können.

Jörn schwieg.

»Warum hast du deinen Vater umgebracht?«

»Ich hab meinen Vater nicht umgebracht!«, rief Jörn erschrocken.

»Nicht du selbst. Aber du hast den Mord geplant, und du hast jemanden engagiert, der die Tat ausführte«, sagte Kuno so ruhig, wie es ihm möglich war.

»Aber doch nicht diese Tat! Ich habe meinen Vater nicht erschlagen!« Göntje starrte ihren Sohn entgeistert an. Jörn hielt den Kopf gesenkt, die Hände zwischen die Knie geklemmt. Plötzlich fing er an zu zittern. Seine Augen füllten sich mit Tränen, und er schlug die Hände vors Gesicht.

Kuno, Arne und Göntje saßen regungslos da, bis Jörn sich wieder gefangen hatte.

»Wenn du nicht diese Tat begangen hast, welche dann?«, fragte Kuno.

Jörn suchte vergeblich nach Worten.

»Du wolltest deinen Vater in die Luft sprengen.« Kuno hoffte, ihm mit dieser Feststellung das Geständnis zu erleichtern.

»Ich wollte es und wollte es auch wieder nicht«, presste Jörn hervor. Sein Gesicht verzog sich zu einer Grimasse.

Kuno versuchte, den Druck aus seiner Stimme zu nehmen. »Warum wolltest du deinen Vater töten? Und wenn du es dann doch nicht wolltest, wie kam es trotzdem zu den Anschlägen?«, fragte er.

Jörn schnappte ein paarmal nach Luft wie ein Erstickender, bevor er anfing zu reden. »Es hat alles mit Harry Küng angefangen.«

»Ich wusste doch gleich, warum ich den Typ nicht leiden kann!«, platzte es aus Arne heraus. Kuno gab ihm ein Zeichen, den Mund zu halten.

»Vor ein paar Monaten habe ich einen neuen Hoteldirektor für die Strandrose gesucht«, erklärte Jörn. »Einer der Bewerber war Harry Küng. Wir haben uns in Leck getroffen, er machte einen guten Eindruck, und ich hab ihn eingestellt. Er fragte mich, wie ich als Kfz-Meister überhaupt zu dem Hotel gekommen sei. Ich hab ihm von meinen Großeltern erzählt, von unserer Familie, auch von Vater. Er hat einfach zugehört, nachgefragt, und ich hab immer mehr erzählt. Auch davon, wie ich unter Jasper gelitten habe.« Jörn sah auf. »Wisst ihr eigentlich, was es bedeutet, einen Vater zu haben, dem man nie etwas recht macht? Der immer sagt: Was du machst, ist falsch, sieh her, du musst es machen wie ich? Und der einem jedes Mädchen vor der Nase wegschnappt, sodass man einfach keine Chance hat?«

Jörns Stimme war immer lauter geworden. Den letzten Satz hatte er Kuno ins Gesicht geschleudert. Er machte eine Pause, atmete schwer und beruhigte sich wieder. »Ich hätte nie eine

Frau auf Amrum finden können. Ich war ja nie Jörn Erikson, ich war immer nur der Sohn von Jasper, und dessen Ruf war jedem auf der Insel bekannt. Die meisten Mädchen, die mir gefallen haben, haben gleich abgewinkt. Sie dachten, ich wäre genauso wie mein Vater und hätte jede Woche eine andere. Wenn sich doch mal eine für mich interessiert hat, hat Jasper angefangen, mit ihr zu flirten. Selbst auf dem Festland war es schwer, mir eine Freundin zu suchen. Immer war diese Angst da, irgendwann kommt mein Vater und nimmt sie mir weg.«

Göntje stand weinend auf und lief aus dem Raum.

»Ich wäre gern auf Amrum geblieben! Aber solange mein Vater hier war … Und ich konnte auch nicht mit ansehen, wie meine Mutter unter ihm litt. Meine Schwestern haben die Frauengeschichten einfach ausgeblendet. Aber Mutter und ich, wir konnten das nicht. Meine Mutter hat oft versucht, mich nach Amrum zurückzuholen, um die Familie wieder zusammenzubringen. Sie hat mir vorgegaukelt, sie kommt mit der Situation zurecht, sie hätte sich damit abgefunden. Aber ich konnte nicht darüber hinwegsehen. Und sie konnte mir auch nicht verheimlichen, wie es wirklich in ihr aussah.« Jörn sah Kuno an: »Glaub mir, wäre ich zurückgekommen, ich hätte meinen Vater irgendwann im Meer ersäuft.«

Kuno holte tief Luft. Bei dem Gedanken an all das, was sich in dieser Familie unterschwellig abgespielt hatte, wurde ihm schwindelig. »Wie kam es dann zu den Attentaten?«

Jörns Stimme klang jetzt, als sei er erleichtert, erzählen zu können, was geschehen war. »Nachdem Harry das Hotel übernommen hatte, haben wir oft miteinander telefoniert. Er ist ein richtiger Freund für mich geworden.«

»Ihr passt doch überhaupt nicht zueinander, ihr seid doch so unterschiedlich wie Tag und Nacht«, warf Arne ein.

»Aber er hat mir zugehört, und er hat mich verstanden. Sein Vater war nämlich auch nicht so viel anders als meiner«, verteidigte Jörn seine Freundschaft mit Küng. »Und zu Friedrich Fliegenfischer hatte Harry auch schnell einen guten Draht. Der hat ihn über alles informiert, was man über das Inselleben so wissen muss. Von ihm hat Harry auch erfahren, dass mein Vater eine Dauergeliebte hat, die wohl extra seinetwegen nach Amrum gezogen ist.«

»Von Fliegenfischer! Natürlich!«, rief Arne und schnellte nach vorn. Kuno legte ihm beschwichtigend die Hand auf den Arm.

»Und dann ...« Jörn schüttelte den Kopf und hob die Hände, als könne er es immer noch nicht fassen. »Dann kam auf einmal ein Junge zu mir in den Laden, der aussah wie mein Vater. Er hat nach einem günstigen Gebrauchtwagen gefragt. Mich hat der Schlag getroffen, als er vor mir stand! Ich hab ihm gesagt, im Moment hab ich nichts in seiner Preisklasse da, er soll mir seinen Namen und seine Adresse geben, ich melde mich.«

»Wieso die Adresse?«, fragte Kuno. »Telefonnummer hätte doch gereicht.«

Jörn stierte auf einen Punkt auf dem Tisch. »Ich dachte mir, dass er noch zu Hause wohnt. Ich bin da hin, hab aus dem Auto heraus Fotos von seiner Mutter gemacht und hab sie Harry geschickt. Der hat sie Friedrich gezeigt. Ja, hat er gesagt, das ist sie. Da war mir klar, dass dieser Yannick wirklich Vaters Sohn ist.« Verzweifelt sah Jörn die Kommissare an.

»Das hat dir den Rest gegeben«, sagte Kuno.

Jörn nickte. »Da bin ich durchgedreht.« Er suchte Verständnis in den Gesichtern der Kommissare, bevor er fortfuhr. »Den bring ich um!, hab ich in den Hörer gebrüllt. Da hat Harry gesagt: Ich kann deine Wut verstehen. Aber mach dir nicht die Finger schmutzig. Dein Vater ist es nicht wert, dass du in den Knast gehst.« Jörn stockte. »Ich hab ihn gefragt, was ich denn seiner Meinung nach tun soll und er hat nicht lange überlegt. Er hat gesagt, er hätte eine Lösung für mich.«

»Wie sah die Lösung aus?«, fragte Arne.

»Harry sagte, er kennt jemanden, der das Problem aus der Welt schaffen kann. Ich hab ihn gefragt, was er damit meint: das Problem aus der Welt schaffen. Er hat mir von seinem Freund aus Moskau erzählt und dann den Kontakt hergestellt. Boris hat natürlich Geld verlangt für seine … für das, was er tun sollte.«

»Hast du Boris persönlich getroffen?«, wollte Kuno wissen.

»Nein«, sagte Jörn, »ich hab ihn nie gesehen. Ich weiß nicht einmal, wie er in Wirklichkeit heißt. Harry hat sich die Namen für uns ausgedacht, Boris und Gustav, für den Fall, dass irgendwer durch Zufall unsere Telefonate mithört.«

»Ihr habt also am Telefon geplant, Jasper umzubringen.«

Jörn nickte schuldbewusst. »Wir haben vereinbart, dass Boris alles Nötige beschafft, das Attentat vorbereitet und mich informiert, wann genau ich das Handy mit dem Sprengstoff anrufen soll, um die Explosion auszulösen. Ich selbst wollte ja derjenige sein, der meinen Vater … Ich wollte all meine Wut an ihm auslassen. Ich dachte, wenn ich es selbst mache, dann bin ich erlöst, dann sind wir alle frei. Dann kann er meiner Mutter nicht mehr wehtun, und in mir selbst wird endlich dieser Knoten platzen, den ich mein Leben lang mit mir herumschleppe.«

»Kurz vor dem ersten Attentat hast du deinen Vater angerufen«, sagte Arne.

»Dreimal hab ich versucht, ihn zu erreichen, dreimal!«, ereiferte Jörn sich. »Wenn er bei dieser Frau in Wittdün ist, ist er nicht mal für seinen eigenen Sohn zu sprechen. Nicht einmal dann, wenn ich nach sieben Jahren nur einmal mit ihm reden will, nur ein einziges Mal!« Jörn schluckte; wieder war er den Tränen nahe.

»Warum wolltest du ihn sprechen?«, hakte Arne nach.

»Ich hab Skrupel bekommen. Ich kannte ja nur die Version von der Geschichte, die Harry mir erzählt hat. Ich dachte, wenn ich mit Vater rede, hört die Sache sich vielleicht anders an. Oder ich kann ihm klarmachen, dass er die Frau wieder zurückschicken muss. Dass er meiner Mutter das nicht antun darf.« Jörn rutschte verlegen auf seinem Stuhl herum. Dann sprach er mit leiser Stimme weiter. »Irgendwo tief drinnen hab ich vielleicht auch gehofft, er sagt, dass ich ihm fehle und dass er mich akzeptiert, auch wenn ich nicht so ein Macher bin wie er. All das ging mir durch den Kopf. Eine Bombe ist ja ziemlich endgültig. Ich hatte Angst davor, sie zu zünden, ohne es noch einmal mit ihm versucht zu haben. Aber als er nicht ans Telefon gegangen ist, da war es vorbei. Da ist etwas in mir endgültig gerissen.«

»Und dann hast du die Bombe hochgehen lassen«, sagte Kuno.

»Ja.« Jörn lachte auf. »Und als das schiefging, hab ich noch gedacht: Nicht mal das krieg ich hin. Ich schaffe es nicht einmal, eine winzig kleine Bombe im richtigen Augenblick explodieren zu lassen.«

»Und vier Tage später ist auch noch das zweite Attentat fehlgeschlagen«, sagte Arne mitleidlos.

»Ja, aber das habe nicht ich vermasselt«, sagte Jörn trotzig, »das war Boris. Der kann einfach nicht zielen. Und so was will ein Profikiller sein!«

»Dann hast du einen dritten Anschlag geplant.«

Jörn riss die Augen auf. »Nein! Eben nicht! Als auch das zweite Attentat schiefgelaufen ist, hab ich Schiss gekriegt. Das war für mich das Zeichen, dass ich die Finger davon lassen soll. Dass mir am Ende die Polizei auf die Schliche kommt und ich ins Gefängnis muss.«

»Was sich nun auch nicht vermeiden lässt«, sagte Arne, und Jörn sah ihn ängstlich an. »Was hat Boris denn dazu gesagt, dass euer Plan zweimal gescheitert ist?«

»Der hat sich heimlich verdrückt, der feige Hund! Ich hab noch ein paarmal versucht, ihn anzurufen. Ich wollte wenigstens einen Teil des Geldes zurück, das ich ihm gezahlt hatte. Aber er war nicht mehr erreichbar. Harry sagte mir, er sei abgereist.«

Die Kommissare verkniffen sich ein zufriedenes Lächeln.

»Wie erklärst du dir, dass dein Vater erschlagen wurde?«, fragte Kuno.

Jörn zuckte mit den Schultern. »Ich weiß es nicht. Da muss außer mir noch jemand sehr viel Wut auf ihn gehabt haben.« In Jörns Augen lag die Frage: Ist das so schwer nachvollziehbar?

Arne und Kuno verständigten sich mit Blicken. Kuno kannte Jörn gut genug, um ihm zu glauben, dass er den Tod seines Vaters letztlich nicht verschuldet hatte.

»Wir müssen dich trotzdem mitnehmen«, sagte Kuno.

»Und die Beerdigung?«, fragte Jörn. In seinem Blick lag eine tiefe Traurigkeit.

»Daran darfst du teilnehmen, allerdings nur unter Bewachung.« Es fiel Kuno nicht leicht zu fragen: »Bist du bereit, mit uns zu kommen?«

Jörn nickte und folgte den Kommissaren ohne Widerstand, als sie ihn in die Mitte nahmen, um ihn zum Auto zu führen.

Göntje lief herbei und versperrte den Männern den Weg. »Jörn!«, rief sie. »Kuno, das kannst du nicht machen! Ihr könnt mir nicht auch noch meinen Sohn nehmen!« Weinend brach sie zusammen. Ihre Freundin, die sich im Wohnzimmer um sie gekümmert hatte, kam hinzu und sah die Kommissare flehentlich an.

»Mutter«, sagte Jörn. Er beugte sich zu Göntje hinab, die vor ihm kniete, und drückte sie an sich. »Lass mich jetzt gehen. Es … es ist ja nicht für immer.«

»Ich rufe Hilfe«, sagte Kuno. Er zückte sein Handy und bat seine Kollegen, einen Polizeipsychologen von Föhr kommen zu lassen. Dann verließen die Männer das Haus.

»Was passiert mit Harry?«, wollte Jörn wissen, als die Kommissare mit ihm auf dem Weg zum Polizeirevier waren.

»Der wird dir bald Gesellschaft leisten«, meinte Kuno. »Der Haftbefehl ist schon unterwegs.«

2

Am frühen Nachmittag saßen Kuno und Arne sich mit angespannten Gesichtern an ihren Schreibtischen auf der Polizeistation am Sanghugwai gegenüber, einer schlechter gelaunt als der andere.

»Jetzt haben wir die gescheiterten Attentäter, aber nicht den Mörder«, sagte Arne und brachte damit die Situation auf den Punkt.

»Das glaubt uns keiner«, raunzte Kuno. »Nun fangen wir wieder ganz von vorne an.«

»Guck mal, da kommen die Plakate!«, rief Arne und lief nach draußen. Ein Bote der Inseldruckerei parkte vor dem Gebäude, öffnete den Kofferraum und holte Poster mit Zeugenaufrufen hervor, die die Kommissare am Mittag in Auftrag gegeben hatten.

Durch das geschlossene Bürofenster beobachtete Kuno, wie der Bote Arne etwas erzählte und dabei aufgeregt gestikulierte. Mit den Postern unterm Arm kehrte Arne ins Büro zurück.

»Was hatte der Mann denn Spannendes zu erzählen?«, fragte Kuno. Er wickelte ein Lakritzbonbon aus dem Papier, schob es sich in den Mund und lutschte es schmatzend.

»Stell dir vor«, sagte Arne und fing genauso lebhaft an zu gestikulieren wie der Bote: »Göntje zieht von hier weg!«

»Das gibt's nicht!« Kuno schob das Bonbon in eine Backentasche.

»Sie hat ihr Haus vorhin mit Sack und Pack verlassen. Ihre Freundin hat sie zum Hafen gefahren. Jetzt warten die beiden auf die nächste Fähre nach Dagebüll.«

»Wo will sie denn hin? Hat der Bote was gesagt?«

»Nach Husum. Da sitzt Jörn jetzt in Untersuchungshaft. Göntje will in seiner Nähe bleiben, bis er wieder raus ist aus dem Knast.«

»Und dann?«, fragte Kuno über den Rand seiner Lesebrille hinweg.

Arne zuckte mit den Schultern. »Dauert ja noch 'n Weilchen.«

»Is wohl wahr.« Kuno schlug mit der Faust auf den Tisch und beobachtete durchs Fenster, wie die Wolken über den Himmel zogen.

»Grübeln und Ärgern hilft uns jetzt nicht weiter«, sagte Arne. »Komm, hilf mir.«

»Aha! Arne, der Pragmatiker«, grantelte Kuno. Behäbig stand er auf und holte die Plakataufsteller aus dem Lagerraum. Gemeinsam fügten die Kommissare die Zeugenaufrufe in die Wechselrahmen ein, verstauten die Plakatständer im Dienstwagen und fuhren los.

Drei der sechs Plakate stellten sie in der Ortsmitte von Norddorf auf, zwei weitere am Strunwai. Als sie das letzte am Strandübergang postierten, stand eine Frau von vielleicht dreißig Jahren mit einem kleinen Mädchen an der Hand bei Gerco Storm. Sie zahlte die Miete für einen Strandkorb und unterhielt sich mit ihm. Nach einer Weile deutete er mit dem Finger auf die Kommissare und schien die Frau zu ermutigen, sich an die beiden Männer zu wenden.

»Moin, die Dame«, sagte Kuno, als sie, ihr Kind hinter sich her ziehend, auf ihn zukam. »Sie möchten zu uns?«

Die Frau in Jeans und blauem Pulli war zierlich und wirkte ein wenig schüchtern. Sie stellte sich als Hamburgerin vor, die mit ihrer fünfjährigen Tochter in einer Kurklinik am Strunwai eine Mutter-Kind-Kur absolvierte. »Ich habe gerade das Plakat mit dem Zeugenaufruf gesehen«, erklärte sie, »und da ist mir etwas eingefallen. Gestern Abend habe ich nämlich eine Beobachtung gemacht.«

»Nur zu«, ermunterte Kuno die Frau, »was haben Sie denn gesehen?«

»Ich weiß nicht, ob es wirklich wichtig ist.«

»Für uns kann jeder kleinste Hinweis wichtig sein«, sagte Arne, der befürchtete, dass die Zeugin es sich gleich anders überlegen und auf dem Absatz kehrtmachen würde.

Die Frau lächelte. »Na gut, wenn Sie meinen. Also, es war so: Gestern Abend sind zwei junge Frauen wie in Panik den Strunwai Richtung Ortskern entlanggelaufen und haben sich immer wieder umgesehen. Ich saß auf einer Bank vor dem Klinikgebäude, als sie vorbeirasten. Die Uhrzeit passt in den Zeitraum, der auf dem Plakat als ungefähre Tatzeit angegeben ist. Ich weiß natürlich nicht, ob die Frauen diejenigen sind, die diesen Surflehrer … Ich will sie auf keinen Fall beschuldigen. Vielleicht waren es nur Augenzeuginnen und sie haben sich schon bei Ihnen gemeldet.«

»Nein, bei uns hat sich noch niemand gemeldet, der etwas zur Tat hätte aussagen können«, sagte Kuno. Arne und er strahlten die Frau an wie eine Glücksfee, die gekommen war, um ihnen ihren derzeit sehnlichsten Wunsch zu erfüllen. »Können Sie die jungen Frauen beschreiben?«

»Klar, die waren ein echter Hingucker!«, lachte sie. »Zwei ausgesprochen hübsche Mädchen, ungefähr achtzehn Jahre alt, mittelgroß, schlank und sehr sportlich. Und eindeutig Zwillinge, wie sie eineiiger nicht sein könnten. Sie waren gleich angezogen, von den knallroten Sportschuhen und den weißen Jeans bis zu den roten Halstüchern mit weißen Punkten.«

Kuno zog die Augenbrauen hoch. »Soweit ich weiß«, sagte er zu Arne, »hält sich zurzeit auf Amrum nur ein einziges eineiiges weibliches Zwillingspaar im fraglichen Alter auf.«

Kuno notierte den Namen und die Kontaktdaten der Zeugin. Währenddessen rief Arne Bele an und vergewisserte sich, dass sie und ihre Töchter zu Hause waren. Er bat sie, dort zu warten.

»In welcher Angelegenheit kommen Sie heute?«, fragte Bele kühl. »Geht es um den Tod meines Mannes oder um den von Jasper Erikson?«

»Worum es geht, möchten wir Ihnen erklären, wenn wir uns gegenübersitzen. In zwanzig Minuten sind wir da.«

* * *

Kuno fühlte sich unbehaglich wie noch nie in seinem Leben, als er Bele begrüßte, und auch Arne hatte seine Unbefangenheit, die ihn oft so lässig wirken ließ, verloren. Wie begegnete man einer Frau, die am Tag zuvor ihren Noch-Ehemann und ihren Geliebten verloren hatte und die nun unmittelbar vor einem weiteren ungeheuerlichen Schicksalsschlag stand?

»Es tut uns leid, dass wir Sie nochmals behelligen müssen«, sagte Kuno, der Bele ansah, dass sie in der letzten Nacht kaum geschlafen hatte. »Ich kann nur ahnen, was Sie zurzeit durchmachen.«

Bele blickte die Kommissare unverwandt an und führte sie ins Wohnzimmer, wo Beles Töchter und ihre Freundin saßen. Die Atmosphäre war frostig. Eine spürbare Nervosität hatte sich im Raum breitgemacht. Niemand sprach ein Wort.

»Mein Sohn ist mit Freunden unterwegs, die er kürzlich auf einer Strandparty kennengelernt hat«, entschuldigte Bele mit unsagbar müder Stimme Yannicks Abwesenheit. »Aber Ihr Anliegen betrifft ja eher meine Töchter und mich, wenn ich Sie richtig verstanden habe. Wieso interessieren meine Töchter Sie, wenn ich fragen darf?«

»Es geht noch einmal um den gestrigen Abend«, begann Kuno das Gespräch. Ein schwerer Kloß machte sich in seinem Magen breit, als er bemerkte, wie sich schlagartig ein Schatten über die Gesichter von Mimi und Mia legte. Auch Ilka Bentien schien erschrocken zu sein. Sie schielte kurz zu den beiden Mädchen hinüber; dann fixierte sie das Wasserglas, das vor ihr auf dem Tisch stand. Nur Bele Dierksens Augen blieben unverändert ausdruckslos, als wären alle Gefühle in ihr erloschen. Arne nickte Kuno kaum merklich zu. Er schien die Situation ähnlich zu empfinden wie Kuno selbst.

»Um im Mordfall Jasper Erikson voranzukommen, haben wir Zeugenaufrufe in Norddorf verteilt. Daraufhin hat sich eine Dame bei uns gemeldet.« Kuno deutete mit der Hand auf die Zwillinge. »Sie hat Sie beide dabei beobachtet, wie Sie, vom Strand kommend, den Strunwai Richtung Ortszentrum rannten. Sie hatte den Eindruck, Sie seien auf der Flucht.«

Wie ferngesteuert hoben Mimi und Mia gleichzeitig ihre Hände vor den Mund. Starr vor Schreck sahen sie Kuno an.

»Wovor sind Sie davongelaufen?«, fragte er.

Die Mädchen antworteten nicht. Bele erhob sich. »Meine Herren, ich muss Sie bitten, auf meine Töchter Rücksicht zu nehmen. Sie haben gerade ihren Vater verloren.«

»Frau Dierksen«, erklärte Kuno in seiner ruhigen, väterlichen Art, mit der er in fast jeder Situation souverän das Steuer übernahm. »Mein Kollege und ich sind dabei, den Mord an Jasper Erikson aufzuklären, und Ihre Töchter wurden von einer Augenzeugin mit der Tat in Verbindung gebracht. Wenn wir uns nicht in Ihrem Haus unterhalten können, müssen wir Ihre Töchter mit aufs Polizeirevier nehmen.«

Mimi und Mia schrien auf. Die eine der beiden fing laut an zu weinen und auch die Augen der anderen füllten sich mit Tränen.

»Nicht ohne Anwalt!«, rief Bele entrüstet. »Meine Töchter haben nichts mit dem Tod von Jasper Erikson zu tun! Sie können sie nicht einfach mitnehmen und verhören wie Schwerverbrecher.«

»Ob Ihre Töchter damit zu tun haben oder nicht, werden wir zu klären haben«, belehrte Kuno sie. »Selbstverständlich haben Sie das Recht, einen Anwalt hinzuzurufen.«

Verzweifelt sahen die Mädchen erst ihre Mutter an, dann Ilka.

»Bitte lassen Sie Mimi und Mia in Ruhe«, sagte Ilka plötzlich. Sie wirkte seltsam starr und war auf ihrem Sessel ganz nach vorn gerutscht. »Sie haben nichts verbrochen. – Ich fürchte, ich bin diejenige, die den Tod von Jasper Erikson zu verantworten hat. Auch wenn es keine Absicht war.«

Mit einem Schlag war es totenstill im Raum. Alle starrten entgeistert zu Beles bester Freundin hinüber. Ilka blickte Kuno an und doch durch ihn hindurch. Mit stockender Stimme berichtete sie, was vorgefallen war:

»Wir haben uns gestern einen schönen Tag gemacht, Mimi, Mia und ich, eine Shoppingtour. In Norddorf haben wir den Wagen auf dem Parkplatz am Ortseingang abgestellt und von dort aus die Geschäfte abgeklappert. Danach haben wir Pizza gegessen und wollten noch einen kleinen Spaziergang am Meer machen. Wir hatten den Strand für uns allein. Mimi und ich sind über die Sandbänke gelaufen, die bei Ebbe trockenfallen. Mia hatte keine Lust mehr, zu laufen. Sie hat in einem Strandkorb auf uns gewartet. Zum Schluss haben wir uns alle noch auf eine Bank oben am Strandübergang gesetzt und zugeschaut, wie die Flut wieder eingesetzt hat. Irgendwann meinte Mia, dass sie nach Hause will. In Ordnung, habe ich gesagt, ich gehe nur noch schnell zur Toilette. Mimi ist mitgekommen. Mia blieb also allein zurück.«

Ilka sah zu Mia hinüber, die ihr gebannt zugehört hatte. »Erzähl du, was dann geschehen ist«, forderte sie das Mädchen auf.

Mia nickte und erzählte mit zitternder Stimme: »Ich bin zu dem Strandkorb-Stand ganz oben am Strunwai gegangen. Ich habe gelesen, was auf der Tafel stand, die vor einem der Körbe aufgestellt war – wann am nächsten Tag Niedrigwasser und Hochwasser sind und diese Sachen. Auf einmal hat mich jemand von hinten angesprochen. Na, junge Dame, hat er gesagt, noch einen Strandspaziergang machen? Ich hab mich furchtbar erschreckt. Als ich mich zu dem Mann umgedreht habe, hat er mir einfach einen Arm um die Taille gelegt. Ich hab versucht, mich rauszuwinden, aber er hat mich nicht losgelassen. Und in dem Moment kam Mimi dazu.«

Mia flehte ihre Schwester mit Blicken an, weiterzuerzählen.

»Ja … als ich aus der Toilette kam«, begann Mimi, deren Aufregung ebenfalls nicht zu überhören war, »hab ich diesen riesigen Kerl mit der Tätowierung im Nacken gesehen, der Mia im Arm hatte. Im ersten Moment dachte ich, er will ihr was tun. Da bin ich auf ihn los, hab mit beiden Fäusten auf seinen Rücken eingehämmert und gerufen: Lassen Sie meine Schwester los! Er hat sich halb zu mir umgedreht, Mia immer noch im Arm. Er hat uns beide abwechselnd angeguckt. Dich gibt's ja gleich zweimal, hat er zu Mia gesagt und den Arm auch um mich gelegt und gelacht und uns beide nicht mehr losgelassen. Er wollte wissen, wie lange wir auf der Insel bleiben und ob wir nicht bei ihm Surfen lernen wollen. Und wir würden bestimmt eine tolle Figur auf dem Surfbrett machen.«

Mimi schüttelte sich bei der Erinnerung an das Geschehen und sah zu Ilka hinüber.

»In dem Moment bin ich dazugekommen«, setzte Ilka mit rauer Stimme fort. »Ich sah diesen verdammten Schürzenjäger, wie er Beles Töchter an sich drückte und wie sie versuchten, sich aus seiner Umarmung zu befreien. Ich dachte: Der kriegt ja wohl den Hals nicht voll! Ich war so stinkwütend auf ihn. Was er seiner Frau antut, kann mir egal sein, auch wenn ich gestehen muss, dass sie mir leidtut. Aber dass er meiner besten Freundin, die eine unglückliche Ehe hinter sich hat, Liebe vorgaukelt und dann hinter ihrem Rücken jedem Rock nachläuft, der die Insel betritt, das war mir zu viel! Sie müssen wissen: Am Mittwoch hat er auch mich angebalzt, als ich allein in einem Strandkorb saß. Er wusste ja nicht, dass ich Beles Freundin bin.«

»Ilka, was redest du denn da!«, rief Bele ungläubig aus. »Das muss ein Irrtum sein!«

Ilka sprang auf und hob die Hände. »Ein Irrtum? Du siehst doch, dass er vor niemandem Halt macht, nicht mal vor Mädchen, die kaum erwachsen sind. Nicht einmal auf die Gefahr hin, dass er deine Töchter erwischt!«, rief sie aufgebracht aus.

Kuno bat sie, sich wieder hinzusetzen.

»Es tut mir so leid, Bele«, sagte sie, als sie sich wieder etwas beruhigt hatte. Sie blickte zu Kuno und Arne hinüber. »Ich war so aufgebracht. Ich wusste einfach nicht mehr, was ich tat. Ohne auch nur eine Sekunde nachzudenken, habe ich zu einer der Schaufeln gegriffen, die neben dem Strandkorb standen, und habe sie Jasper auf den Schädel geschlagen.« Ilkas Stimme versagte.

»Da hat er uns losgelassen«, fuhr Mia fort, »und sich den Kopf gehalten. Er ist nach vorne gewankt, hat sich umgedreht und ist auf den Boden gefallen. In dem Moment sind Mimi und ich weggerannt, so schnell wir konnten.«

Ilka sprach leise weiter. »Zuerst habe ich selbst nicht begriffen, was eigentlich passiert ist. Ich war starr vor Schreck. Als ich mich dann nach den Mädchen umdrehte, sah ich, wie sie sich immer weiter entfernten. Und dieser Mann, sein Blick war so … so furchterregend.« Ilka schauderte. »Mir war überhaupt nicht klar, wie schwer verletzt er war. Im Gegenteil, ich hatte Angst, er steht gleich auf und greift mich an.«

»Da sind Sie weggelaufen«, sagte Kuno.

»Ja. Ich hab die Schaufel fallen lassen und bin den Dünenweg hinaufgerannt zu dem Parkplatz, auf dem der Wagen stand. Ich hoffte, dass Mimi und Mia auch dorthin finden würden. Auf einmal sah ich sie von der Hauptstraße aus auf mich zukommen. Ich war so erleichtert, sie zu sehen. Sie waren natürlich genauso fertig wie ich.«

»Und dann haben Sie beschlossen, so zu tun, als wäre nichts gewesen?«, fragte Arne.

Ilka schüttelte den Kopf. »Ich habe den Mädchen erzählt, wer dieser Mann ist und dass er erst vor wenigen Tagen versucht hat, mich anzugraben. Ich habe ihnen gesagt: Ich muss Bele warnen. Ich muss ihr erzählen, was passiert ist. Damit sie endlich begreift, mit wem sie sich da eingelassen hat. Wir haben abgemacht, dass die beiden mich mit Bele allein lassen, wenn wir wieder in Wittdün sind, und dass ich ihr dann genau erzähle, was passiert ist.«

»Und? Haben Sie Ihre Freundin informiert?«, fragte Kuno mit einem kurzen Seitenblick auf Bele, die Ilkas Worten mit weit aufgerissenen Augen folgte.

Ilka schüttelte den Kopf und rang die Hände.

Kuno sah sie verständnislos an. »Warum nicht?«

Ilka wischte sich mit beiden Händen die Tränen aus dem Gesicht. »Wir waren gerade erst im Haus, da sind Sie gekommen und haben uns die Nachricht von Ebbes Selbstmord überbracht. Ich konnte Bele doch nicht gleich danach auch noch von Jasper erzählen.« Sie blickte Mimi und Mia an. »Ich nicht, und die Mädchen auch nicht.«

Die Zwillinge pressten die Lippen aufeinander und schüttelten den Kopf, ohne irgendjemanden anzusehen.

»Ich wollte warten, bis meine Freundin den ersten Schock über den Tod ihres Mannes überwunden hatte.«

»Und auf die Idee, gleich einen Krankenwagen für Herrn Erikson zu rufen, sind Sie nicht gekommen?«, fragte Arne.

Ilka zögerte. »Zuerst nicht«, sagte sie. »Wie gesagt, mir war nicht klar, wie schwer ich ihn verletzt hatte. Und wir standen ja alle unter Schock. Aber auf der Fahrt nach Wittdün, da stieg plötzlich so ein ungutes Gefühl in mir auf. Ich erinnerte mich, dass ich Blut an seinem Kopf gesehen hatte. Im Ort habe ich dann vor einer Telefonzelle angehalten und die Rettung angerufen. – Ich … ich wollte anonym bleiben.« Ilka sah zu den Warften der Hallig Langeneß hinüber. Von Weitem schien es so, als thronten sie direkt auf dem Wasser. Das Licht der Nachmittagssonne spiegelte sich in den Fenstern der Häuser. »Sie können sich nicht vorstellen«, sagte Ilka leise, »was in meinem Kopf vor sich ging, als ich erfuhr, dass Jasper an seinen Verletzungen gestorben ist. Ich kann einfach nicht glauben, dass ich seinen Tod verschuldet habe.«

Ilka sah zu Bele hinüber.

Bele hatte wie versteinert zugehört. Sie war nur noch ein Schatten ihrer selbst. »Warum hast du ihm nicht einfach zugerufen, dass er die Mädchen loslassen soll?«, fragte sie kaum hörbar.

Kuno sah Ilkas erstauntem Gesichtsausdruck an, dass sie diese Möglichkeit keine Sekunde in Betracht gezogen hatte.

»Ich weiß es nicht«, sagte Ilka und schüttelte resigniert den Kopf. »Ich war einfach sprachlos – und so unglaublich wütend.«

Als Ilka aufhörte zu reden, lief Bele die Treppe hinauf und schloss sich in ihrem Schlafzimmer ein.

* * *

»Einen Mann, der so lebt, wie Jasper es getan hat, kannst du nicht schützen«, sagte Arne, als er am frühen Abend mit Kuno in dessen Kapitänshaus zusammensaß. Der Hauptkommissar kauerte mit düsterem Gesicht an dem kleinen Tisch in seiner Küche und versenkte seinen Blick in den Teebecher, in dem er seit Minuten herumrührte, obwohl nichts darin war, was hätte gerührt werden müssen.

»Du hast doch die Kollegen gehört, die vor seinem Wohnhaus gewacht haben. So einem Mann kannst du Hundertschaften vor jede Fensterritze stellen; der entwischt durch den Kamin und läuft seinem Mörder direkt in die Arme. Dagegen bist du machtlos.«

»Vermutlich hast du recht«, sagte Kuno schließlich, hörte auf zu rühren und legte den Teelöffel beiseite. »Tragisch ist der Fall dennoch. So viel Trauer in Jaspers Familie und in der von Ebbe Drews, und das alles letztlich nur, weil Jasper das Flirten nicht lassen konnte.«

Arne sah Kuno mitleidig an. Er legte eine Hand auf die Schulter seines Kollegen. »Das Leben geht weiter.«

»Blöder Spruch«, konterte Kuno und schüttelte die Hand ab.

»Ich weiß. Trotzdem: Beiß dich nicht zu sehr an deinen schweren Gedanken fest. Komm, wir radeln nach Norddorf und gehen ein bisschen am Strand spazieren. Bewegung und frische Luft tun uns jetzt gut.«

Kuno nickte ergeben. Die Kommissare holten ihre Räder.

»Lass uns den Waldweg nehmen«, schlug Arne vor.

Ein paar Minuten später bremste Kuno scharf ab, als ein paar Kaninchen aus der Heidefläche am Waldrand hoppelten und ihm vors Rad zu springen drohten. Da fiel ihm Boris ein, der auf der Flucht verunglückt war und mit verletztem Knie im Krankenhaus lag. »Ich bin gespannt, was Boris uns erzählen wird. Nächste Woche statten wir ihm einen Besuch ab und konfrontieren ihn mit Jörns Aussage. Spätestens, wenn Boris gestanden hat, wird auch Harry Küng seine Version der Geschichte nicht mehr aufrechterhalten können.«

Arne lachte kurz auf. »Die Kollegen auf Föhr haben schon einen Dolmetscher für den Russen engagiert. Über den lässt

Boris seinen Unmut darüber aus, dass er in einem Erholungsurlaub auf einer Insel, die man ihm als friedliches Naturparadies empfohlen hat, Opfer einer rüpelhaften Bikerin wurde.«

»Tja«, meinte Kuno, »die nächsten Jahre wird er Urlaub auf Staatskosten machen. Da wird so gut auf ihn aufgepasst, dass ihm solch ein Missgeschick mit Sicherheit nicht noch einmal passiert.«

EIN JAHR SPÄTER

Bele wachte an diesem Samstag im Oktober später auf als gewöhnlich. Am Abend zuvor hatte sie eine ausgiebige Radtour über die Insel unternommen. Hungrig wie ein Seebär hatte sie anschließend bei ihrer netten Nachbarin von gegenüber eine köstliche Fischplatte und zwei Glas Wein genossen. Gegen Mitternacht war sie ins Bett gegangen und hatte noch ein paar Seiten gelesen, bis ihr die Augen zugefallen waren. Nach einer traumlosen Nacht fühlte sie sich nun ausgeruht und unbeschwert wie seit Langem nicht mehr.

Das gute Gefühl sollte nur kurz anhalten: Vom Erdgeschoss drangen Geräusche durch das Haus. Erst rumorte es leise, dann war ein Poltern zu vernehmen und eine männliche Stimme fluchte verhalten. Bele gefror das Blut in den Adern – Einbrecher!

Von einer Sekunde auf die andere war sie hellwach, schlug die Bettdecke zurück und schlich sich ans Fenster. Sie traute sich nicht, den Vorhang aufzuziehen. Durch einen schmalen Spalt erkannte sie einen VW-Bus, der vor ihrer Haustür stand. Schnell zog sie sich wieder zurück.

In den Zimmertüren in ihrem Haus steckten keine Schlüssel; es gab keine Möglichkeit, sich einzuschließen. Leise schob Bele einen Stuhl vor die Tür, damit sich die Klinke nicht herunterdrücken ließ. Ihr war klar, dass es den Einbrechern, sofern es sich nicht um ausgewiesene Schwächlinge handelte, trotzdem gelingen würde, in ihr Schlafzimmer einzudringen, wenn sie es darauf anlegten.

Mit zitternder Hand griff sie nach ihrem Smartphone und legte sich wieder ins Bett. Sie zog sich hastig die Decke über den Kopf, um ihre Stimme zu dämpfen, und wählte die 110. Flüsternd bat sie um Hilfe.

Der Mann in der Einsatzzentrale sprach beruhigend auf sie ein und versicherte ihr, dass die Polizei in wenigen Minuten vor ihrem Haus eintreffen würde. Sie solle sich still verhalten und in ihrem Zimmer bleiben. Als ob es dieser Aufforderung bedurft hätte!

Kurz darauf hörte Bele, dass zwei Wagen vor ihrem Haus vorfuhren und Autotüren zugeschlagen wurden. Eilige Schritte bewegten sich über den gepflasterten Weg auf die Eingangstür zu. Sie lauschte gebannt und malte sich aus, was sich da unten nun abspielte.

Plötzlich dröhnte das tiefe Lachen von Kuno Knudsen durch den Flur nach oben. Dann verhallte es und zwei Männer unterhielten sich halblaut miteinander.

Was war da unten los?

Bele zog sich ihren Bademantel an, schob den Stuhl zur Seite und öffnete die Tür vorsichtig einen Spaltbreit. Sie hörte Schritte die hölzerne Wendeltreppe heraufkommen und traute ihren Augen nicht. Oben auf dem Treppenpodest angekommen, blieb Kuno Knudsen stehen und strahlte sie an. Hinter ihm stand kein anderer als Yannick!

»Darf ich vorstellen«, sagte Kuno, »Yannick Drews, Ihr neuer Mitbewohner. Er zieht gerade hier ein.«

»Du ziehst hier ein?«, fragte Bele ungläubig, als sie sich wieder gefasst hatte. »Davon wusste ich ja gar nichts!«

* * *

»Ich wollte dich überraschen«, erklärte Yannick, als er eine halbe Stunde später mit seiner Mutter am Frühstückstisch saß.

»Das ist dir gelungen. Dir ist nicht zufällig in den Sinn gekommen, dass du mich zu Tode erschrecken könntest?«

»Ich hatte nicht damit gerechnet, dass du noch schläfst«, verteidigte Yannick sich. »Ich hab mir den Bus von meinem Freund geliehen, und als ich hier ankam, waren die Vorhänge noch zugezogen. Da hab ich gedacht, ich bringe schon mal meine Kisten herein. Wenn du nicht wach geworden wärst, hätte ich dir später sogar das Frühstück ans Bett gebracht.«

»Das wäre ja noch schöner gewesen! Wenn du auf einmal im Schlafzimmer gestanden hättest, wäre ich vermutlich vor Schreck gestorben.«

»Was meinst du, wie es mir vorhin ging, als das Großaufgebot an Polizei über mich hergefallen ist?«, sagte Yannick mit gespielt vorwurfsvollem Blick und stand auf, um die Post entgegenzunehmen, die der Briefträger gerade brachte. Er legte Bele drei Briefsendungen neben den Frühstücksteller und nahm sich noch ein Brötchen.

Bele riss zwei der Kuverts auf und nestelte eine Rechnung und eine Werbesendung hervor. Den dritten Umschlag legte sie wieder aus der Hand.

»Willst du den nicht öffnen?«, fragte Yannick.

»Er ist von Ilka«, sagte Bele und schüttelte den Kopf. »Das erste Lebenszeichen seit damals.«

»Bist du nicht neugierig, was sie dir schreibt?«

Bele zögerte mit der Antwort.

»Kannst du ihr nicht verzeihen?«

»Das letzte Mal habe ich sie vor Gericht gesehen«, antwortete Bele ausweichend.

»Ich finde es in Ordnung, dass sie mit einer Bewährungsstrafe davongekommen ist, und ich finde es ziemlich mutig, dass sie wieder Kontakt zu dir sucht. Vielleicht solltest du ihr wenigstens eine Chance geben. Vergiss nicht: Sie war mal deine beste Freundin.« Yannick schenkte Bele Orangensaft nach.

Bele zuckte mit den Schultern und dachte lange nach. »Hätte sie besonnener gehandelt, wäre Jasper noch am Leben«, erklärte sie dann. »Sie hat völlig überreagiert.«

»Was hast du denn getan, als ich vorhin meine Kartons ins Haus gebracht habe?«, protestierte Yannick. »Wenn Kuno Knudsen nicht mit dabei gewesen wäre, hätten die Herren in Uniform mich verhaftet und in den Knast gesteckt.«

Bele lächelte unsicher. »Vielleicht hast du recht. Aber nun erzähl: Was hat dich so plötzlich dazu bewogen, nach Amrum zu ziehen? Du wolltest doch immer nach Kanada?«

»Ich schon, aber Jule nicht, und Jule ist mir wichtiger als die große weite Welt.«

»Jule?«, fragte Bele.

»Jule Storm, Gercos Tochter«, klärte Yannick seine Mutter mit einem verwegenen Lächeln auf.

»Ihr seid ein Paar?«

Yannick nickte. »Dann ist es uns also tatsächlich gelungen, unsere Beziehung geheim zu halten«, stellte er zufrieden fest. »Dabei sind wir jetzt schon fast ein Jahr zusammen. Erinnerst du dich an die Strandparty, auf der ich letztes Jahr im September mit Mimi und Mia war? An dem Abend habe ich mich in Jule verguckt. Uns war schon nach ein paar Wochen klar, dass wir zusammenbleiben wollen. Wir haben uns aber immer nur auf dem Festland getroffen, weil wir keine Lust darauf hatten, ständig unter Beobachtung zu stehen. Auf dieser Insel kann man ja nichts machen, ohne dass es gleich jeder mitbekommt.«

»Da hast du allerdings recht«, stimmte Bele ihm zu. »Und Jule konntest du also nicht von Kanada überzeugen?«

»Nö, Jule kann nicht ohne Amrum, und ich will nicht ohne Jule. Also bleibt mir nichts anderes übrig, als hierherzuziehen. So schrecklich uncool, wie ich immer dachte, ist die Insel ja nun auch wieder nicht.« Dann sah er seine Mutter herausfordernd an und posaunte aus: »Außerdem findet Gerco, dass es Zeit wird, dass die Familien Storm und Drews mehr als nur eine geschäftliche Beziehung miteinander pflegen.«

Beles Augen glänzten. »Ich bin so glücklich, dass wenigstens du ganz in meiner Nähe bleibst, wo doch Mimi und Mia bald nach München ziehen.« Im Stillen fragte sie sich, wie viel Yannick über ihren Kontakt zu Gerco wusste, der mit der Zeit immer enger und vertrauter geworden war. Das hatten sie jedoch bisher, aus den gleichen Gründen wie Yannick und Jule, vor der Inselgemeinschaft und auch vor ihren Kindern zu verbergen versucht.

»Meine Schwestern wollen wirklich alle beide Jura studieren?«, fragte Yannick, den dieses Fach nicht im Traum hätte interessieren können.

»Das haben sie vor. Und später wollen sie gemeinsam eine Rechtsanwaltskanzlei eröffnen.«

»Fehlt nur noch, dass sie irgendwann beschließen, ein und denselben Mann zu heiraten«, stöhnte Yannick. »Aber vielleicht können sie sich ja wenigstens dazu durchringen, nach dem Studium wieder in den Norden zurückzukehren. Hier ist es doch am schönsten. Nächste Woche habe ich übrigens mein Bewerbungsgespräch.«

»Oh, für diese Stelle als Ranger im Nationalpark Wattenmeer?«

»Ja, und die Aussichten, dass ich den Job bekomme, sind richtig gut«, sagte Yannick nicht ohne Stolz. »Das Praktikum in Husum hat da echt geholfen, schon mal die Fühler auszustrecken.«

»Da drücke ich dir ganz fest die Daumen! Aber wie ich dich kenne, wirst du die Stelle bekommen.«

Yannick half seiner Mutter, den Frühstückstisch abzuräumen. Anschließend holte er seine letzten Umzugskisten aus dem Wagen und trug sie in sein Zimmer. Bele hatte sich unterdessen überwunden, Ilkas Brief zu öffnen. Sie las ihn gerade ein drittes Mal, als Yannick sich wieder zu ihr gesellte.

»Magst du mir verraten, was sie schreibt?«

»Sie hat vor, ein paar Tage nach Amrum zu kommen«, sagte Bele, ohne ihm in die Augen zu sehen.

»Und?«

Bele stand auf. »Ich glaube, die Waschmaschine ist durch. Ich gehe in den Keller, die Wäsche aufhängen«.

Bele drehte jedes Wäscheteil dreimal herum, bevor sie es mit Klammern auf der Leine im Trockenraum feststeckte. Dann verließ sie den Raum über die Kellertreppe, die nach draußen führte, und machte sich im Vorgarten an den Rosen zu schaffen.

Yannick beobachtete sie von der Küche aus.

»Lass uns doch eine Radtour nach Norddorf machen«, schlug er vor, als seine Mutter nach einer Weile ins Haus zurückkehrte und sich einen Espresso zubereitete.

Bele zögerte einen Augenblick. »Gerne«, sagte sie dann. »Lass mir nur noch eine halbe Stunde Zeit.« Sie nahm die Espressotasse in die eine und Ilkas Brief in die andere Hand und verließ die Küche.

»Wohin gehst du?«

»Nach oben, in mein Arbeitszimmer, Ilkas Brief beantworten. Ich werde sie und ihren Mann ein paar Tage zu uns einladen.«

Yannick strahlte. »Ach, nee. Also doch ein Sinneswandel?«

Bele zuckte mit den Schultern. »Immerhin hat sie Mimi und Mia an diesem rabenschwarzen Tag aus einer bitterbösen Situation gerettet.«

* * *

Um die Mittagszeit fuhren Yannick und Bele an den Norddorfer Strand. Gerco, der zum Ende der diesjährigen Sommersaison dabei war, seinen Stand abzuräumen, begrüßte seinen zukünftigen Schwiegersohn mit einem Augenzwinkern. Sie hielten einen kurzen Klönschnack und Bele wurde den Eindruck nicht los, dass die beiden Männer etwas miteinander ausgeheckt hatten.

Wie sich am Nachmittag herausstellte, hatte Yannick sie tatsächlich nicht ohne Hintergedanken aus dem Haus gelockt. Als Bele und er nach ihrem Ausflug nach Wittdün zurückkehrten und ins Wohnzimmer gingen, entdeckte Bele zu ihrem großen Erstaunen einen Strandkorb auf der Terrasse. Er war mit der Rückseite zum Haus gedreht. Auf das weiße Korbgeflecht war mit roter Farbe in großen Lettern aufgesprüht:

Bele & Gerco

Bele öffnete die Terrassentür und ging langsam um den Korb herum. Zuerst erblickte sie zwei Beine, dann Gercos strahlende Augen.

Gerco stand auf und nahm sie in die Arme. »Jetzt müssen wir uns doch vor niemandem mehr verstecken«, stellte er fest. »Darf ich heute endlich bis zum Frühstück bei dir bleiben?«

Bele lachte. »Eins nach dem anderen. Jetzt bereiten wir erst einmal gemeinsam das Abendessen vor«, sagte sie und drückte ihm einen Kuss auf die Wange.

Yannick stand in der Terrassentür und beobachtete die beiden.

»Willst du nicht Jule für heute Abend zu uns einladen?«, rief Bele ihm zu.

»Sie ist schon unterwegs«, antwortete er mit breitem Grinsen.

Bele stemmte die Hände in die Hüften und begann, eins und eins zusammenzuzählen. »Sag mal, du Strippenzieher«, meinte sie schließlich zu Yannick, »ist es wirklich Zufall, dass

Ilkas Brief ausgerechnet heute Morgen hier eintraf, zur gleichen Zeit wie du?«

Yannick biss in einen Apfel, guckte unschuldig in den Himmel und kaute genüsslich.

Gerco nahm die Rosenschere, die Bele auf dem Gartentisch liegen gelassen hatte, schnitt eine tiefrote Rose ab, umwickelte den dornigen Stiel mit einem Papiertaschentuch und steckte ihn Bele in den Ausschnitt.

Bele gluckste vor Lachen, ließ sich auf Gercos Armen durchs Wohnzimmer in die Küche tragen und vergaß, dass Yannick ihr noch nicht geantwortet hatte.

Der setzte sich auf die Gartenbank, zog sein Smartphone hervor und rief Ilka an.

DANKSAGUNG

Brigitte, Corina, Klaus, Michaela, Sabine, Torsten und Wolfgang danke ich für tatkräftige Unterstützung in Form von Inspiration, sachdienlichen Hinweisen, Testlesen, Fehler-Herausfischen und konstruktiver Kritik.

Bärbel und Kurt Tönissen danke ich dafür, dass sie bereitwillig all meine Fragen rund um Amrum, Nordfriesland und das Nordfriesische beantworten und dass sie Kuno Knudsen und gelegentlich auch mich in ihrem Kapitänshaus wohnen lassen.

Meinem Autorenkollegen Roland Kirsch danke ich für den freundschaftlich-kollegialen Austausch und fürs virtuelle Schulterklopfen, wenn die Selbstzweifel mal wieder ihre Grimassen schneiden.

Nicht zuletzt danke ich all denen, die mir auf die eine oder andere Art signalisieren, dass sie beim Lesen meiner Bücher genauso viel Freude empfinden wie ich beim Schreiben. Ein ganz besonderes Dankeschön an diejenigen, die sich die Mühe machen, eine Rezension zu schreiben.

26383137R00179

Printed in Poland
by Amazon Fulfillment
Poland Sp. z o.o., Wrocław